看不完的经典小故事

U0602537

中华友爱故事

ZHONGHUAYOUAIGUSHI

张启明⊙主编

新疆美术摄影出版社
新疆电子音像出版社

图书在版编目(CIP)数据

中华友爱故事 / 张启明主编. –– 乌鲁木齐：新疆美术摄影出版社：新疆电子音像出版社, 2010.6 （2015年6月重印）
（看不完的经典小故事）
ISBN 978-7-80744-684-2

Ⅰ. ①中… Ⅱ. ①张… Ⅲ. ①故事 – 作品集 – 中国 Ⅳ. ① I247.8

中国版本图书馆 CIP 数据核字(2010)第 103825 号

书　　名	中华友爱故事	
主　　编	张启明	
责任编辑	王　琴	
责任校对	祝安静	
出　　版	新疆美术摄影出版社	
	新疆电子音像出版社	
地　　址	乌鲁木齐市经济技术开发区科技园路5号	
邮　　编	830026	
发　　行	新华书店	
印　　刷	北京海德伟业印务有限公司	
开　　本	700 mm × 1000 mm　　1/16	
印　　张	10	
字　　数	140 千字	
版　　次	2015 年 6 月第 2 版	
印　　次	2015 年 6 月第 2 次印刷	
书　　号	ISBN　978-7-80744-684-2	
定　　价	29.80 元	

目 录

廉颇与蔺相如

在浩瀚的辞海里，有"负荆请罪"、"刎颈之交"两个意味深长的成语，说的是战国时期赵国名将廉颇和名相蔺相如之间由矛盾冲突到化敌为友、共参国事、共振朝纲的故事。

廉颇是赵国杰出的将领，赵惠王时任上卿，屡次率兵战胜齐、魏等国，以勇敢名冠于诸侯各国。赵孝成王六年，秦、赵对垒于长平（今山西高平），他率赵兵坚壁固守，长达三年之久，秦兵不能取胜。后来，赵孝成王中了秦国的反间计，改用只会纸上谈兵的赵括，结果赵军惨败。赵孝成王十五年，燕使栗腹率军攻赵，廉颇迎击，大败燕军，杀栗腹，遂包围燕，燕割五城于赵，方求得和解。廉颇这一系列的战功，常让人另眼相看。可是，更令人难忘的是他办了一件怪事，令人感动至今。

一天，这个年过花甲、须发花白但仍铁骨铮铮的将军，打着赤膊，令手下人用绳子把自己捆了起来，手里还拿着一把荆条，急匆匆地朝蔺相如的府第赶去。一进相府，也不顾满座宾客，就直愣愣地跪在了蔺相如面前。很恳切地对蔺相如说："我是一个庸俗卑鄙的人，想不到您是这样的宽宏大度。您就重重地抽打我吧，这样我心里好受一些。"蔺相如见此，也慌了手脚，赶忙将他扶起，请他坐下，掏心剖腹，作了一次长时间的交谈。从此，他俩结成了同生死、共患难的"刎颈之交"。那么，廉颇为什么要"负荆"去向蔺相如"请罪"呢？

金无足赤，人无完人。廉颇富有卓越的军事才能，武艺精湛，谋略超人，行军布阵，攻城略地，所向披靡。在他的统率下，向西抗击了强秦的觊觎，向东又打败了齐国的大军，后来还攻克了魏国的防陵、安阳等地，成了威风凛凛、名冠一时的大将，使赵国军威大振。在名誉、地位面前，他有患得患失的毛病。然而，他又是一个"一念之非能遏，一动之妄能改"的人，所以他又成了历史上一个勇于承认错误、改正缺点的典型人物。

蔺相如是一个胆大心细、能言善辩、富有略谋、长于应变的外交人才。在与秦国的交往中，他不辱使命，为国争光、争利，同样立下了显赫的功勋，在历史的长镜头前，留下的是一个敢于抗强顶硬的身影。而且，他还是一个以大事为重、不计私愤、胸怀博大的名相。

一次，赵国从楚国得到了一块"和氏璧"。恃强侮人的秦国便以十五城为交换条件，想诈取这块稀世之宝。对于秦王的贪占欲，谁都了解，但为了不得罪他，也只能违心地答应。怎样不失国格、又不丢失国宝，成了赵王的心病。在这关键时刻，蔺相如挺身而出，立下"完璧归赵"的军令状踏上了西出秦国的征途。在巍峨的秦宫和威严的秦皇面前，他不辱使命，以无数事例大胆地揭露了秦国以强辱弱，不尊重别国领土、主权，贪得无厌，不履行诺言的本性，彻底揭穿了秦国"以城换璧"的阴谋，并告诉秦王他已暗地把宝玉送回赵国去了，要杀要剐，悉听尊便。无可奈何的秦王对群臣们说："如果我今天杀了蔺相如，终究不能得到宝玉，反而断送了秦赵两国的友好往来，事情传扬出去，人家会说我见利忘义，不如优厚地款待他，让他回赵国去。我想赵王也不好为了一块宝玉而欺侮秦国！"蔺相如终于不辱使命，回到了赵国。赵王十分赏识他的才能与胆略，任命他为上大夫。此后，秦国既没有把十五城割让给赵国，赵国也没有把宝玉送给秦国，在历史上留下了一件公平的外交逸闻。

过了一段时间，秦国派使臣告诉赵王，想与赵王在河西渑池友好会见。赵王害怕秦国，打算不去。廉颇和蔺相如商议道："如果不去，只能把赵国的胆小和软弱显示在强秦的面前，那会有什么好处呢？"于是，蔺相如陪同赵王来到了渑池。临行前，廉颇对赵王说："大王此去，不会超过一个月。如果三十天不回来，请允许我立太子为王，以断绝秦国要挟的念头。而且，我要整顿好军队，部署在边界线上，以防备秦军的突然袭击。"

会见的时刻到了，当秦王喝得酒酣耳热的时候，又耍起诡计来。他笑道："我听说赵王爱好音乐。请弹一回瑟吧！"赵王不便拒绝，只得弹了起来。这时秦国的御史走上前来写道："某年某月某日，秦王与赵王喝酒，让赵王弹瑟。"借以显示其高贵的地位。和谐的气氛顿时紧张起来。机灵的蔺相如压住心头的火气，走上前去说："赵王听说秦王擅长秦地的乐曲，请允许我献上盆缶，请秦王敲一敲，也好互相娱乐。"秦王很生气，拒绝弹奏。蔺相如丝毫也不让步，举起缶跪在秦王的面前道："您如果不敲，在这五步之内，我颈项里的血就要溅在大王身上了！"秦王的侍臣们要杀蔺相如。蔺相如瞪着双眼，向他们大声呵斥，吓得他们连连后退。秦王没法，只得拿起缶敲了起来。这时，蔺相如赶忙招呼赵国的御史写道："某年某月某日，秦王为赵王击了缶。"秦国的大臣们说："请赵王拿出赵国的十五个城邑向秦王献礼。"蔺相如也说："请秦王拿出秦国的咸阳向赵王献礼。"多么紧张的气氛啊，但秦王始终不能压倒赵国。这场所谓"友好"的会见，在不欢中结束了。赵国终因有廉颇和蔺相如的内外合作，稳稳地在诸侯国中昂起了头。

会见结束以后，赵王命蔺相如为上卿，职位高过廉颇。廉颇很不服气，扬言道："我做赵国的将军，立有攻城略地的大功，蔺相如只凭一席之言立了一点功，可职位在我之上，太不公平。况且蔺相如出身卑贱，我感到羞耻！"还说："如果见到他，我一定要羞辱他一番。"蔺相如听到这些话，作了一番认真的思考后，便常托病不朝，避免和廉颇见面。如果外出，见到廉颇来了，连忙掉转车子躲避。时间长了，蔺相如的家臣们很不乐意地对他说："我们离开亲人来投靠您，是因为仰慕您崇高的人格，现在您与廉将军职位相等，可是您怕他、躲他，我们实在接受不了这种羞辱，请允许我们离开您吧！"蔺相如冷静地对他们说："你们觉得秦王可怕还是廉将军可怕呢？"大家齐说："自然是秦王更可怕啊！"蔺相如接着说："秦王我都不怕，怎会怕廉将军呢？我所考虑的是强大的秦国之所以不敢进兵侵犯赵国，是因为有我们两人在呢。如果我们两人争斗起来，势必不能同时生存，敌人就会乘虚而入。我是以国家急难为先啊！何必去计较这些小事呢？"这话传到廉颇耳里，他猛然觉悟到自己犯了很大的错误，便脱下上衣，露出肩膀，背上荆条，去向蔺相如请罪，并说："从此愿结成生死之交，虽刎颈不变。"于是有人赞道：

> 引车趋避量诚洪，肉袒将军志亦雄；
>
> 今日纷纷竞门户，谁将国计置胸中！

这就是历史上建立在保家卫国基础上的诚挚友谊。这两位历史人物，以自己博大的胸怀在"友谊"的园地里，催开了"将相和"。

张仪与苏秦

"战国何纷纷，干戈乱浮云。"这是唐代诗人李白《古风·战国·乱纷纷》中的一句名诗，它高度概括了霸权迭兴的战国时期纷扰的动乱局面。经过长时期的弱肉强食，到了战国后期，周王朝所封的众多诸侯国，都被塞进了历史的档案柜。剩下的"战国七雄"齐、楚、燕、韩、赵、魏、秦也并未终止征伐争夺，相反，他们加速了兼并战争，掀起不息的波涛。剩下的几个国家何去何从，成为有志之士思考不倦的问题。于是，应运而生的"纵横学"便产生了。何谓"合纵连横"？弱国联合起来攻打强国，就是"合纵"；随从强国去进攻其他弱国，称为"连横"。到了战国后期，秦国最强大，"合纵"就是其他六个弱小国家联合起来抗秦。"连横"就是指这些国家中的某几个跟随秦国攻打其他国家。张仪、苏秦就是大浪淘沙中涌现出来的佼佼者。张仪成了连横的主帅，苏秦则是合纵的主谋。他们推动着历史的演变。

张仪是战国时魏国贵族的后代。秦惠文君时任秦相，被封武信君。执政时迫使魏国献上郡，帮助秦惠文君称王，游说各国服从秦国，瓦解齐、楚联盟，夺取楚汉中之地。秦武王即位后，他入魏为相，不久即死。

苏秦，战国东都洛阳（今河南洛阳）人，字季子，奉燕昭王之命入齐，从事反间活动，使齐疲于对外战争，以便攻齐复仇。齐滑王末年被任为齐相。秦昭王约齐滑王并称东西帝，他劝说齐王取消帝号，和赵国李兑一起约五国攻秦，赵封他为武安君。五国合纵攻秦，迫使秦国废帝号，归还一部分韩、魏领地。齐便乘机攻灭宋国。后燕将乐毅联合五国大举攻齐。他的反间活动暴露，被车裂而死。

张仪、苏秦两人曾在鬼谷子门下，共同钻研过游说之术。从那时起苏秦就认为张仪本领比自己大，始终保持着一种虔诚的敬意。学成以后，两人各自寻找展现才华的机会。张仪首先到楚国游说，在与楚王共饮交谈的时候，因楚王丢失了一块玉璧，手下人怀疑是他偷了，并对他进行拷打。张仪受到羞辱，愤然离开了楚国。当落魄的张仪徘徊于十字街头之时，已挂六国相印的苏秦却已是春风得意了。他游说赵国与各国缔结合纵之策，共同抗秦，已经成功。但要巩固这一成果，并不是一件容易的事。他想张仪如果能在秦国掌握权力，事情就好办得多。怎样能促使张仪进入秦国的政治集团呢？这得靠自己运筹帷幄了。

苏秦懂得一个深奥的道理，人与人之间如果没有对抗和竞争，就不能激发富有创造性的潜力和才华。人的思想只能在斗争中成熟，精神只能在竞争中升华，道德只能在竞争中臻于高尚，人格也只能在竞争中完善。如果没有人与张仪对抗，他便会消沉下去，难以腾飞。国与国之间没有对抗，就会失去防范；合纵连横之术没有对抗，同样也会失去存在的意义。如果帮助处于潦倒中的张仪去任秦相，那将是一件具有深刻意义的大事。苏秦这样想着，筹划着，也在暗暗地行动着。正是这种互相尊重和对抗，他俩的才华才得到了充分的展示，友谊也在这种竞争和对抗中得到了巩固和提高。

俞伯牙与钟子期

在武汉市汉阳区内，有一座万众瞩目的名胜古迹，名叫古琴台。琴台前有一条宽阔的马路，直通武汉长江大桥和江汉大桥。这是一座历尽沧桑、屡废屡兴而又富有神秘色彩的建筑物。这里也是一处旅游处所。每逢节假日，游人纷至沓来，十分热闹。

这座还不能确切考究出具体建台时间的古琴台，为什么有如此大的魅力，吸引如此多的游人呢？因为这里营造过一段感人至深的友谊故事和一曲永放异彩的"高山流水"古琴曲。故事的主人公就是生活于春秋战国时期的俞伯牙和钟子期。

根据《吕氏春秋·本味》和《列子·汤问》篇的介绍，俞伯牙和钟子期都是当时的楚国人，大约生活于与屈原差不多的年代。那时，楚国政治腐败，奸臣当道，一批贤能之士或隐遁林泉，或跑到其他诸侯国去寻找施展才能的机会。于是，俞伯牙便来到了晋国，当了一名"楚材晋用"的大夫；而钟子期呢？他不愿与统治者同流合污，便避世遁隐，寄情于山水之间。

伯牙琴艺超群，《淮南子·说山训》中说："伯牙鼓琴，驷马仰秣。"意思是说：他的琴声能令驾车的马听了，也会仰起头来静心聆听，可见高妙到了何等程度。

有一天，伯牙路过汉阳，架一叶扁舟，在月下鼓琴，正好钟子期从这里经过。铮铮的琴声，宛转悠扬，粗犷而柔美，简放而易行，像驰原的骏马在奔腾，似雄鹰在俯视大地，似猿猴在攀登高崖，似山风在摇动树枝，似探险者临高长啸，神情专注，意境高昂。钟子期的思绪随着忽高忽低、忽急忽缓的琴音在驰骋，他感觉自己像攀缘在悬崖峭壁之间，有时又像跨越了千山万壑，凌高而望远，莽莽而苍苍。他连声称赞道："美哉乎鼓琴，巍巍若太山！"

正在专心弹琴的伯牙没有动声色，微闭双眼继续地弹着，就像一尊凝重的根雕聚集全身心的智慧与精力于指尖。这时哗哗的琴声又转向了流水，时而涓涓滴滴，潺潺轻唱，如滚珠落盘；时而又如河水滚滚流淌，一浪盖过一浪，推挤而至；时而又如恶浪滔天，波涛汹涌，铺天盖地，虎啸狼嗥，汹涌而来。钟子期的思绪再一次随着缓慢的溪流而逐步转入急切昂扬的琴声中，他像涉过小溪，来到大河。他陶醉了，神往了。他压抑不住的喜悦和惊叹冲口而出："善哉乎鼓琴，意在流水！"

这惊呼声划破寂静的夜空，钻进俞伯牙的耳中，他心里一怔，琴声戛然而止了。因为听琴的人猜透了自己的心意。听出了自己所弹的内涵，总算遇到了"知音"，不禁喜上眉梢，便邀请钟子期彻夜长谈。在宁静夜晚，这对初识的朋友，探索了许多问题。自然，谈得最多的是音乐，是琴。他俩一致认为音乐是有声的诗，无形的画。它可以折射出大自然的无限风光和优美景色，可以用山的壮美来鼓舞雄心壮志，也可用江的澎湃来洗刷污浊。音乐是心灵的窗口，不仅可以抒发喜怒哀乐各种心声，还可把人引入广阔的精神空间。那诗一般的流动效果和无以名状的色彩，会形成一种扑朔迷离、肃穆、清静的仙佛意境，使浸淫于其间的人们，不由自主地归真向善，走向至美与自然，也会使长途跋涉的人，不再感到寂寞和劳累了。为此，他们相约于明年的此时此夜，再在这里相见，共邀明月，共赏佳音。钟子期也高兴地应允了，一曲"高山流水"把两个朋友的手牵了起来。

信守诺言是人们的美德，何况像俞伯牙与钟子期这样的名士呢？第二年的这一天，俞伯牙怀着无限企盼的心情，又来到了汉水之畔，等候知音的到来。然而，他左等右等，也不见钟子期的身影。他像礁石一样守候在汉水之滨，心潮起伏。心想：自己怀着美好的愿望来到这里，是为了这片宁静的蓝天，为了这相识的知音，为了能握手叙说心路历程，坦言生活的甘辛苦辣，抒发人生的感悟，激发对音乐的共鸣，引发对社会的关注和精神的升华……然而，为什么钟子期会负约呢？他百思不解。

经过再三打听，俞伯牙才知道钟子期已经离开人世了。他是何等的伤心，觉得自己的琴弹得再好，也没有人能听懂了。在万分难受的情况下。他便把相伴自己多年的这把琴摔破了，并发誓不再弹琴。于是，去年的"听琴"处，便成了今年的"摔琴"处。然而，这段"知音难觅"的故事与这段"高山流水"古曲，却永远流传下来了。后人为纪念这对心心相印的琴友，在当年听琴、摔琴的地方建起了古琴台。

古琴台屡废屡建充分证明我们的祖先是十分珍惜友谊的，也是热爱音乐喜听琴声的。像伯牙与子期这样的知音，是千古典范，是激励后人的榜样，又怎么可以珍灭呢？如今的古琴台，从规模到建设都有很大的发展。它占地十五亩，亭台馆廊，佳木秀草，互为映衬。

"印心石屋"的大匾，是清代道光皇帝的真迹。琴台碑廊里有很多碑刻。保存得十分完好。其中以岭南人宋湘写的《琴台题壁诗》最为引人注目。据说他是用竹叶扎成的笔写成的。其诗曰：

　　噫嘻乎，伯牙之琴，何以忽在高山之高，忽在流水之深？不传
　此曲愁人心。噫嘻乎，子期知音，何以知在高山之高，知在流水之
　深？古无文字直至今。是耶？非耶？相逢在此，万古高山，千秋流
　水。壁上题诗，吾去矣！

这几句姑妄言之姑听之的诗，将琴台的来历和情节都表述出来了，因而常引起游人的玩味。

"高山流水"之曲，其实并没有完全殄灭。它在历代音乐爱好者的手中得到了继承和发展，变得更加完整，感情更加丰富，演奏起来，更为多变神奇。据说19世纪四川有一个叫张孔山的道士，结合流水湍急的势态和他个人的理解，加进了许多"滚拂"的手法。把坦荡开阔的胸襟和百折不回、勇往直前的精神境界糅合进去，表现出了强大的生命力和对大自然的热爱与颂扬。其韵有时若行云流水，悠悠扬扬；有时似蛟龙怒吼，澎湃沸腾；有时如烟波浩渺，平缓宽阔，荡荡漾漾。一曲终罢，顿觉心旷神怡，古老的"流水"曲，被推到了一个崭新的阶段。长江后浪推前浪，一代新人胜旧人。这是事物发展的必然规律。生活于几千年前的俞伯牙和钟子期有知，也会心宁气静地倾听这由古曲演进而成的新声了。

伍子胥与申包胥

周敬王十五年（公元前505年）的一天，在楚国郢城东门外室丙庄寥台湖畔，发生了一件震撼人心的事。"身高一丈，腰大十围，眉宽一尺，目光如电，有扛鼎拔山之勇，经文纬武之才"的伍子胥带领一批人马在寻找楚平王的坟墓。平原衰草，湖水茫茫，四下寻找，毫无踪迹。劳碌之余，他不禁捶胸跺足，向苍天呼号道："天乎！天乎！不令我报父兄之怨乎？"就在这伤心痛苦之时，一位老者趋前问道："将军欲得平王之冢何故？"伍子胥急急地回答："平王弃子夺媳，杀害忠良，任用奸佞，灭吾宗族，吾生不能加兵其颈，死亦当戮其尸，以报父兄于地下……"于是，在老人的指引下，伍子胥终于从湖底找到了楚平王的棺椁。这是一处构造特殊的坟墓。狡猾的楚平王似乎知道自己一生作恶多端，死后一定有人要报仇雪恨似的，便把棺椁放在湖底。上面的古棺里放的是石头铁块和衣物，真正的尸体在下面的石棺里。伍子胥为了报父兄之仇，动用了很多的人力，用石块先垒起一道高墙，然后把墙内的水淘干，移开上面的假棺和假棺下的石板，再挖出石板下的真棺。打开真棺一看，只见经过水银处理后的尸体，肌肉完好，颜色不变。伍子胥一看，怨气冲天，随手举起九节铜鞭，狠狠地抽打，直打得尸骨如泥。然后他挖出双目道："你活着的时候，枉有这双眼睛，不辨忠奸，听信逸言，杀我父兄，今日之事，完全是你自己招来的……"楚平王生前煞费苦心营造的这个死后

"保险箱"，动用了数十名工匠终生的劳动，最后还将这些石工杀掉。告密的老人，是唯一的幸存者。为了给冤死的工友们申冤。他才在这里等候伍子胥的到来。伍子胥在了却这个苦苦追求的心愿以后，翘首呼唤着父兄的亡魂而去。

那么，伍子胥的父兄为什么会冤死于楚平王之手呢？

历史总是在正义与邪恶之中进行着。听信谗言，陷害忠良，哪朝哪代不存在呢？伍子胥的父亲伍奢、哥哥伍尚以及远祖伍举，几代人都侍奉过楚王，且以直言劝谏而负盛名，伍奢还是楚平王儿子的太傅。由于另一个太傅费无极的奸诈狡猾，蒙蔽了楚平王，致使楚平王干出了夺媳逐子、违背常伦的勾当。费无极还在平王面前说太子建的坏话，并由此设谋牵扯到太子傅伍奢。太子建后来逃到了宋国，辗转流徙，最后还是死于非命。而伍奢却陷入了费无极的阴谋之中。临刑前，他还逼伍奢写信给两个儿子，想一并诱杀，以绝后患。伍子胥是一个具有远见卓识的人，分析出了平王诱杀的目的，不愿俯首就擒，便远走他乡，要为父亲报仇。而哥哥伍尚，为人仁慈，为遵"父命"而与父亲一同被楚平王杀害了。由此拉开了一个以殉父为孝、一个以复仇为孝的历史故事的帷幕。

伍子胥在逃亡的过程中，昼伏夜行避开大路走小路，历尽人间艰苦。楚平王派出数支人马，四处设防，描绘其形，通缉追捕。一天，他还没有逃出楚国国境，忽然发现前面滚滚尘沙，一哨人马，迎面而来。他提心吊胆，连忙埋伏在草丛中仔细观看。原来是与自己有过八拜之交的申包胥，在完成出使任务之后回郢都去复命。伍子胥在弄清这一切之后，才从草丛中爬出来向好友哭诉家庭的变故。申包胥是一个深明大义的人，听了伍子胥的这番痛诉，恻然动容，几乎找不出一句恰当的话来安慰朋友破碎的心。他望着万般痛楚的伍子胥问道："子将何往？"伍子胥慨然回答道："父兄之仇，不共戴天，我要到国外借兵伐楚，生嚼平王之肉。车裂无极之尸，方雪此恨！"申包胥劝道："平王虽无道，但他还是国君，伍氏几代还享受过爵禄。怎能不讲君臣之分呢？"伍子胥道："无道之君，人人可以得而诛之。夏桀、商纣就是因为倒行逆施，才被臣子殄灭的。平王纳子妇，弃嫡嗣，信谗言，戮忠良。我请兵入郢，是为楚国扫除污秽，何况我还蒙受着骨肉被屠的仇根呢？假如我不能灭楚，誓不立于天地之间。"申包胥是十分了解伍子胥性格的人，他同情伍子胥的不幸，但又不愿楚国因此而灭亡，更不愿破坏彼此之间建立起来的深厚友谊，也不愿置国家命运和前途于不顾，便十分诚恳地对伍子胥说："我如果帮助你灭楚，我就成了不忠的人；我如果劝阻你不要报复，又将使你陷于不孝之人。我多难过啊！子胥啊！我们既然是朋友，你就赶快走吧！今天的事，我绝不会告诉别人的。但我得把话说清：子能覆楚，吾必能存楚；子能危楚，吾必能安楚。"这对朋友为着各自奋斗的目标，终于分道扬镳了。他们之间没有嫉妒，没有阴谋，坦坦白白，亮亮堂堂，彼此打开了心灵的窗口，进行认真地较量，甚至是你死我活的拼杀。

到了楚昭王十年（公元前506年），吴王阖闾向楚国大举进攻，终于攻下了楚国的国都郢城。这时平王已死，楚昭王仓促出逃。伍子胥要报杀父之仇已无对象。他痛心疾首，向天呼号，要求吴王允许他挖墓鞭尸，这才出现了上面的一幕。而这时的申包胥也正在为危亡的祖国奔走呼号。他派人给伍子胥送去一封信道："子故平王之臣，今乃僇其尸，虽云报仇，不亦甚乎？物极必反，君宜速归。不然胥当践复楚之约。"

伍子胥读了这封信后沉吟了半晌，才对使者说："我因公务倥偬，不能答书，借你之口，为我致谢申君，忠孝不能两全，我是日暮途远，故倒行而逆施耳。"申包胥听完使者的话，知道伍子胥灭楚之心已定，便跋山涉水到秦国去请兵救楚。

一路上，申包胥忍饥挨饿，日夜兼程，脚踵裂开了口子，步步流血，不胜痛苦。但为了挽救危亡的祖国，他撕下衣服做成布条，裹上伤口，继续前进。经过两个多月的磨难，他终于来到了秦国。不料刚一开口，就遭到秦王的拒绝，但申包胥决不罢休，他在秦国哭了七天七夜，水米不沾，几次晕倒，直哭到感动秦哀公为止。

秦哀公终于被申包胥的一番救国热情感动了。他深情地叹道："楚臣之急君，一至是乎？楚有如此贤人，吴欲灭之，寡人无此贤人，吴岂能容哉？"于是，决定发兵援楚，并作《无依》之诗，赠给申包胥道：

> 岂曰无衣？与子同袍。
> 王于兴师，修我戈矛。

申包胥获得了秦王的同情后，才开始吃饭喝水。这番爱国真情，真是天地可鉴！

秦将子蒲、子虎率五百车骑援楚。申包胥又招集了分散在各地的小股楚军，正式组织了一支反击吴军的力量。而这时被胜利冲昏了头脑的吴军，产生了骄傲情绪。军士久征在外，思家心切。加之统治集团内部意见不一致，发生了内讧，越国也乘机进犯。后院起了火，吴军不得不赶快回撤。于是，郢都之围遂解，楚国复而得存。伍子胥与申包胥这对朋友之间灭楚、复楚的斗争，也随之画上了句号。

友谊是崇高的。在某种情况下，理解、支持，甚至冒死帮助朋友，是无可非议的，也是责无旁贷的，更是生活中常见的事。对抗、较量是严峻的，也是无情的。朋友之间开展的对抗与较量，也是无可非议的。伍子胥与申包胥在"灭楚"、"复楚"上的对抗与较量，并不影响朋友之间的感情色彩，也没有个人人格的玷污与攻讦。而且，这种对抗与较量是公开的、明朗的、相约的。谁胜谁负，也是无可非议的。正因为有了这种特殊情况下的对抗与较量，才使得这对朋友的身影在历史的舞台上，个性如此鲜明，受人称赞。

荆轲与高渐离

朋友，你知道"图穷匕首见"的故事吗？你知道"筑"这种乐器吗？一把短短的匕首，一个结构简单的乐器，曾在秦都咸阳，掀起过轩然大波，让后来成为千古一帝的秦始皇心惊肉跳，死里逃生，为历史留下了极为悲壮的一幕。

远在战国末期的一天，秦王政要在金碧辉煌、戒备森严的大殿里接见燕国使臣。近臣们告诉他："燕王实在畏惧大王的威严，不敢抗拒大王派出的将士。愿隶属于秦国作臣子，排在诸侯国的行列里，像郡县一样交纳贡物和赋税，只要能保住先人的祠庙……"又说："来人还砍下了高价悬赏、久缉不获的樊于期的脑袋，并将燕国最肥美的'督亢'的地图也带来了，准备一并献上……"这一连串的喜讯，的确让秦王政喜在心头，笑在眉上。于是，他准备接受来使的称臣和纳贡。

樊于期的脑袋验收过了，没有错，从此去掉了后患，拔掉了一颗钉子，省去了一块心病，自然是好事，只可惜没有抓到活人，让自己生吞活剥一番，多少是有点遗憾的，接着就是让燕使呈献地图了。装着地图的匣子打开了，包裹着地图的绸绢也在一层又一层地剥开着，心花怒放的秦王全神贯注地注视着。突然，一把匕首露了出来。刹那间，刺客左手抓住秦王的衣袖，右手举起匕首朝秦王刺来。秦王猛地一转，一个衣袖被拉断了。他想抽剑还击，但剑太长，仅仅抓住剑鞘，剑套得很紧，不能立即抽出来。慌忙急迫之中，秦王只得绕着柱子跑。事情来得如此突然，满殿文武大臣都惊呆了。秦王早有一条规定，下臣们没有宣诏，不准带武器上朝，因而大家都失去了常态……此时，只有侍从太医夏无且，急中生智，用所带药袋去砸刺客，但没有中。又一个侍从提醒秦王："把剑推到背上！"此时，秦王才清醒过来，抽出宝剑进行还击，长长的利剑刺中了刺客的一条腿，刺客无法站起来追赶秦王，便飞出匕首，向秦王投去，秦王头一偏，"哐当"一声，火花四溅，匕首砸在铜柱子上。这时，秦王的长剑，一招一式朝刺客刺来，刺客的肢体已经卸下七八块了。此时，刺客倚着柱子，又开腿笑骂道："事情之所以不能成功，是因为我想劫持你，一定得到你的承诺去回报燕太子……"

惊心动魄的一场搏斗结束了。这便是"荆轲刺秦王"、"图穷匕首见"两个词语的来源。它以慷慨、悲壮的情调，拌和着义士的鲜血，流淌在历史的进程中。

荆轲本是齐国人。他的祖先，曾因诸多政治原因，流徙于吴国、卫国之间。秦灭卫后，他又逃到了燕国。他平生好读书、击剑，又喜结交朋友。他想以自己学到的知识和精湛的剑术，帮助弱小诸侯国摆脱强秦并吞的危险。因而，他曾历游卫、赵、燕等北方诸侯国，试图得到这些国君的赏识与信任，以实现自己的抱负，然而却多次碰壁，没有成功。

那么，他这次大胆深入虎狼之地的秦国，并毫不犹豫地献出自己的生命，又是为什么呢？当时秦国正在进行统一全国的战争，为了免除燕国遭并灭之祸，荆轲受燕太子的派遣，携一匕首，进"不测之强秦"，去行刺秦王，欲生擒秦王逼迫秦王退还占领的诸侯之地。这是一项何等艰巨而伟大的任务啊！"明知山有虎，偏向虎山行"！荆轲是一个重守信诺的人，事前他充分估计到了事情的艰巨性。但为了答谢燕太子的信任与厚爱，他仍然义无反顾地去执行这项把握性很小的任务。如果燕太子不那般性急，或同去的秦舞阳临阵时不惊慌失措，历史将会重写。

荆轲在入秦之前，曾闯荡江湖，寻觅知音，都因性格不同，情趣迥异，不欢而散。他来到燕国之后，结识了一位会敲"筑"的人，名叫高渐离。"筑"是一种古代的乐器，形似筝，颈细而肩圆，有十三根弦，弦下有木柱。演奏时，左手按住弦的一端。右手执竹尺击弦发音。高渐离击"筑"的技艺高超，在燕国有点名气。两人相识之后，很快就成了知己，经常醉饮于燕都闹市。当喝到酣畅的时候，高渐离击"筑"，荆轲则和着拍子引吭高唱。时而相乐，时而相泣，悲喜无常，旁若无人。他俩为找到知己而高兴，也为天下缺少知音，英雄无用武之地，浑身才能无处施展而悲伤。

后来，荆轲在田光的举荐下与燕太子丹结交，便积极地筹划入秦行刺的事。准备工作虽然办得并不如意，但迫于形势，他还是决定提前起程了。临行的这一天，太子丹穿着白衣，戴着素帽，在易水之滨的一个僻静之处为荆轲举行了一次告别宴会。早春的风依然是那般凛冽，大地依然被衰草裹得严严实实，树上的枝条被风刮得索索作响，好像是在呜咽。这时荆轲的好友高渐离提着好酒和狗肉来了，他要为即将启程远行的荆轲弹奏一首"离情曲"，以壮行色。酒过数巡之后，高渐离拿出"筑"，弹起了凄切的曲子。大家听着那用竹尺敲击"筑"发出的声音，心里发颤，连汗毛都竖起来了。这时，荆轲缓缓地站立起来，和着拍子，对天长长地嘘了一口气，低声唱道：

风萧萧兮易水寒，壮士一去兮不复还……

萧瑟的风声与悲壮的歌声融成一片，揪人心弦，催人泪下。在座的人再忍受不住了，不禁失声痛哭。突然间，"筑"调又变得慷慨激昂起来。荆轲以高昂的声调唱道：

探虎穴兮入蛟宫，仰天嘘气兮成白虹……

其声激烈雄壮，大家精神为之一振，情绪也随着高昂的歌声而高涨，个个愤怒得连头发都竖起来，恨不得立即去与秦王拼命。

最后，太子丹端起酒杯，跪着敬献给荆轲。荆轲接过酒杯，一饮而尽，然后把酒杯抛进了易水之中，带着秦舞阳登上车子，头也不回地踏上了西去咸阳的大道，演出了刺杀秦王未遂的悲壮的一幕。

荆轲远走了，他给高渐离留下了深深的追念，也留下了无穷的哀思。他为荆轲的行刺失败反遭杀害而感到万分的惋惜和痛楚。于是，一个为朋友雪恨的计划，时时在他的心中涌动着。而虎狼成性的秦王则四处捕捉太子丹和荆轲的同党及朋友，高渐离自然成了追捕的对象。从此，高渐离藏起了心爱的乐器，换衣脱帽，变姓埋名，流落于宋子城（今河北赵县），当了一名佣人。

有一次，主人家来了一位客人，也好击"筑"。他评论道："这'筑'击得并不高明。"主人听说后，便要他试一试。谁知他这一击，满座皆惊。从此，宋子城内都知道他会击"筑"。豪门大族也轮番请他击"筑"助兴。这时，秦王政已经统一了全国，自称"始皇"。听说宋子城有个会击"筑"的人，便命人把他召进宫去。高渐离心里是何等的高兴，心想，为朋友复仇的机会终于来了。可是，高渐离不久被人认出是荆轲的朋友。秦王为了取乐，赦免了他的死罪，但叫人用马粪将他的眼睛熏瞎了，为的是让高渐离看不清自己。天长地久，高渐离渐渐有了接近秦始皇的机会，他便预谋着一个复仇的行动。铅是一种比重较大的金属，高渐离偷偷把铅灌进了"筑"柱中。等待着时机的到来。有一次击"筑"时，高渐离觉得离秦始皇的距离比较合适，便一跃而起，捧着"筑"朝秦始皇击去。可惜，他因眼睛看不见，偏离了方向，扑了一个空。结果，他和荆轲一样倒在了血泊中。

荆轲与高渐离，一对知己，行侠仗义，先后走上了反抗专制主义的道路。他俩言必行，行必果，勇于献身的行为，光照后世。历代文人墨客莫不壮其志，哀其遇，为他俩鸣不平。颜元题《荆轲山》道："燕国未染秦王血，山色如今尚不平"。王邦畿在《过易水》时也写道："亦知匕首无成事，只重荆轲一片心"，还有汪懋麟的"行人莫洒荆轲泪，赢得秦王魄已寒"之句，无不倾注着对侠士的同情、颂扬与悲叹。他俩刺秦尽管失败，但早已高高地站立在历史之巅了。

吴祐与公沙穆

所谓人以群分，大都是指人与人之间，因为有了共同的理想、志趣而存在的一种自愿组合。汉人吴祐与公沙穆两人的结交，就是一个实例。

吴祐，字季英，河南长垣人。他的父亲叫吴恢，做过南海太守。他由孝廉出身后以敦厚、质朴、逊让、节俭所谓"四行"（亦称"四德"）的优秀品质而升为"胶东侯相"。古代选拔人才最严格的是道德标准，崇尚的是德才兼备。早在他幼年随父亲游居岭南时，就体现出优良的品德。在还没有纸张书写的年代，人们纪事、作文都要写在竹简上。吴恢见南国的竹子长得又多又好，便打算砍些竹子做成简片写字。吴祐坚决反对父亲的这种做法，指出此举有两大弊端：首先是损坏了当地老百姓的利益，其二还会引起朝廷的怀疑和权贵们的嫉妒。岭南是一个物产丰富又多珍奇的地方，如果在这些方面不多加检点，还会招来祸害。一个十二岁的小孩，能有这种预见性，不仅使父亲感到欣慰，也令旁人十分惊讶。大家都说："吴氏世不乏季子矣。"人们把吴祐比成季札，父亲认为他将来如果能像季札那样谦虚谨慎，那将是家族的光荣。

那么，长大以后的吴祐究竟怎样？吴恢死后吴家很穷，吴祐安葬了父亲的遗骨之后，就在长垣老家的沼泽地里边养猪，边"行吟经书"，从不接受朝廷或故交、亲友的馈赠和帮助，安贫乐道地打发着日子。有一次，吴祐在沼泽地里碰上了父亲以前的一个朋友。这位前辈见他如此艰辛，不禁喟然兴叹道："你父亲官至二千石，而你却落了个养猪郎，即使你不感到委屈，你父亲在天之灵也会感到羞愧的啊！"又说："我是你父亲的至交，不论从哪个角度来说，都不应袖手旁观。有什么要求，你就说直吧！"吴祐听了，什么要求也没有提，只是笑了笑。其实，这个刚过二十的年轻人心里，早已设计出了自己前进的轨迹，描绘好了壮阔的前景，现在正围绕着这坚定的目标，做好腾飞的准备。他坚信靠自己的努力，一定能走出一条金光大道来。

吴祐平生最大的优点是善与人交朋友。他既能在大庭广众之中发现人才，又能推心置腹地与人交谈，更能主动热情地帮助他人。凭着肝胆相照、荣辱与共的态度，他把一个个相知、相识、相交的朋友推上历史的舞台，为后人留下一串串弥足珍贵的友谊范例。

黄真，字夏甫，是吴祐早年结交的朋友。在彼此的交谈中，他觉得黄真有许多优秀的品质，是一个值得推崇的好青年，如果让他出来执政，一定是一个为民造福的人。吴祐自己走上仕途后，便在人们面前大胆地介绍黄真、举荐黄真，不料遭到了某功曹（掌管选举的人）的反对。理由是吴祐本人还是一个官小职卑的人，一定推举不了什么优秀的人物。幸亏这里的太守头脑比较冷静，他素知吴祐的为人，便不以为然地驳斥道："吴祐有知人之明，你不要妄加阻拦，我相信他不会认错人的。"后来黄真担任新蔡令，果然是一个清正廉明、造福一方的好官。

济北有个叫戴宏的人，在学舍里读书时特别勤奋。吴祐每从这里经过，总能听到他读书的声音，吴祐为这个年轻学子的勤奋精神所感动，便主动和他交朋友，互相切磋学问。戴宏果然不负所望，后来成为一代儒宗，还成为酒泉的一名好太守。

吴祐办案，有一个特点便是注重调查研究，注重说服调解，注重自我教育。有所谓"民有争讼者，辄闭阁自责，然后断其讼，以道譬之……"他有时深入民间，了解案情，尽可能争取不通过法制手段来解决民间纠纷。由于他的工作做得深入细致，民间出现了"争隙省息，吏人怀而不欺"的安定局面。有个地方官私自加重赋税，并用多征得的钱为父母添置了衣物。父亲知道这事后，狠狠地批评儿子道："有君如是，何忍欺之？"一定要儿子去坦白认罪。吴祐原谅了他的错误，并送给他衣物，勉励他以后好好做人，免得引起父母生气、担忧。安兵地方有叫个毋丘长的人，与母亲同行于街上，母亲遭到一名醉汉的羞辱，他一气之下，将此人杀了。根据杀人抵命的条款，毋丘长应该处死，吴祐念他没有后代，便把他的妻子接来同居，直到妻子怀孕后才行刑。毋丘长感激吴祐给了他一个繁衍后代的机会，交代妻子，儿子出生以后，取名"吴生"，以示报答之恩。

公沙穆，字文义，北海胶东人，是吴祐的另一个"忘形之交"，他俩以主雇身份结交于"杵臼之间"，给人们留下一段更为珍贵的友谊佳话。

公沙穆，从小家贫，却酷爱学习，喜读韩赋，擅长观天象，预测气候，艰苦的条件没有折断他孜孜求学的翅膀。为了排除干扰，向心学问，他毅然离家，在山中建了一个窝棚，过起隐居苦读的生活来。有时似乎有人在呼唤他的名字，有时又好像有人推门而入，而他却不惊不诧、纹丝不动。其专注的程度，真有"麋鹿驰于侧而目不瞬，泰山崩于前而色不变"之概，其神情可谓超然物外了。

后来，他游于太学，钱用完了，无以为生，连换洗的衣服也典卖完了，没有办法，便想谋求打工糊口。这时，刚好吴祐家需要雇人舂米，公沙穆便来倒了吴祐家。在劳动之余，公沙穆仍然诵读不止，这引起了吴祐的关注，便和他交谈起来。经过一段时间的交流，他发现公沙穆的学问是那么渊博，思想是那么深邃，意志是那般坚强，便以朋友的方式款待公沙穆。交谈的次数越多，内容也越广泛，彼此也越佩服，感情也像爬藤一样紧密缠绕，蔓延开来，根深蒂固。

究竟是什么原因，使得吴祐如此器重公沙穆？是公沙穆的气质、品德、卓行和坚韧不拔的毅力。吴祐自从认识了公沙穆，总在人前人后宣扬自己结识的新朋友。他到处夸赞公沙穆，在不同的场合举荐公沙穆，使得这个未出茅庐的人，具备了起步远航的条件。

公沙穆学业有成之后，声名远播，仰慕者不顾道路遥远，前来求教。有个叫王仲的富翁，对他说："钱可以通万事。我送一大笔钱给你，请你帮我获得一个好名声、好地位，或好学问，该可以吧！"公沙穆听了之后，觉得这人可耻、可悲、可笑，便一口回绝道："你的礼品太厚了，富贵在天，得之有命，以金钱来钓誉的事，我干不了，请你赶快离开这里。"

巨额款项引诱不了公沙穆，那么一些小事又怎么样呢？有一次，公沙穆家里饲养的猪有些毛病，他交代家人，如果有人要买，你就把实情告诉他，价钱也应该便宜些才对。后来，猪卖掉了，可价钱并没有少。公沙穆觉得奇怪，有病的猪为什么有这么好的价钱？便追问此事，才知道买卖时并没有把实情讲清楚。公沙穆感到干了一件极大的亏心事，便连忙去追赶买猪的人。买猪的人听了很感动地说："买卖自由，你用不着如此认真。"并拒绝接受退款。僵持了一段时间之后，公沙穆硬是把多得的钱退给了买猎人。他的高尚品德，被广泛地传颂着，尊敬他的人越来越多，因而他被举为孝廉。

后来，公沙穆被提升为主事，又让他到缯侯刘敞（属琅邪郡，今山东峄县）那里去任职。这时的刘敞凭着自己是皇亲国戚，漠视王法，胡作非为，废嫡立庶，傲慢放肆，毫无顾忌，干了许多人神共愤的事情。公沙穆到职之后，本着劝恶从善的态度，直言不讳、旁征博引、苦口婆心地劝说刘敞，使得刘敞受到感化，以致后来"涕泣为谢"，认真检讨过去做错的事，并一一纠正过来，平了民愤，复得人心，因而受到朝廷的赞赏。

公沙穆还担任过弘农（今河南灵宝）县令，由于懂得不少天文、地理知识，有预测天时、地利的本领。在避灾就吉中，给老百姓带来过不少幸福，深受老百姓的爱戴。有一次，他预测到霖雨水灾将威胁三辅以东的地方，便动员当地的居民迁居高地。他的这一预测，后来得到了验证，百姓便称这位懂得科技知识的人为"神明"。自然，吴祐也分享着公沙穆的一切荣誉与欢乐。

司马迁与任安

《史记》是我国文化领域里的瑰宝，它以传记体通史的形式，开创了前所未有的历史编纂学的新体例，保存了自传说的五帝时代到西汉中叶三千多年的历史资料。作者还以准确、精炼的语言风格，创造了散文的新成就，成为后世散文家们揣摩、效法的典范。鲁迅说《史记》是"史家之绝唱，无韵之离骚"。

然而，究竟有多少人知道司马迁在撰写这部鸿篇巨制的时候，是怎样以血泪、忧伤、悲愤、叹息来浇灌它的呢？

司马迁（约生于公元前145或前135年），西汉史学家、文学、思想家，字子长，夏阳（今陕西韩城）人，司马谈之子。早年游迹遍及南北，到处考察风俗，采集传说。初任郎中，元封三年（公元前108年）继父职，做太史令，得读史官所藏图书。太初元年（公元前104年），与人共订太初历，对历法进行改革。后因替投降匈奴的李陵辩解，获罪下狱，受腐刑。出狱后任中书令，发奋继续完成所著史籍。他的《报任少卿书》，以字字泪、声声血回答了当时硬撑着活下来的理由，吐出了积郁心中的块垒，化解了朋友的误解，表现出了自己伟大的人格和高尚的情操。

　　司马迁是一个善于交往的人，朋友很多，但到灾难降临的时候，许多人经不起考验，就像羽毛一样飞飘而去，有的甚至还落井下石，权臣杜周就是其中的一个。旧友任安态度迥异，听到司马迁事变的消息，为赴朋友难，从遥远的益州赶来营救，体现出了他俩牢不可破的深厚情谊。

　　任安，字少卿，荥阳人，品德高尚，铁骨铮铮，从不喜新厌旧，也不卖友求荣。他曾在大将军卫青门下做过舍人。卫青在汉武帝时，曾七出阳关，进击匈奴，威震绝域，元封时被封为大司马。卫青姐姐的儿子霍去病，也是勇猛绝冠的名将，曾以"匈奴未灭，何以家为"的誓言，博得了皇帝的青睐，被封为"冠军侯"、"骠骑大将军"，威名甚至超过了卫青。于是，一些门人故客纷纷投靠到霍去病的门下，唯有任安不为所动，仍然留在卫青那里，直到后来接受了新的委派，才肯离开，去了益州。

　　任安与司马迁的性格虽然差别很大，但两人感情是无比真挚的。任安曾无数次帮助司马迁。当司马谈病危之际，他不远万里奔驰，到云南催促司马迁回家，使司马迁得以与父亲见上最后一面，并接受"汝必为太史……勿忘我所欲论者……"的遗命。

　　司马迁事发之后，任安匆匆赶来长安营救。为了筹集赎身的"五十万钱"，他东奔西走，向权贵们再三稽首，甚至违心地走进了杜周的相府，去向一个极不愿意见到的人求情。在筹集无方、求助无门、延期无望的情况下，他又违心地给监牢里的挚友送去了砒霜。他原为救友而来，最后竟欲送友而死。多么痛苦啊！然而，心高志远的司马迁拒绝了死亡，苟且活了下来。这是任安百思不得其解的事，也是性格刚毅的任安所不能接受的事。

　　围绕着一个人怎样"活"和怎样"死"的问题，任安和司马迁也许有过多次思想交锋。司马迁在他的《太史公书》完稿以后，用透支的生命和笔墨，不厌其烦、洋洋洒洒地写下了《报任少卿书》。

　　司马迁受李陵一案牵连下狱，惨遭腐刑。这意想不到的横祸，曾使他痛不欲生，"是以肠一日而九回，届则忽忽若有所亡，出则不知所往，每念斯耻，汗未尝不发背沾衣也"。那么，他为什么还要勉强活着呢？"所以隐忍苟活，幽于粪土而不辞者，恨私心所不尽，鄙没世而文采不表于后世也"。

　　"死有重如泰山，或轻于鸿毛。"这是司马迁对一切怀疑者和不理解者的回答。在阴暗的牢房里，他顶着强加的罪名，蒙受着流言飞语的羞辱，身残体弱的痛苦和因愤怒、悲伤而激起的感情折磨，打发着时日，思考着问题。"死"是最简单的办法，一死可以百了。然而，这样的死又有何意义呢？想到父亲的遗愿，想到自己涉世的初衷，想到未完的事业，觉得"屈辱的生"比"屈辱的死"意义更大。于是，西伯拘而演《周易》，仲尼厄而作《春秋》，屈原放逐赋《离骚》，左丘失明厥有《国语》，孙子膑脚而《兵法修列》，不韦迁蜀而世传《吕览》，韩非囚秦而《说难》、《孤愤》等一桩桩铁一般的事实和一个个鲜活的身影激励着司马迁，鼓起他活下去的勇气。终于，他用深沉而昂扬的情怀，观察着历史的兴衰、社会的嬗变、人生的底蕴，并以自己的血泪凝成千古绝唱——《史记》，为后世留下一份无比珍贵的文化遗产。可以设想，如果没有司马迁的这番思想斗争的胜利，如果没有他毕生含辛茹苦的努力，中国古代历史的面貌，能如此清晰地摆在今人的面前吗？

"千卷书，评善恶真伪；万里路，明曲直是非……"司马迁与李陵的关系原属一般，但他认为李陵的投降是出于无奈才采取的下策，说不定在寻找机会，回归汉朝。如果不是汉武帝杀了李陵的一家，如果不是汉武帝怀疑司马迁的忠直而贬低李广利，司马迁完全是不应该受刑的，李陵的回归也许会变成事实。从李陵答苏武的几封信中所倾吐的感情来看，一个"世受国恩，身为汉将，素有威名"、"与士大夫绝甘分少，能得人死力，虽名古将不过也"的人，是不会轻易屈服的。然而，薄情寡义的汉武帝及一群尸位素餐、只会捂住自己头上乌纱帽的奸臣，与司马迁的仗义执言、据理剖析的态度形成了鲜明的对比。

疑虑在信任之后打消，友情在理解中加固。任安在读完司马迁给他的信以后，完全理解了司马迁屈辱地活下来的原因，心中油然升起了敬意。当他重访旧友的时候，眼泪汪汪，说不出半句话来。谁还会怀疑这人间的真情呢？

后来，任安因太子逃亡事获罪。当他走向刑场的时候，司马迁摈弃了无耻小人的阻拦，捧着醇酒，穿过刀戟丛林，去和任安作最后的诀别。司马迁没有考虑自己的生死，也没有惧怕皇帝的威严。此时此刻，一对挚友的手紧握着，两颗激越的心在跳着，在邪恶面前，两张发僵的嘴在蠕动着，即使如岩浆喷发，也无法发泄胸中的块垒，道尽生离死别的痛楚！这惨不忍睹的一幕，令手持屠刀的刽子手们，也忍不住掉转了头。他俩没有抱头，也没有痛哭，心有长城，何惧血溅屠刀！"死"在此时，的确比泰山还重。

苏武与李陵

在汉武帝专权的时代，苏武与李陵这两个悲剧人物的故事，常令人感慨歊歍。他俩交往的书信与诗词，更是催人泪下。有人说"命运"是与生俱来的，而他俩悲怆的"命运"，却是由权力、奸佞、误传、武断等诸多人为因素造成的。抛开他俩的功过不谈，单就他俩的友谊来说，确实令人心酸。

李广是汉武帝时赫赫有名的战将，李陵是李广的孙子。李广生前被称为"飞将军"，任右北平太守时，匈奴数年不敢侵扰。李广前后与匈奴大战七十余次，以勇敢善战称著，少年李陵有乃祖风。有一次，汉武帝曾命他带骑兵八百，深入匈奴两千余里视察地形。他不辱使命，全师而还，受到汉武帝的赏识，拜为骑都尉，为生命奏响了第一个乐章。"福兮祸所伏"，初试锋芒的胜利，只是短暂的辉煌。在再战匈奴时，他冒险的抉择，揭开了灾难性的命运。

天汉二年，李广利率骑两万，出酒泉。击右贤王于天山，他本想让李陵掌管军需，而李陵却自请率骑两千，深入虎穴，直捣"单于庭"。他急切的功利思想正符合汉武帝好大喜功的心理，也为自己埋下了一根看不见的灾难导火索。在这场艰苦卓绝的斗争中，他以"五千之众，对十万之敌"。他的士兵在"兵尽矢穷，人无尺铁"时，犹"徒首奋呼，争为先登"。在万般无奈的情况下，他"尽斩旌旗"，把珍宝埋于地下，然后和剩下的十余人突围，但终因追兵太多被捕而降。此时李陵的心情该是何等的悲伤、复杂。他曾有"虚死不如立节"、"灭名不如报德"的想法，希望有机会逃出虎口，再铸辉煌。然而，由于奸诈的公孙敖谎报"捕得活口，言李陵教单于兵以备汉军，故臣无所得"，以"脱罪自保"，结果，激怒了汉武帝。汉武帝杀死了李陵全家，连据情冷静分析的司马迁也遭受了腐刑，从而把李陵逼进了死胡同。以后，汉朝虽然也希望李陵重返朝廷，但李陵始终认为"陵虽孤恩，汉亦负德"，不愿再"屈身稽颡，还向北阙"，终于"以胡女为妻"，"终死西域"了。

汉朝与少数民族的关系，有时紧张，有时缓和，有时兵戎相见，有时礼尚往来。苏武是李陵的同时代人，他以使节的身份出使匈奴而被拘留下来。苏武在匈奴被拘留了十九年，可谓九死一生。敌人断绝粮食，把他关进一个地窖里，苏武饿得没法时，便以雪拌着旌毛充饥。后来他被移置到遥远的北海（今西伯利亚贝加尔湖）一带荒无人烟的地方去牧羊，他长时间吃不到粮食，便去挖野鼠洞、掏野鼠的粮食填肚子，在那"歃朝露以为饮，茹田鼠以为粮，穷目极望，不见所识，侧耳远听，不闻人声"的日子里，他是何等的凄凉。苏武忠于汉室，在长达十九年的时间里，"杖汉节牧羊，卧起操持，旌毛尽落"。其间匈奴人多次派人劝降，多次把刀架在他的脖子上进行恐吓，他始终没有屈膝，直到汉昭帝刘弗陵即位，与匈奴和亲，他才有机会重返家园。然而，"丁年奉使，皓首而归"的苏武，家庭却发生了翻天覆地的变化。万般思念儿子的母亲，早成冢中枯骨，失去了依靠的妻子也嫁作他人妇，一双儿女与两个妹妹下落不明。他虽然重归汉廷，却孑然一身。此时此刻，他的心境该是多么悲怆。

苏武与李陵均为"侍中"。苏武因从事外交工作而被拘留，把青春、黑发、家人献给了汉室，最后获得"关内侯"、"图画麒麟阁"的报答。李陵是征战的武将，为汉室开疆拓土，深入虎穴，战败被俘，又因屡遭曲解、陷害，招致家族覆灭，丧失了为汉室立功赎罪的信心，留下了永远抹不掉的伤痛，并立下永不作汉臣的决心，最后客死异域，遭到永无休止的谴责。尽管二人结局不同，但他俩的处境和心情有许多相同之处，且彼此的感情不错，常相劝慰，倾吐心声，织就了一段异域深情。

当李陵接受投降条件"纳胡女，任右校王"以后，匈奴曾命他去会见苏武，劝他投降。李陵经过长途跋涉来到北海，为苏武置酒设乐。席间，李陵说起自己初降时"忽忽如狂，自痛负汉"，想到家庭的悲剧，不禁放声大哭，悲歌道：

> 径万里兮渡沙幕，为君将兮奋匈奴。
> 路穷绝兮矢刃摧，士众灭兮名已陨。
> 老母已死，虽欲报恩将安归？

可见李陵此时仍然是心系汉室的。苏武是一个崇尚气节的人，他平心静气地对李陵说："我父子谈不上有什么成就，能位列将相通侯，兄弟也有出息，都是朝廷的赐予，常愿肝脑涂地以报答皇上。我虽然蒙受了许多酷刑、苦难，但我是心甘情愿的。你如果一定要我投降，请毕今日之欢，效死于前！"面对掷地有声的誓言，李陵没有再说什么，只是十分叹惜道："嗟乎，义士！陵与卫律之罪通于天。"流着泪告别了苏武。这次会见，使这对身陷异域的朋友，有了更深一层的了解。

当苏武获释启程回国的时候，李陵为朋友置酒祝贺道："今足下归还，扬名匈奴，功显于汉室，虽古竹帛所载，丹青所画，何以过子卿！""我虽然是极为愚笨的人，即使是汉室宽宥了我，我又怎么令老母再活，妻儿再生呢?！这诛灭我全家的伤痛事，我是至死也抹不掉的啊！但愿你能理解我的心情。"他俩紧握着双手，倾吐着离情。

苏武走远了，扬起的尘沙模糊了李陵的视线，断珠般的眼泪，滚滚而下。

他悲痛地自言自语道："三代之将，道家所忌，自广至陵，遂亡其宗，哀哉！"正是李陵此时此刻难于倾吐、愤然而动的心情。辘辘车轮，也同时碾过苏武的心迹，回眸西望，早已看不清高埠上伫立送别的李陵，他为这留在异域的好友叹息。

从此，这对被关山阻隔的朋友不能再携手，同举觞，只能凭着鸿雁，凭着诗书，安慰着破碎的心。苏武在给李陵的诗中写道：

> 骨肉缘枝叶，结交亦有因。
>
> 四海皆兄弟，谁为行路人。
>
> 况我连枝树，与子一同身。
>
> 昔为鸳与鸯，今为参与辰。
>
> 昔者长相近，邈若胡与秦。
>
> 唯念当离别，恩情日以新。
>
> 鹿鸣思野草，可以喻嘉宾。
>
> 我有一樽酒，欲以赠远人。
>
> 愿子留斟酌，叙此平生亲。

当这饱含情意的诗篇展现在李陵眼底的时候，它又一次煎熬着异国游子的心。李陵痛苦地回报苏武道：

> 嘉会难再遇，三载为千秋。
>
> 临河濯长缨，念子怅悠悠。
>
> 远望悲风至，对酒不能酬。
>
> 行人怀路远，何以慰我愁。
>
> 独有盈觞酒，与子结绸缪。

这对在特殊环境里生活的朋友，共同谱写着自身的凄凉与悲剧，传递着绵绵的关切、遥远的叮咛、深深的祝福。朋友，当你展读他俩之间的书信和诗篇的时候，能否多一点思考，多一点分析，多一点设想，而对李陵少一点指责呢？弑母、屠妻、杀子的悲剧，世人有几个人能承受得了呢？悲夫！李陵！千古恨，谁也无法为你平反申冤！悲夫！苏武！丁年出使，皓首还乡，老母离世，少妻出帷，你赢得的是千古佳名和永恒的敬仰，而心中的苦酒，只能独自品尝。

班彪与尹敏

俗语说"话不投机半句多"，那就是说，没有共同语言的人，就不必多说废话，否则，即使多说半句，也会产生矛盾，导致分裂，影响感情。相反，说话投机，不仅不嫌话说得多，还会起到沟通思想、联络感情、增进共识的作用。"每相与谈，常晏暮不食"，这是人们对后汉班彪与尹敏两个说话投机的人的一段赞语。他俩为什么有那么多说不完的话呢？下面就让我们来认识这对好交谈的朋友吧！

班彪，字叔度，扶风安陵（今陕西兴平）人。他的祖父和父亲都是汉朝的官吏。到了西汉末年，皇权旁落，王莽篡政，并由此而引发了混乱局面，使得战火连天，民不聊生。"沉重好古"的班彪这时才二十岁。为了避乱，他来到了独揽天水地方大权的隗嚣那里，以等待时局的发展。隗嚣是一个自视很高又躁动不安的人，他很想火中取栗，夺取全国，窃据帝位。而班彪认为皇室的崩溃，是统治阶级内部权力之争造成的，其根基并没有瓦解，各地的割据势力，也仍然是围绕着复兴汉室而进行着的。要想成就帝业，一定要有"明圣显懿之德，丰功厚利积累之业"、"精通于神明"和"流泽于民生"的人，未有"世远无本，功德不纪，而能崛起者"。隗嚣对这番纵观古今、推心置腹的话置若罔闻，一心编织着他的"皇帝梦"。鉴于此，他只得舍弃隗嚣去找窦融。于是，班彪又开始了艰苦卓绝的长途跋涉。

所幸的是窦融完全接受了他的建议。于是，班彪便协助窦融开展了推翻王莽、安定三辅、复兴汉室的斗争。后汉政权建立以后，才高识博的班彪成了汉光武帝的重臣。光武初年，班彪举茂才，拜徐州令，因病未能赴任。此后，他专心史籍，采集前朝遗事、异闻，写出了传记数十篇，为《汉书》的撰写奠定了基础。

尹敏，字幼季，南阳人，年轻时就开始钻研《欧阳尚书》、《古文》、《毛诗》、《穀梁传》、《左氏春秋》。刘秀建立政权后不久，尹敏受到重用，拜大司空掾。光武帝见他博通经史，便让他校点"图谶"。"图谶"本来是一种为封建统治阶级服务的迷信说教，它把自然界的某些偶然现象神秘化，作为社会安危的决定因素来宣传。王莽曾利用"图谶"和"符命"作为他篡权改制的根据。刘秀取得帝位之后，便让尹敏删除崔发为王莽所撰写的妨碍"中兴"的"图谶"。尹敏是一个比较有科学头脑的人，开始接受这个任务时，他就提出了异议。他认为"图谶"只是一种世俗牵强附会之说，如果加工整理，就会贻误后生。但是，想利用"皇权天授"的谎言来巩固政权的刘秀，不但没有正面接受尹敏的意见，反有责怪他不尽心尽责。尹敏在无可奈何的情况下，只得违心地进行删削撰写工作。有一次，他在"图谶"的空缺处，补上一个口字，于是这句话便成了"君无口，为汉辅"。刘秀看后，感到很奇怪，便把他找来询问。尹敏坦然回答道：我看见前人对"图谶"有增有减，于是也增加了一个口字。受到奚落的光武帝，心里很不是滋味。尹敏本有宰相之才，但光武帝对这个不听话的人，能不加罪就算不错的了，还谈什么提拔重用。

尹敏与班彪都是潜心于研究的人，学问渊博，志趣相投，一个撰写前朝遗事，一个受命校点"图谶"，自然有许多联系。在做学问时，他俩都崇尚百折不挠的精神，鄙视知难而退的懦弱者；在学习方法上，他俩都崇尚深入钻研的精神，鄙视浅尝辄止的浮躁气习；在学习内容上，他俩都崇尚博学多闻，鄙视孤陋寡闻的短见；在处世方面，他俩都崇尚豪放豁达，鄙视拘谨畏缩的作风；在与人交往时，他俩都崇尚朴实无华的纯真友谊，鄙视虚与委蛇的伪君子。由于有许多的相同与相似之处，所以，每次见面，他俩便有说不完的话。特别在探讨学术的时候，他俩往往是"每相与谈，常晏暮不食，昼即至冥，夜即彻旦"。于是，"班尹忘食"的一段佳话便在人们中流传着。

人们常说，读书可以遣怀。为了做学问，为了探讨问题，班彪和尹敏竟至通宵达旦，不吃不睡，难道不是太辛苦了吗？当然辛苦。然而，苦是乐的扩大，它是收获前的耕耘，是追求真、善、美过程中筚路蓝缕的探索。当人们追求的事业获得成功的时候，苦就变成了乐，陶陶然其乐无穷。班彪与尹敏，常常就是这样苦中取乐的。

尹敏不仅对班彪十分崇敬、友好，就是对其他朋友，也绝不干落井下石的事。他在担任长陵县令时，皇上下令逮捕一个叫周虑的男子。周虑是一个名气不小的人，又与尹敏是好朋友，自然尹敏很同情他。为此，尹敏不但丢掉了官衔，还被抓进了牢房。等到事情调查完毕以后，他才被放出来。

陈蕃、周□与朱震

"陈蕃悬床"、"朱震藏孤"，这是发生在东汉桓帝、灵帝时期的一段朋友之间的佳话。它记录着陈蕃与两个朋友真诚相待、以死相救的故事。

付出与收获是对等的，有了付出，就会有收获，这是永恒的价值观。在与朋友的交往中，付出不应是天平上绝对的砝码，也无须保持绝对的平衡。但在社会的整体环境中，只要付出了，就会得到回报。陈蕃曾付出了许许多多的真诚，却从不计较回报。他也绝没想到死后得到的回报，却是那般沉甸而感人。

　　陈蕃，字仲举，汝南平舆（今河南汝南）人。他的祖父曾做过河东太守。他少年时就有不平凡的抱负。有一次，他父亲的朋友薛勤到他家来做客，他若无其事地独居一间陋室学习，满屋的书籍，乱七八糟地摆着，地上的纸屑脏物成堆，连墙边也长上了青苔，更不用说蜘蛛网了。于是，其父便对他说："你这孩子怎么不把房子打扫干净，请客人进来坐一坐呢？"不料这位未成年人竟落落大方地回答："大丈夫处世当扫除天下，哪能为一间房子的事而忙碌的呢？"话一出口，薛勤一震，心想：这个小孩竟有如此大志，将来一定是有用的人才。"洒扫庭除"、"礼貌待客"，这是常人应具备的美德，但对一个具有凌云壮志的孩子来说，就不能求全责备了。因此，薛勤不但没有生气，还着实肯定了一番，鼓励他为"扫除天下"多作努力，做一个有远大抱负的人。

　　成年以后的陈蕃的确是一个个性鲜明、处事不通世俗浮沉的人。早年，仕于郡，举孝廉，任郎中，因服母丧去职。又为别驾从事，由于与顶头上司意见不合，便弃官不做。后来经过太尉李固的推举，被征为议郎，再升为乐安太守。当时李膺任青州刺史，有"威政"之名。许多贪官污吏和能力薄弱者多引退归田，唯有陈蕃以"清绩"得以留任。

　　有个叫周璆的人，既有学问，品德又很高洁，却不愿做官，也不愿与官府的人打交道，是一个安贫乐道、与世无争的真隐之士，以前多届郡守均仰慕他的名气，相邀做客，或以高官厚禄相许，都遭到了他的拒绝。唯有陈蕃相约相请，他才乐与交往。这是为什么呢？首先是周璆了解陈蕃少有"清世之志"，不同于一般贪赃枉法、胡作非为的官吏；其次是陈蕃了解周璆不求闻达的志向，是一个超尘绝俗的人物，所以，从不勉强他做不愿做的事，也不以官位和物质去引诱他。因此，两人见面谈得很投机。周璆来了，陈蕃以礼相待，相互谈论学问、生活、情操，决不涉及官场中的事。陈蕃还为周璆准备了一张特殊的床，周璆来了，留他住宿，周璆走了，又把这张床挂起来，谁也不敢再动用。因而，"悬床之请"就成了陈蕃与周璆友好交往的一段美谈。

　　在陈蕃仕宦道路上，"清世之志"也是有口皆碑的。有个叫赵宣的平民，葬亲而不封墓道，服丧二十多年。乡里人都称他是孝子，多次向陈蕃举荐此人。等到陈蕃与赵宣见面谈起家常事时，了解到他的五个儿女都是服孝期间生育的，陈蕃大怒，斥责此人伪装"孝道"，表里不一，"诳时惑众，诬污鬼神"，并判处其罪。

　　陈蕃后担任尚书。当零陵、桂阳二郡"山贼为害"的时候，大臣们都主张派兵去镇压，唯有陈蕃上疏驳斥道："二郡之民闹事，一定是地方官'虐政'所致，应当审查地方长官，清除'在政失和，侵扰百姓者'。"于是，朝廷便选清贤奉公的人去宣布法令，安抚百姓。事实正如他所分析的，不久，所谓"郡民闹事"的事，就平定下来了。

陈蕃的"清世之志"还表现在其直言不讳、言必由衷的态度上。他做光禄勋时，曾就"封赏逾制，内宠猥盛"的情况上疏反对，指出"近习以非义授邑，左右以无功传赏，授位不料其任，裂土莫纪其功，乃至一门之内，侯者数人"，"采女数千，食肉衣绮，脂油粉黛，不可赀计"，"夫不有臭秽，则苍蝇不飞"。他以言之有物的事实，批评皇帝对宦官们的过度宠信和奢侈糜烂风气的泛滥。他还提出过裁减朝廷和宫中官员的主张，因而触怒了许多人，被排挤出外为豫章太守。但坦然独处的陈蕃。并不以官位的升迁而改变自己的生活轨迹。他生活严谨，从不与人拉拉扯扯。除了公务时与人打交道外，私下从不接待客人。"送客不出廓门"，是他一条不成文的规定。因而，想通过他走后门的人，几乎绝迹了。因为公正、清廉，陈蕃后来又被征为尚书令。

在"党锢"之争中，陈蕃与窦武、刘叔合称为"三君"，成为反对宦官专横的"党人"领袖。在宦官横行与反对宦官横行的斗争中，有些朝廷命官不敢直言，陈蕃却独自上疏："内政不理，心腹之患"，"近习（指宦官）之权，复相煽结"。他建议当权者"割塞近习豫政之源，引纳尚书朝省之事"，其目的就是希望选取清高名士，罢去奸诈无耻之徒。但是，昏庸无能的皇帝，根本听不进这些逆耳的忠言，由此更引发宦官们对陈蕃的怨恨，朝野上下，气势汹汹，不得安宁。此时，只有太学生敬重他，誉之为"不畏强御陈仲举"。接着，陈蕃的同党李膺、杜密、范滂等人，相继蒙冤下狱。陈蕃曾反复上疏，多方挽救，都没有达到目的。他甚至尖锐地指责桓帝："遇贤何薄？待恶何优？""杜天下之口，聋盲一世，与焚书坑儒无异。"为此，桓帝免了他的官职，陈蕃深恨宦官，志欲必除。而宦官也积极展开攻势，竭力诬事太后。在斗争进入白热化的时候，由于窦太后的干预与迟疑，反对宦官的斗争失败了，陈蕃被宦官所杀。这时，他已七十多岁了。他的家属被流放，他的门生、故吏大多被罢官削职，有的还被长期禁锢。

朱震也是陈蕃的朋友，当他做州从事的时候，就很有政绩。在弹劾济阴（今山东曹县、菏泽一带）太守单匡的时候，朱震秉公办事，不留私情。人们曾以这样的谚语来夸赞他："车如鸡栖马如狗，疾恶如风朱伯厚。"意思是说朱震不讲究个人享受，也不摆阔气和威风，但疾恶如仇，办事雷厉风行。可见他与陈蕃的处世作风,有很多相似之处,彼此能相交深知,也是理所当然的事。

当陈蕃遇难暴尸于荒野的时候,朱震正担任安徽滁县县令。消息传到他的耳里,他十分心痛,便摘掉自己的乌纱帽,冒死赶去为陈蕃收殓尸骨,又将陈蕃的一个儿子陈逸隐藏于茂陵。这时专权的曹节、王甫等人,正在追捕陈蕃、窦武的余党。朱震此举体现了他为朋友虽赴汤蹈火而不顾的忠肝义胆。然而,事情最终还是被泄露出去了。于是,朱震一家也被抓了起来,并被投进了监狱。

在监狱里,朱震被宦官们轮番拷打,几至皮开肉绽,筋挑骨断。此时,他唯一的信念,就是保存亡友最后的一条根。尽管自己被折腾得死去活来,他也没有说出"匿孤"的事。直到黄巾起义,朝廷大赦党人时,陈逸才获得自由,重见天日,并被封官鲁地。

相待以诚,相持以义,是物欲熏心、金钱至上者学不会的,它必须发自内心。伪善的世界是不相信真诚的,而陈蕃、周璆、朱震坚持以不泯的真诚谱写出的"悬床"、"藏孤"之举,在友谊的王国里奏响了一曲圣歌,让后人景仰不止。

蔡邕与王粲

"蔡邕倒屣"记录了东汉一代名家蔡邕与初生牛犊王粲交往的一段故事。蔡邕与王粲不仅年纪相差很大,而且他们是先闻名,后相识相交,一旦相识,就像故交一样,忘年忘形,推心置腹,真诚相待。

蔡邕(133—193年),东汉人,字伯喈,出生于陈留圉县(今河南杞县)。他精通音律、诗词,谱写过《胡笳十八拍》的蔡文姬就是他的女儿。他是一个博学多才的人,深谙琴音,还能自己做琴。世传名琴"焦尾琴",就是他亲手制作的佳品。平时"闲居玩古,不交当世",如果官僚们想听他弹琴,他就装病拒绝。权倾一时的大宦官徐璜、左琯等人,就吃过他的闭门羹。所以,他与人交往是有选择的。

蔡邕著述很多,所著诗、赋、碑、诔、铭、赞、连珠、箴、吊、议论、章表、书记四百多篇传于世。其中一部叫《释诲》的作品,是他出仕之前写的,其宗旨是"斟酌群言,龉其是而矫其非",表达了他"贫而不耻"、淡于名利的清高思想。蔡邕更长于碑、铭,谙于史学,是有志于撰写汉史的人物。

一部《蔡中郎文集》，保存了他七十余篇碑铭。《后汉书·蔡邕传》李贤注引《蔡邕别传》中说："邕昔作《汉记》等，很受当时人喜爱。但他生不逢时，他的许多著作为乱世所淹没，就连他的生命，也在各类政治集团的你争我夺中，推来搡去，碰得头破血流。"蔡邕的生活道路是坎坷的、悲怆的。

他先在司徒乔玄那里做事，受到乔玄的器重，出补河平长，不久拜为郎，校书东观，进而迁为议郎。这时他虽然向朝廷提出过许多革除吏治弊端的建议，主张惩罚不法官吏、选择贤良，但都没有引起朝廷的重视，反而招来"仇怨奉公，议害大臣"的"大不敬"罪名，而被一再惩处、追杀，逼得他亡命吴越达十二年之久。董卓专权以后，想利用蔡邕的名望来巩固自己的地位，软硬兼施，逼他应命，竟有"三日之内，周历三治"的事发生。第一天封他为祭酒，第二天封他为侍御史，第三天封他为尚书。不久，又拜蔡邕为中郎将，跟随献帝迁往长安，后又封高阳乡侯。蔡邕虽然受到董卓的器重，也想借此机会发挥自己的政治才能，但因董卓的刚愎自用，他提出的许多有益建议都无法实现，加上他无法逃脱董卓的控制，最后随着董卓的诛灭而被王允所害。一代英才被淹没在混乱的时局中，成了野心家董卓的陪葬品，常令后人叹息不已。

王粲（177—217年），字仲宣，山阳高平人，为"建安七子"之一，其诗语言刚健，词气慷慨。

蔡邕与王粲的交往，发生在汉献帝迁都长安的这段时间。蔡邕因才学称著，且在董卓的一再举荐下，成了"贵重朝廷"的人物，因此前来拜访他的人很多。时人以"车骑填巷，宾客盈坐"来形容。为了寻求政治上的出路，展现自己的风采，出身于官宦世家的公子王粲，也加入了来访者的行列。

这一天，蔡邕盘坐在官邸，与来访者高谈阔论。家人前来通报道："有个年轻人，名叫王粲，想求见大人。"蔡邕一听，神情顿时喜悦起来，连鞋子也来不及穿好，就出来迎接王粲。那股热情劲，让满座的宾客都感到震惊。等到见了面，大家心里不禁凉了半截，原以为王粲是一个风流倜傥、相貌伟岸、令人望而生敬的人，谁料蔡邕领进来的是一个孱弱矮小、面黄肌瘦、难登大雅之堂的人物。蔡邕看着大家的表情，似乎听出了大家心声，连连说："这是王公（王畅）之孙，是一个很有抱负和才能的人，我远远比不上他呀。"经他这么一说，大家自然就乐意接受这个年轻人了。这时的王粲才十七岁。后来在蔡邕的推荐下，王粲担任了侍郎。

王粲在长安逗留的日子里，与蔡邕交谈了许多，蔡邕也更加器重他了。

为了帮助他更快地成长，蔡邕对王粲说："吾家书籍文章，尽当予之。"这位老前辈对新朋友的馈赠，是何等的贵重啊！它为王粲的腾飞插上了翅膀。

王粲的确是一个奇才，有着惊人的记忆力，有过目不忘的本领。道旁的碑文，他读一遍以后，就能一字不漏地背下来。他精通数学，文章写得又快又好。人们怀疑他"举笔便成，无所改定"，一定是早就起好了腹稿。其实，在许多情况下，仓促执笔，他也如此神速。坚实的功底，决定了他的才华横溢。

王粲对仕途的态度是冷静的，也是有选择的。他在长安并没有停留多久，便觉得董卓那样的人是成不了大气候的。于是便弃官去荆州依靠刘表。而刘表对他的态度与蔡邕迥异。刘表因王粲相貌不扬，十分轻视，这使王粲感到十分失望。

在群雄争霸的乱世中，王粲安身立命的思想是十分明确的。他在《安身论》中阐述道："崇德莫盛于安身，安身莫大于存政，存政莫重于无私，无私莫深于寡欲。是以君子安其身而后动，易其心而后语，定其交而后行……"王粲十分赏识曹操，他曾与刘琮讨论天下形势，劝刘琮归顺曹操。这足以证明他的头脑是清醒的，目光是敏锐的。后来，王粲终于来到曹操的身边，成了曹操的座上宾，并被赐爵为关内侯。魏国建立后，王粲又拜为郎中。他凭着"博物多知，问无不对"的本领，赢得了时人的赞誉。到了建安十二年，他跟随曹军征吴，死于半道上。这一年，他才四十一岁。英才早逝，曾令时人扼腕。

王粲是十分珍视友谊的。他的《思友赋》云：

> 登城隅之高观，忽临下以翱翔。
> 行游牧于林中，睹旧人之故场。
> 身既殁而不见，余迹存而未丧。
> 沧浪浩兮迴流波，水石激兮扬素精。
> 夏木兮结茎，春鸟兮悉鸣。
> 平原兮泱莽，绿草兮罗生。
> 超长路兮逶迤，实旧人兮所经。
> 身既逝兮幽翳，魂渺渺兮藏形。

这首神情凄婉的悼亡诗，也许正是为蔡邕而作。

蔡邕与王粲的这段交往故事，今天还能从史迹中寻觅出来。蔡邕这位文学领域里的大师，对王粲命运的关主，完全是出乎对年青一代的赏识与提携。

因为有了蔡邕的常识，王粲的目光才显得无比远大。

因为有了蔡邕的帮助，王粲的翅膀才长得无比坚硬。

因为有了王粲的尊崇，蔡邕的许多论述才后继有人。

也因为有了王粲的尊崇，蔡邕的心境才变得如此欢乐，从而使"倒屣迎宾"的故事，能更久远地流传。

荀巨伯与病友

"流芳百世"与"遗臭万年"，这是一对意思完全相反的词语，它高度概括了人生在世的社会地位与价值。在滚滚的历史洪流中，有的人以煌煌政绩称著，有的人以武功称雄，有的人以文章博彩，有的人以舍生取义称誉，有的人以小事见大义……他们为华夏历史留下了许许多多流芳百世的瑰丽篇章。反之，有的人以卖国求荣遗臭，有的人以贪污腐化裂名，有的人以凶残暴戾取败，有的人以坑人害友获讥……他们在历史的照妖镜前，也无不留下遗臭万年的丑恶嘴脸。但更多的人是以平凡的身影、平凡的事迹给自己摄影留念的。《世说新语·德行》篇中，为一个舍身卫病友、大义退顽敌的荀巨伯写下了一段平凡中见伟大的感人至深的故事。

荀巨伯，河南许州（今河南许昌）人，生活于东汉末年。这是一个战乱频繁的时代。其间有农民起义，也有中央皇权与地方割据势力的战争，还有汉族政权同少数民族之间的战争，更有少数民族豪酋之间的互相攻伐，以及少数民族统治者同北方地主集团的攻守战争。各类性质不同的战争，把整个中国扰得天昏地暗。特别是董卓之乱后，各地割据势力之间的战争，此起彼伏，真是民无宁日。各个集团为了扩充军事力量到处招兵买马，所招揽的人，缺乏纪律，所到之处，既杀又抢。战争过后，城池往往一片废墟，就连一部分胡人，也乘机窜进中原打家劫舍。

荀巨伯探望病友之际，正值胡兵攻城。剽悍的北方蛮兵，骑着高头大马，挥舞着锐利的兵器，横冲直撞，几乎没有碰上任何抵抗的力量。城里的人早都逃光丁，逃不出的大多做了刀下鬼。

病友一见荀巨伯冒这样的风险来看望他，急得冒出一头冷汗，急急地说："我现在重病缠身，无论怎样也逃不出去了，只有等死！你冒险来看我，我感激不尽。现在乘敌人还未进入我家，你赶快逃走吧，不然就要连累你了。"

荀巨伯一听此话，不以为然地回答："我这么远来看你，就是放心不下。

现在一遇风声紧急，就离开你，这种行为是极不符合道义的，我不屑干这种事。"不管病友怎样劝他，催促他，他还是守在病友床前，不离开半步。病友急得没法，流着眼泪对他说："巨伯啊，我是快死的人了，连累你遭殃，我是何等的不安啊。"

正当病友苦苦哀求他离去的时候，胡兵们闯了进来，霍霍的大刀和长矛，一齐逼到他俩的胸前，大声责问道："大军所至，一郡皆空，你们是何人，敢于独自留在家中，难道不怕死吗？"

荀巨伯从容回答："我的朋友正患着重病，我怎能舍下他不管呢？如果你们要用人当兵，请以我去替代。如果你们要杀人，请向我开刀吧！但请求你们不要杀害我的朋友。他已经被疾病折磨好久好久了……"

这简单的请求，朴素无华，掷地有声。人生的净度，是善恶的较量。心灵是行为的根。一个人只有心灵纯洁，才能语言纯洁。这批胡兵听了他的话相视而道："我们是不义之师，闯进了有义之家，何必乱杀无辜呢？"于是，胡兵遽然而退。由于荀巨伯的义举，大家获得了平安。

当我们拭去历史的尘埃来审视这位平凡人物时。好像看到一棵参天大树静静地立在原野上，任凭十二级大风摇撼。荀巨伯没有显赫的官品，没有耀眼的权势，没有饱读诗书的经历，甚至没有抗拒强暴的力量，然而，他以高尚的情操，朴实无华的语言，战胜了龌龊者的袭击，瓦解了野蛮者的狂妄，揭示了愚钝者的丑恶。在最危急的时候，他的气节，他的风骨，他的灵魂得到了净化，得到了升华。他像一块光芒四射的钻石在友谊王国里闪烁着异彩，为忠诚的友谊之树缀满了繁花绿叶。

赵熹与韩仲伯

在文明社会里和社交场合中，人们总习惯地说："女士们，先生们"，以这种方式表示对女士们的尊敬，这是常见的现象，也是容易办到的事。但是在特殊情况下，甚至在危难之中，要真心实意地做到这一点，就不那么容易了。

下面就让我们来认识两位在特殊岁月里和特殊环境中，不顾一切艰难险阻保护妇女儿童和老弱病残者的感人事例吧！

汉武帝统治时期，西汉王朝虽然在政治、经济、文化等方面有很大的发展，但封建社会固有的矛盾在激化。促使社会矛盾日益尖锐化的问题首先是土地。因为土地是封建社会最重要的生产资料，是财富的象征和标志，因而兼并土地就成为地主和官僚们刻意追求的目标。土地兼并的结果，使大量农民破产。这些失去土地的农民，有的沦为地主的奴婢。有的成为依附地主的佃农，更多的成为无业游民。大量游民的涌现，便成了社会动荡不安的因素。王莽代汉以后，阶级矛盾进一步激化，农民遭受着更为深重的剥削与压迫，当他们再也无法生活下去的时候，反抗的情绪也就日益激烈了。于是，全国各地纷纷举起了义旗。自天凤元年（公元 14 年）的山东日照吕母首义之后，很快在全国形成了三股巨大的起义军：一为河北的义军，一为以樊崇为代表的赤眉起义军，一为南方的绿林军。特别是赤眉和绿林军，成为直接推翻王莽政权的主力军。王莽为了扑灭这一股股起义的怒火，便强令州郡"急捕珍盗贼"，并派遣心腹太师王匡和更始将军廉丹率兵速剿。他们的军队毫无纪律，烧杀掳掠，穷凶极恶，害得广大老百姓东躲西藏，无数无辜者死于非命，他们的罪行与赤眉军形成鲜明的对比。当时老百姓就流传这样的歌谣："宁逢赤眉，不逢太师。太师尚可，更始杀我。"可见人心惶恐到了何等程度。在那灾难连年、兵荒马乱、风雨飘摇的日子里，哪有藏身之地呢？为了活命，往往儿女顾不了父母，丈夫顾不了妻子。如果有人在大难临头的时候，舍己救人，便是惊天地、泣鬼神的事了。赵熹和韩仲伯就是在这种特殊的岁月里和特殊的环境中，以实际行动谱写了一曲这样动人的歌。

赵熹，字伯阳，南阳宛人。他是一个品德优秀、见义勇为、临危不乱的人。年轻的时候，就表现出了超人的气度。他叔父的儿子为人所害，少年的他立志要为哥哥报仇。十五岁那年，他带人闯进了仇人的家里。这时，这户人家正害着传染病。他本可不费吹灰之力，了却复仇心愿的，但他没有这么做，他认为"因病杀人非仁者"，便撤了出来。他这种崇高的道义行为，当时就受到了人们广泛的称赞。

到了王莽建立新政权以后，武阴有个李姓大户占住城池不降，而且声称赵熹是一个讲信义有道德的人，赵熹不出面，谁的话他也不听。王莽没法，只得拜赵熹为郎中，行使偏将军职权，去与李姓人谈判。果然，赵熹一到，李姓大户立即开门相迎，并答应投降。可见赵熹的确是一个信义卓著具有感化力的人。因而，他的高义善行的事迹也就不胫而走了。

在各派起义军与反动势力的拉锯战中，赵熹和韩仲伯也卷入了战争的漩涡。有一次，他们带着几十名妇女小孩辗转于荒山野岭之中，而且要通过武关（今陕西丹凤）这个隘口。这是兵家必争的要塞。怎么才能过得去呢？两个朋友展开了一场争论。韩仲伯认为，老人孩子还比较好说，就是那些漂亮的女人难办。如果谁被看上了要留下来以供欢愉，自己无论如何也没法与那些没有人性的人争论，不如把他们放下，让她们自己去碰运气，自找生路。赵熹一听，怒火喷然而发道："你这是什么话？在危急的时候丢下人家不管，这算什么种？你必须知道，帮助一个出身在外而又陷入绝境的人，等于结交了一个终身不变的朋友。寄希望于碰运气，不是等于寄希望于浮云吗？"赵熹有一个火暴的脾气。他欣赏火的刚烈、正气和光明磊落。平时他热情奔放，助人为乐，默默无闻地做着细小的事，关键的时候，爆发起来，就变成了一团熊熊的烈火，锐不可当，气壮山河。他的话像炸响的惊雷一样，震撼着韩仲伯的灵魂。"素丝无常，唯所染之。"韩仲伯觉得自己临难推卸责任的想法的确是错误的、卑微的。调不在高，有情则鸣；语不在多，有诚则灵。他没有再作任何争辩，而是全然接受了赵熹的批评，放弃了自己的想法，主动地投入到救护活动中去。

无数的成功者，瞬间突然的火花就是"急中生智"。在别无他法的时候，他俩从地上抓起一把把污泥和着脏水，抹在了年轻妇女的脸上。并交代她们如果遇到强暴不讲理者，就装病哭嚎，以期蒙混过关。这个主意果然灵验。进入武关以后。大军扼守得十分严密，一辆辆车子和行人，都被逐个清查一番，唯独在掀开那些装载着妇女的车子时，一股股恶臭扑鼻而来。驻军们连连挥手，让她们快走。有些妇女还大声哼哼，也没有引起守军们的怀疑。就这样，赵熹和韩伯仲呼前顾后，带着这批人逃出虎口，进入到安全地带以后，才松了一口气。

助人为乐是中华民族的美德之一，是社会文明的体现，是联系人与人的纽带，也是自我价值与社会价值的完美结合，历来为志士仁人所推崇。那么，从这则简短的故事中，人们应该受到怎样的启发呢？

严光与刘秀

坐落在浙江桐庐的富春江畔，有个古今闻名的"严陵滩"，山下有一块巨石，上面平坦光滑，可坐十多个人，人称"严子陵钓鱼台"。这里有一群古朴的建筑，粉墙青瓦，便是严子陵的祠堂和碑廊，其中有范仲淹撰写的名句："云山苍苍，江水泱泱，先生之风，山高水长。"那么，严子陵究竟是一个怎样的人物呢？

严光，字子陵，今浙江余姚人。本姓庄，只因避汉明帝讳，才改姓了严。严光从小就聪明好学，精通《诗》、《书》，在家乡一带颇有名气。他与人论辩，逻辑缜密而奇诡多怪，不同凡响。乡里人认为他将来一定会出将入相，会给家乡带来无限荣耀，因而对他总是另眼相看。稍长之后，严光希望自己成为一名学富五车的饱学之士，便不顾长途跋涉，来到人才荟萃的京师长安太学学习。

京师太学，即古代的最高学府，是传授儒家经典的大学堂，西周时已有太学之名。东汉时期太学大为发展，集中了许多想象丰富、勤奋肯钻、锐意进取的青年。他们为了展现自己的才华，实现自己的理想，都把太学作为腾飞的起点、成功的阶梯。此时，太学里来了一个南阳豪门子弟刘秀。他英姿焕发，思想敏锐，善于交游。他见严光意气豪迈，也乐与之交往，不久，两人便成了意气相投的朋友。

他俩都喜欢海阔天空地聊天，谈论起诗文来，神采飞扬，意味醇厚：或明丽典雅，恬淡自然；或泼辣犀利，所向披靡。有时他俩也谈论人生，思考生命的奥妙和人生的真正价值。但谈论得最多的还是王莽篡权夺位的事。他们剥茧抽丝地分析王莽篡权夺位的必然后果，设想着推翻王莽政权的办法。此时此刻，智慧、激情、胆略在谈笑中竞相飞跃，宏图在胸臆中哗哗作响。特别是刘秀，自认是汉室宗亲之后，有着责无旁贷的责任去恢复汉室的宗庙。严光也认为刘秀是"帝胄之英"，是名正言顺的继承人，所以也常"激发其志"，起着吹火助燃的作用。后来，刘秀从农民起义军的手中，攫取到了胜利的果实，成了后汉的开国皇帝——汉光武帝。而只想成为大学问家的严光适逢乱世，无法在长安久呆，便辞别南归。然而混战的烽火，已阻隔了归途。再说，自己是带着家乡父老的殷切希望离开的，如今落魄而归，脸上无光。于是，严光便决定先到人杰地灵的齐鲁去寻师问友，以待时局的变化。他走进了山东北部的一个小山庄，过起极其简朴的隐居生活。

在政权稳定以后，素有儒者之风的刘秀，知道打天下要靠武功，治天下则要注意文治。于是，便广泛地收罗知识分子，想利用他们的名望和智慧、才能，来巩固自己的政权。此时，他最先想到的人，便是在太学里结识的、帮助他点燃希望之炬的严光。严光在哪里？一通通招贤榜发出之后，怎么也得不到他一点儿消息。光武帝刘秀便派人到严光家乡去寻找，但谁也没有看见过他的人影。刘秀也了解严光才高学酉、自命不凡和不甘屈就的性格，便根据自己的记忆，把严光相貌的特征，命画工绘制成一幅幅肖像，到处张贴，命人寻找。

其实，经过严酷战争洗礼后的严光，思想也产生了巨大的变化，他爱上了寂静无为的生活。什么功名利禄、理想抱负，全都抛到了脑后。于是，严光摘下了破旧不堪的儒巾，换上葛衣短衫，抛开功名的诱惑，就在青山之麓、清溪之滨，搭起了一间栖身的小棚，过起了与世无争的生活。沂蒙山绵延起伏，气势磅礴，荡涤着他心中的郁闷；沂河水清澈见底，洗尽了他的凡夫俗气。他早已安于现状了。清晨，他迎着薄雾，沐着朝霞，走向山冈，去舒展筋骨，吐故纳新，或走向河边，静静垂钓，寄思幽情；傍晚，红日西沉，他伴随归鸟走入窝棚，做着人世间最香甜的梦。山中才数日，世上已千年。严光在"钓翁"的梦中打发着日子，几乎不知道世上发生了多少变化。

皇帝的诏令一下，严光的确扬名了，各地官员四处打听严光的下落。不久，齐国（封国，今山东泰山以北）的官员来报告说："沂河边有个男子，独居于山谷中，身披羊皮，经常坐在河边钓鱼，有几分像画像上描绘的人，只是不敢肯定。"刘秀一听，精神大振，认为此人八成是严光。于是，立即派出使者，备上专门聘请贤人的车辆，带上表示尊贵的玄色丝帛，前去迎接那位垂钓的男子。使者见了"钓翁"，奉上礼物，可"钓翁"连眼皮也不抬一下，更不通姓名，只说是"山野之人，志在江湖"，拒绝应召。无奈光武帝决心已下，一连三次派使者去请，非要把严光请来不可。出于无奈，严光最后只好跟随使者来到了长安。

光武帝见严光终于来了，甚是高兴，一见面，又是拉手，又是拥抱，显得十分亲热。而严光推说旅途劳顿，亟须休息，不愿与光武帝多说话。光武帝没法，只好先把他安排在皇家的馆舍中居住，一切生活用品及膳事全部由皇宫提供。

侯霸也是严光在太学里结识的朋友。听说严光来了，首先派人去拜访他。谁料严光对来人说了一串难听的话，令侯霸气急败坏，便跑到光武帝那里去告御状。

光武帝十分了解严光的性格和用意。便亲自去驿馆看望严光。严光知道皇帝要来了，便躺在床上睡觉。

他呼吸平稳、悠长，好像真是在白日做梦。等了许久，光武帝弄不清他是真睡还是假睡，便走过去拍拍他的肚子说："老同学，醒醒吧，你能屈尊帮我治理一下天下多好啊。"严光没有回答，只是翻了翻身，又过了好久，才微睁双眼，有气无力地说："昔日唐尧治理天下，仁德远扬，也还有巢父洗耳之事。士各有志，何必苦苦相逼。"光武帝没法，只得叹息着走了。

过了几天，光武帝又把严光接到宫里，两人同吃同住，一起回忆当年在太学里的往事，细数同窗的变故，感叹世事的变化，从容谈吐，十分投机，谈笑一直延续到晚上，光武帝便留严光在宫中过夜，并与自己同床共寝。睡到半夜，光武帝迷迷糊糊地感到有个东西压在自己的肚子上，还有一股淡淡的泥土味。用手一摸，原来是严光的一只脚。光武帝本想把这只脚推开，但又担心是严光对自己能否真正礼贤下士、与人同甘共苦的考验，只得忍着肚皮上的酸痛，度过了这难熬的一夜。

不久，光武帝面授严光为谏议大夫。严光并不谢恩，也不履行职责，只是对光武帝说："你让我走，咱们还是昔日的朋友。你让我留在这里做什么谏议大夫。反倒伤了和气。"光武帝见严光说得如此坦诚，知道即使留下了人，也留不住心，只好派人送他回桐庐故里，去过那林泉生活。

严光与光武帝颇具富戏剧性的故事。对两人都产生了良好的效应。严光因为光武帝的寻觅、器重、送归等一连串动作，获得了誉满神州、流芳后世的声名。宋人范仲淹甚至发出了"君为功名隐，我为功名来。羞见先生面，黄昏过钓台"之叹，并为严光修祠建碑，以享后人。严光如果没有光武帝的这段友谊、这番热情，即使有天大的学问、追云逐日的心志，恐怕也只能淹没于草莽之间了。而光武帝刘秀也因为有了严光的这番执拗，而获得了礼贤下士的美誉。于是，一批批想攀龙附凤、大展宏图、干一番事业的人，也纷纷集结到他的身边来了，终于开创了"光武中兴"的盛世。

廉范、邓融和薛汉

《后汉书》里有这么一句话："前有管鲍，后有庆廉。"也就是说后汉时的庆鸿与廉范在对待朋友的态度上，可以与管仲和鲍叔相比拟。抛开庆、廉两人之间的交往不谈，单就廉范对邓融、薛汉的患难深情来说，也是感人至深的。

廉范，字叔度，是战国时大将廉颇的后代。廉颇的高风亮节，一直影响着其后代的健康成长。廉范的曾祖父、祖父、父亲都心系国家的安全、民族的危亡和人民的疾苦，他家世世代代驻守边疆。有一次，他随父亲到西州（今四川）办事，不幸遇乱，父亲死在他乡，这时廉范才十五岁。年少的他，虽然蒙受了莫大的打击，意志却无比坚强。为了使父亲能归葬首丘，他曾四次辞别母亲去巴蜀搬运父亲的灵柩。他祖父的下属、父亲的好朋友张穆，为了帮助他安葬好父亲，送给他一笔数目可观的安葬费。廉范志在自力更生，分文未取。不料在搬运过程中，船只触石沉没，在万分危急的时候，他不忍抛舍父亲的遗骸，便抱着棺木在水中浮沉。岸上的人深为这少年孝子之情所打动。于是，大家动手，把他搭救上岸。张穆闻讯，心里更是不安，又派人快马加鞭把这笔钱送来资助他。可廉范是一个在困难面前不低头，在金钱面前不伸手的人，他拒绝了这番好意。经过千辛万苦，他终于把父亲的遗骨运回了祖茔，了却了一桩心愿。以后，他又来到了京兆杜陵定居，开始了个人奋斗。

薛汉，字公子，淮阳人，长于灾异谶纬之学，当时跟他学习的人很多。他是建武初年的博士，受皇帝的命令校定图谶，还做过千乘郡（今山东高苑）的太守，政绩也很不错。廉范跟他学习过，有一段师生之谊。由于廉范学习出色，名声日显，京兆和陇西两个地方都想聘用他做地方官。邓融更是仰慕他，还特别去拜谒他。后来，廉范做了陇西的功曹，协助邓融开展工作。但到职不久，邓融因事被人检举告发。廉范分析了事情的复杂性，便想用别的方法帮助他，因而向邓融提出了辞职的要求。邓融一听，十分恼火，认为廉范是一个徒有虚名的人，不该在自己最困难的时候离他而去。廉范离开邓融之后，并没有另谋高就，而是隐姓埋名来到了洛阳，寻找到了一份"狱卒"的职务，整天和一些被关押的人打交道。不久，邓融果然被判刑下了狱。于是，廉范又有了机会与邓融周旋。囚犯的生活是十分痛苦的，除了吃穿住的条件十分低劣外，还要遭到严刑拷打，甚至皮开肉绽，骨折筋伤。每当这个时刻，廉范总出现在邓融的身边，尽心尽意地照顾，以减轻他的痛苦。有一次，邓融对廉范说："不知什么缘故，我感觉你与我过去的一名功曹十分相像。"廉范心头一惊，生怕露出了真情，便粗声恶气地回答："你是关得太久了，思想糊涂了，眼睛花了的缘故吧，以后少胡说八道才对。"邓融听了，也不再往下说。后来，邓融的案子一直拖下来没有判决，而且生起病，监狱只得准许他出狱治疗。廉范也就以狱卒的身份陪伴着他，以亲人的心情护养着他，直到邓融死去，也没有向他透露自己的身份，还把邓融的灵柩送回南阳安葬。他这种出于真实感情的援助方式，既不为邓融所察觉，也不为时人所理解。

此后，他又重新谋了一份公职。不久，又碰上老师薛汉出了事。楚王英是光武帝的儿子，建武十五年封为楚公，建武十七年晋爵为楚王。但光武帝并不宠幸他的母亲许氏，所以他的封邑最小。但孝明皇帝刘庄还在当太子的时候就对楚王英不错，两人关系特别亲密，常常给他许多特殊的赏赐。刘庄登上皇帝的宝座后，还赐封楚王英舅父的爵位。楚王从小就好结交朋友，到晚年更"喜黄老"之学，"学为浮屠斋戒祭祀"、"作金龟玉鹤，刻文字以为符瑞"。于是，有人告讦他"招聚奸猾，造作图谶，擅相官秩……大义不道，请诛之"。这一来，孝明皇帝便撤销了他的封赐，将他迁到丹阳泾县。薛汉是楚王英招纳的门徒之一，"善说灾异谶纬"之术，自然就逃脱不了。在这场风声鹤唳的政治事件中，士大夫们都怕扯上麻烦，远远地躲开了。本来是相好的朋友，拷一连十，拷十连百，冤死者上千，系狱者数千，唯有廉范敢冒天下之大不韪，去给薛汉收殓。这一来，又有人把他告到官府。孝明帝听后，十分恼火，特地审问他道："你作为一名公职人员，不和朝廷同心同德，反而去为犯罪分子收殓尸体，是何道理？"廉范并无惧色，从容回答道："我本是一个愚笨憨厚的人，我认为薛汉是罪有应得，但人已经死了，就不必再暴尸于屋外，我是忘不了那段师生之谊啊！"明帝又问："你是廉颇将军的后代吗？与右将军廉褒、大司马廉丹有什么关系？"廉范回答："褒是我的曾祖父，丹是我的祖父。"明帝这才释然道："难怪你有这么大的胆子啊！"明帝没有再责备他，而以"加怒以发其志"的方式处理了这件事。于是，人们广泛地传颂着廉范的高风亮节，佩服他敢作敢为的勇气。

后来廉范晋升为云中太守，为朝廷驻守边疆，抗击匈奴，累立奇功。以后又做过武威、武都、蜀郡等地的太守，所到之处，均有政绩，深受当地老百姓的欢迎。人们甚至作歌谣道："廉叔度，来何暮？不禁火，民安作。平生无襦今五裤……"意思是说，廉范要是早来做官，我们这里的生活早就富裕起来了。

孝明皇帝死后，江州郡掾严麟奉命去参加国葬，不料车子在路上坏了，马也死了，急得不知怎么办才好。刚好在家闲养的廉范也要去敬陵（后汉章帝陵，在今河南洛阳东南）凭吊，见此情景便把自己的坐骑给了严麟。严麟如旱天之获甘露，骑上马就赶忙上路，也没有仔细打听此人是谁，等到事情办完以后，才想起应该把马匹还给人家。但此人是谁呢？他不知道，只好沿路打听着。有人告诉他："这种专做好事不留姓名的人，一定是原来蜀郡的太守廉叔度。他平时最爱周济穷人，帮助人排忧解难。你为国奔丧遇到了困难，他怎能不帮助你呢？"严麟早就知道有个乐善好施的廉范，只是从来没有打过交道。于是，他便牵着马将信将疑地去寻找廉范。果然，那天就是廉范帮了他的忙。

庆鸿与廉范为刎颈交，庆鸿也曾做过琊邪、会稽太守，政绩显著，且为人慷慨有义节。所以人们总是把他俩高尚的品德与"管鲍之交"相提并论。

具有高尚品德的人，他们之间的交往是经得起任何考验的。"士之相知，温不增华，寒不改叶，贯四时而不衰，历夷险而益固。"廉范之于邓融、薛汉，不正是这样吗？

范式与张劭

"三杯重然诺，五岳倒为轻"的思想境界，曾令无数志士仁人心向往之。在人类进步的历史长河中，究竟有多少人为这金子般的"信用"、"承诺"流过汗，流过泪，抛洒过热血呢？历史上不乏这类记载。"信用"、"承诺"与"正义"、"善良"、"诚实"、"坚强"、"勇敢"一样具有永恒的价值，激励着人们历尽艰辛去追求它的实现。下面就让我们来叙述一段朋友之间信守诺言的故事吧！

故事发生在东汉桓帝年间，故事的主人公就是范式和张劭。两人虽然说不上是居庙堂之上的显赫人物，但彼此之间高度信任的程度，如春风摇落了枝头的残雪，摇出了串串花蕾，启开人们的心扉，昭示着善良的向往，为后世树起一个信守诺言的典范。

范式，字巨卿，今山东邹县人。张劭，字元伯，今河南汝阳人。在交通还十分闭塞的时代，两个求知欲十分旺盛的年轻人，来到洛阳太学寻求升造。在没有任何雕琢和虚饰的心态中，是同一个课堂、同一缕阳光、同一批师长、同一学习内容引导着他俩心灵的走向。在朝夕相处的岁月中，他俩共同学习，共同研讨时事，探求人生路上的种种问题，拳拳之情如一根绳索在不知不觉中牵动着彼此的心灵。岁月在不经意地翻动着日历，披着青春霓裳的他俩，在太学里已经几度寒暑，几度春秋了。他们从繁花似锦的春天走过来，穿过绿意浓浓的夏天，又进入到了硕果累累的秋天。学习已经期满，到了该离开太学施展个人抱负的时候了。

聚与散本是生命旅程中常见的事。相聚的人，不一定相识；相识的人，不一定相知；相知的人，也不一定要常聚。在这郑重惜别的时刻，范式为了安慰张劭，首先提出：两年后的今天，我一定来登门拜见你的母亲并问候你的妻子和儿女。张劭一听，不禁转愁为喜。于是，两人相约记住了这难忘的承诺，然后挥手而别。

遵守自己的诺言，便会赢得他人的信任。花开两度，树增两轮，相约的日期到了。这一天，张劭把此事告诉了母亲，并请求煮酒杀鸡迎接宾客。老夫人不禁笑道："傻孩子，两年之别，千里结言，你真相信他能如期赶到吗？"张劭很有把握地告诉母亲："巨卿信士，必不乖违。"母亲不愿拂却儿子的一番心意，便将信将疑地为他准备着一切。

悠长而缠绵的思念，总是牵动着张劭的那颗心。这天中午刚过，他早早地来到了村边路口，伫立等候，远眺来往行人，总希望范式的身影早一点进入自己的视野。太阳渐渐失去了中午的火辣，山鸟归林了，家禽进窝了，农户们也辍锄了。这时张劭发涩的眼睛忽然一亮，"巨卿来了"、"巨卿真的来了"的欢呼声冲口而出，他是那么喜形于色。而范式呢？他带着一身尘土。带着一身疲劳，如期到了张家。登堂拜伯母之后，众人喜气洋洋，倾吐着离情别绪和相见的欢乐。这便是被后人称之为"人间鸡黍期，天上德星聚"的一段佳话。

范式后来走上了仕途，成为郡功曹。而张劭因体弱多病，常居家中疗养。他们见面的机会虽然少了，但感情的纽带仍然系得很紧，甚至是魂牵梦绕，心灵感应。张劭重病的时候，十分眷恋范式，昏迷中仍然叨念着"我今生再也见不到死友范式了……"守在身旁的另两个朋友郅君章、殷子微道："我们都很关心你的健康，我们不是都守在你的身边吗？我们难道不是你的死友吗？"

张劭微睁着眼说："你们都是我的好友、生友，但不能算死友。"在张劭的眼里，范式才是死友，其分量是何等的重啊！

范式早就知道张劭重病缠身，只因公务繁忙，没法亲自侍奉汤药，但这块压在心上的石头，常使他寝寐不安。一天晚上，他忽然梦见张劭病故了。一场噩梦之后，不禁放声大哭。第二天，他便向太守告假去奔丧。太守对他的这一举动，疑惑不解。但范式还是素车白马赶往张家去奔丧。这时，张家也正停枢等候他的到来。范式怀着万分悲痛的心情在灵枢前叩首致哀。并亲自引枢入窆。为了悼念亡友，他还留守了好些日子，修整好坟墓，栽上青松翠柏，直到青草已经覆盖、绿树成活的时候才肯离开。当后人读到范式与张劭的这段友谊故事的时候，无不为之感动。金人元好问在《酬韩德华送归》之作中写道："鸡黍先有期，升堂未言晚。"唐人杜牧也有"巨卿哭处云空断，阿鹜归来月正明"之句。清人袁枚也这样赞颂道："流水犹可断，相思谁能裁。"这都是对范、张二人信守诺言、心灵感应的纯真友谊而发出的感叹。

范式对于朋友，不止于张劭，即使从未见过面，只要以自己为朋友的人，他都以诚恳的友谊相待。

他在洛阳时，有个叫陈子平的长沙人，十分仰慕他，但还未来得及结交便亡故了。临终的时候陈子平对妻子说："我知道范式是一个德行极高尚的人，可以托以死事，我死之后。就把我埋在他家门前，他会为我安排后事的。"陈子平扶病写了封信托妻子送给范式。范式读了这封信后十分伤感，便亲自到陈子平坟前祭悼，并尽心地安抚他的遗孤，后来又把陈子平的灵柩送回湖南安葬。

范式与人交往信守诺言的高尚行为，在当时就传为佳话，长沙上计掾还特别上书奏明皇上，准备提拔重用他，但都被他一一谢绝了。在他看来，玻璃与金子相会，才会有宝石般的光辉，又何必为发光的宝石抹上一层泥土呢？

刘备、关羽和张飞

在纷纷攘攘的东汉末年，三个姓名不同、居处各异、个性差别很大的男子汉，为了一个共同的愿望——上报国家、下安黎民，走到一起来了。他们不求同年同月同日生，但求同年同月同日死。他们杀牛宰马，祭天告地，结为兄弟。这就是传之千古而不衰的"桃园三结义"。在几十年的生活历程中，他们时时为"兄弟"着想，处处为"兄弟"卖命，顶风冒雪，不辞劳苦，亲冒刀戟，不顾安危，鏖战沙场，辗转中原，历威武而不屈其志，临富贵而不移其情，共同以碧血、生命哺育着友谊的鲜花，成为永不褪色的佳话与楷模。他们就是人们熟知的刘备、关羽、张飞。

刘备，字玄德，涿郡（今河北涿县）人，是汉景帝时中山靖王的后代。他少年丧父，与母亲以编制草鞋的活计维持生活。他家门前有一棵高大茂盛的桑树，远望如一个小车的华盖。幼时的刘备，常和小朋友们在树下玩耍，还对小朋友们吹嘘道："我将来一定要拥有这种'羽葆车盖'。"幼小的心灵，早就萌发出一种欲望，这成为他一生戎马倥偬，孜孜以求的驱动力。少年刘备，虽然抱负很大，但并不十分喜欢读书，有别于他人进身求荣的"书中自有黄金屋，书中自有千钟粟，书中自有颜如玉"的常规道路，而是喜欢动物、音乐、美服。这在时人的眼里，是一种不求长进的表现。他高高的个子，手长耳大，垂手可以过膝，自己可以看到自己的耳朵。刘备特殊的体态，很引人注意。他说话不多，平易近人，也善于控制自己的情绪，把喜怒藏于心底。他还喜欢结交豪杰，深得人心。因此，他很快就成为年轻人心中的领袖人物。他还获得了社会名流刘德然、公孙瓒等人的赏识和商人张世平、苏双军等人的资助。这种赏识与资助，虽然只是一种脆弱的基础，但为他以后的腾飞注上了兴奋剂。后来，他在镇压黄巾起义军和讨伐董卓等军事行动中，不遗余力，而且战功卓著。这为他走上"三国鼎立"的舞台、成为西蜀的第一个皇帝奏起了进军曲。

关羽，字云长，河东解地人。据说，他的父亲是一个铁匠。由于平时帮助父亲打铁，关羽练就了一副钢筋铁骨。后来，他又得到名师指点，武艺高强，成了能于百万军中取上将首级的骁将。他喜欢读书，尤爱《春秋》，这培养了他崇尚信义、"善待卒伍而骄于士大夫"、好打不平的性格和道德观。关羽后来亡命涿鹿，据说，也是因为好打抱不平而招来的横祸。他的同窗好友李禁的未婚妻被解州恶霸吕熊抢去了，李要关羽为他报仇。关羽素知吕熊恶名，早就恨透了。听到朋友的妻子被抢，关羽便不假思索，把吕熊杀了，并救出了姑娘。吕家发现主人被杀，一边派人追赶，一边派人报案。关羽来不及和双亲告别，也来不及换下沾上血污的衣服，便慌忙逃走。逃到城南河边，见一位老大娘正在洗衣服，便上前求救。大娘随手拣了一件衣服披在他身上，又顺手给他一拳，直打得他鼻血横流，然后顺手一抹。接着又截下几缕头发，栽在他的嘴边。这样一来，一个白脸小子，便变成了一个红脸大汉。这一简单而神速的化妆，使关羽避开了官兵的追赶，得以亡命他乡，开始书写他一往无悔的英雄佳话。

张飞，字孟德，河北涿鹿人。他"身高八尺，豹头环眼，燕颌虎须，声若巨雷，行如奔马"，生来就是一副万人难敌的身板。据说，他十五岁时父母就去世了。为了在乱世中有一个护身的本领，他便离家四处寻师。一天，他在鸡公山下碰到了一位鹤发童颜、武艺高强的老者，便拜在他的门下学艺。在严师的严格训导下，张飞居然能力举千斤，脚碎巨石了。他那惊人的能量，使老师感到十分高兴。老师便教他刀、枪、剑、戟、拳术、气功。学成回乡之后，张飞便成了涿鹿一名好汉。张飞性格豪爽，又好仗义行侠。家富田产，又兼营卖酒、屠猪的生意，为广结豪强，奠定了基础。

此时，天下汹汹，汉室垂危，以张角为首的黄巾起义来势凶猛，因而引起无数英雄共折腰。幽州太守刘焉，为了镇压黄巾起义，到处张榜招兵。亡命他乡的关羽，看到自己有了用武之地，便想应征。年已二十八岁的刘备。

看到榜文之后，认定自己是"汉室宗亲"，也有志"破贼安民"。豪爽的张飞，见二人长相不凡，便相邀饮酒交谈。于是，他们在一起谈论时局，谈论参军，情投意合。在张飞的建议下，他们三人于后院桃花树下设坛结义，结为兄弟，誓不相叛。正是那"背义忘恩，天人共戮"的千古誓言，把三人的命运绑在了一起。从此，刘备在乡里招徒举事的时候，关羽、张飞为他跑前跑后，协助工作；刘备做平原相的时候，关羽、张飞为他统领部队，共分责任；刘备在大庭广众之中议事的时候，关羽、张飞站立两旁，不避繁难；刘备涉险遇难的时候，他俩拼死救护。三人睡在一起，吃在一起，即使亲生兄弟，也没这般亲热。

旦旦信誓，是需要时间来考验的。在漫长的艰苦历程中，三人都以实际行动做了回答，其中尤以关羽最为出色。在曹操率大军攻打徐州时，刘备、张飞吃了败仗，曹操抓住了刘备的家属，又至下邳招降关羽。关羽被围在土山之上，欲脱不能，只得采取权宜之计，听从张辽的劝告，约事三桩，暂时归顺了曹操。但他身在曹营心在汉，时时在打听失去联系的刘备的下落。在跟随曹操去许昌的途中，曹操把刘备的两位夫人安排在关羽的一个居室里，借以造成关羽乱伦的假象，以破坏他们的结义。而心地正直的关羽，严守志节，毫无邪念，使曹操的阴谋无法得逞。当关羽得知刘备在汝南，张飞在古城时，便不远千里去寻找。在曹营的那些日子里，他拒绝了曹操"上马金"、"下马银"、"三日一小宴"、"五日一大宴"的各种诱惑，"封金挂印"而去。这时关羽身上的担子是何等的重啊！两个嫂子都是纤弱之辈，需用车辆护送。自许昌至古城，道路遥远，沿途多有关隘，又有能将把守，因而出现了"过五关，斩六将"的惊险场面。然而，对于义重如山的关羽来说，心中除了报答兄长的知遇之恩、信守"桃园结义"的誓言外，他早就把自己的安危置之度外了。

经过长途跋涉达到古城之后，关羽却又遭到了张飞的怀疑与刁难，认为他是为曹操而来的，还以"忠臣宁死而不辱，大丈夫岂有事二主"的大道理来责备他。在有口难辩的情况下，关羽只得斩了蔡阳，以明心志。而张飞的怀疑与刁难，从另一个侧面也反映出他信守"誓言"和对"结义"的忠贞之情。古城之会，使三个异姓兄弟的感情更加深了一层。

关羽后来大意失荆州、败走麦城、为吕蒙所害，消息传到成都时，刘备心痛得几次昏厥于地。他痛不欲生地哭道："云长有失，孤断不独生！"固执地决定统三军讨吴。这时，他已把"人神共怒"的"国贼"曹操放到脑后了。

尽管诸葛亮、赵云等人多方劝阻，但刘备都听不进去，仍发誓要"啖其肉，灭其族"，从而引发了猇亭之败，加速了白帝托孤的过程。

消息传到阆中，张飞旦夕号哭，血湿衣襟，每日望南切齿睁目，毫无独享富贵的念头，决意亲自担任先锋，挂孝伐吴，为关羽讨回血债。然而，嗜酒成性、失去理智的张飞，由于报仇心切，在坚持部队以白旗、白袍、挂孝亲征的枝节问题上，恣意鞭打士卒，招致杀身。噩耗传来，刘备的伤痛上又加上了一层严霜。

这一幕幕悲剧的上演，虽然不是人们所希望的，但透过这一件件伴随着惊险、辛酸、悲壮的事例，不难看出这三个不是亲兄弟胜似亲兄弟的男人，在友谊的天秤架上，其分量是何等的沉重。

人们不难设想，没有关羽的千里寻兄，没有张飞对关羽的那番考验与刁难，没有刘备的主观伐吴，又怎能理解"桃园三结义"的可贵呢？在长期的的战斗洗礼中，三个出身于平民的男子汉，没有因地位、勋爵、贵贱的变化而改变萍水相逢、意气相投、结为兄弟的至尊感情。他们的人格是高尚的，灵魂是纯洁的，追求事业的意志是坚定的，这就是后人所津津乐道并喻之为万世楷模的真正友谊。

诸葛亮与马谡

读过《三国志》、《三国演义》，看过三国故事或三国戏剧的人，都知道诸葛亮挥泪斩马谡的故事。那么，诸葛亮既要处斩马谡，为什么又要伤心落泪呢？这得从他俩相识、相交、相处的全过程来认识。

诸葛亮，字孔明，琅琊国阳都县（今山东沂南）人。诸葛亮的少年时代，正处于东汉政治黑暗、阶级矛盾尖锐、整个社会动荡不安的时期，又逢父母先后去世，便随叔父辗转流徙来到隆中定居，开始了他的所谓十年"隐居"生活。隆中是群雄逐鹿、烽火连天中的一片绿洲。它隶属古荆州，离襄樊只有咫尺之遥，是一个山不高而秀雅、水不深而澄清、地不广而平坦、林不大而茂盛的好地方。在刘表保境安民思想指导下，投奔到荆州来的北方学士很多，因为得到了刘表的赈赡，大家都能过上安适的生活。诸葛亮的一家也是如此。

当时聚集于荆州襄阳一带的还有许多豪强大族和有识之士。如大族有庞、黄、蒯、蔡、马、习等家，彼此之间，交往密切。诸葛亮与崔州平、徐庶、石广元等好朋友就是在这里结识的。而且，诸葛亮还在这里认识了马良、马谡兄弟。这一批博学多知、胸怀广阔、目光敏锐的年轻人，获得了老一辈如庞德公、司马徽、黄承彦等人的赏识。由于司马徽和徐庶的推荐，诸葛亮结识了刘备。有一次，刘备访事于司马徽，司马徽推谢道："儒生俗士，岂识时务。识时务者在乎俊杰，此间有'伏龙'、'凤雏'。"刘备进一步问："'伏龙'、'凤雏'为谁?"司马徽含笑回答："诸葛孔明、庞士元也……"徐庶也对刘备说："孔明者，卧龙也……此人可就见，不可屈致也，将军宜枉驾顾之。"于是，刘备三次造访诸葛亮，彼此终于拉起了手。这便是妇孺皆知的"三顾茅庐"。

刘备向诸葛亮倾吐了自己欲伸大义于天下的愿望和由于智术短浅、半生颠沛、以致一事无成的苦恼，表示了请求指教的诚意。就在这草庐中，诸葛亮纵观天下，指点江山，作了一番精辟的分析。他指出曹操在北方。拥百万之众，挟天子以令诸侯，是"诚不可与争锋"的对手；孙权据有江东，已历三世，国险而民附，贤能为之用，是"此可以援而不可图"的朋友；唯有荆州"北据汉沔，利尽南海，东连吴会，西通巴蜀，此用武之地也，而其主不能守。……益州险塞，沃野千里，天府之国，高祖因之以成帝业。刘璋暗弱，张鲁在北，民殷国富而不知存恤，智能之士思得明君……"是一个可以攻、占的好地方。如果能"跨有荆、益，西和诸戎，南抚夷越，外结好于孙权，内修政理，一旦遇到机会，便可从荆、益两路出兵中原，成就霸业，复兴汉室了……"诸葛亮的这番话，如驱云拨雾般使刘备大长了见识。刘备恭敬地请诸葛亮出山相助。从此，诸葛亮走出了茅庐，跨上了时代骏马，开始参与"三国鼎立"的争夺战，成为风云际会、举足轻重的人物，使隐居隆中时那些独到的谋略，在创立蜀国、形成鼎立的战争中得到了实现。此后，诸葛亮不顾艰辛，五月渡泸，深入不毛之地，接着又六出祁山，北伐中原。然而，事与愿违，理想终因整体国势不如对手而流产了。但诸葛亮的业绩，在屯田渭河平原时，得到了军民永久的传颂，他终于在"食少事烦，事必躬亲"的岁月中，写就了一部"鞠躬尽瘁，死而后已"的自传，令后人景仰不已。

就在诸葛亮结束隐居生活，走出隆中的时候，一批在此地结识的年轻人，也联袂集结到刘备和诸葛亮身边。庞统、庞林、马良、马谡等人，都因平日交往甚密，还沾上千丝万缕、远近不同的亲戚关系而融进了"三国鼎立"的大熔炉里。他们以热血为墨，以山河为纸，以铁马金戈为笔，在群雄争夺的岁月里，用生命书写着悲壮的诗。

马良、马谡兄弟住在离襄阳不远的宜城。诸葛亮出山之后，他们也同时跟随刘备打天下，后来成为了蜀汉政权中的政治、军事骨干分子。

马谡自幼喜欢兵法，谈起军事理论来，头头是道，滔滔不绝。平时喜欢耍点小聪明，遇事又带有几分狂妄。据说，他久闻刘备大名，有心投靠，常恨无缘相遇。

建安十三年七月，曹操南征刘表。八月，刘表去世，少子刘琮嗣位，带领军众瞒着刘备投降了曹操。待到曹操军队到宛城时，刘备才知道刘琮投降的事。风云突变，刘备只得匆忙决定退守江陵。江陵是荆州的要塞，那里屯存了大量的军用物资。曹操怕刘备先去占领此地，便点足五千精骑，以一日一夜三百里的速度，紧急追赶。而此时刘备的军队，却已疲惫不堪，大多生起病来了。马谡得知刘军必过宜城，便在路边设立一个茶水站，架起一日大锅，烧茶煎汤，迎接刘备的人马，又从山里采来一些草药，放在茶汤里，既可镇热止渴，又可解毒去暑。此时，刘备的人马因日夜奔走而劳苦难耐，来到宜城喝了马谡准备的茶水，个个精神振奋，像喝了玉液琼浆。刘备很感谢他，并收下马谡为部将。从此，诸葛亮与马谡同在一军之中，交往与信任也超过了常人。时间一长，刘备发现诸葛亮与马谡的关系非同一般，也发现马谡毛病不少。因此，在临终托孤的时候，刘备特别告诫诸葛亮道："马谡言过其实，不可大用，君其察之"。可是，此话并没有引起诸葛亮足够的重视，相反不久之后还提拔他为参军。

建兴三年（225年），诸葛亮率领三军南征，马谡自告奋勇地向诸葛亮提出"攻心为上，攻城为下；心战为上，兵战为下"的战略性建议，深合诸葛亮"西和诸戎，南抚夷越"的筹谋。这一来，马谡便更为诸葛亮所器重了。

建兴六年（228年），诸葛亮组织第一次北伐，便把先锋的任务交给了马谡。从未担任过主将的马谡，自认为自己熟读兵书，深通兵法。实际上，他是一个疏于战术、缺乏实战经验的人。由于产生了骄傲轻敌、一意孤行的情绪，马谡便不按诸葛亮驻守街亭的部署行事，又不理睬副将王平的劝阻，错误地放弃城池不守，"舍水离山"，远离水源，驻扎军队。结果，魏军围上来时，蜀军缺水，饥渴难熬，陷于混乱，到魏军进攻时，马谡便大败而逃，士兵也纷纷离散，街亭失守。

街亭之败，使诸葛亮失去了进攻的据点和有利的形势，他感到不宜再在箕谷固守，乃率余部返回汉中，并将西县（今甘肃西南）的一千多家老百姓迁往蜀汉地区。不久，天水、安南、安定三郡又归曹魏。诸葛亮的第一次北伐。终于以街亭失守而告失败。

回到汉中后，诸葛亮忍痛下令把违反军令、导致北伐失败的马谡处死。临刑前马谡给诸葛亮写了一封信说："丞相平日待我像儿子一样，但愿丞相能'殛鲧兴禹'。那样，我虽死了，也无遗恨了。"

诸葛亮读着马谡的信，回想起过去的一切，心潮起伏难平，泪如雨下。他痛惜人才，觉得马谡是一个难得的勇猛武将，失去他，就失去了一份冲锋陷阵的力量，失去他，就失去了一位与之交谈时事、政事、军事的好友，然而，不执行军令，又何以服众呢？北伐的事业还很遥远，如果原谅了初犯者的错误，以后犯错误的人，就有了援例的口实，自己也将陷入溺于私情、执法不严、军令难行的困境。此时，他想起了白帝城刘备托孤的话，明明告诫自己不要过分重用"言过其实"的马谡，为什么自己竟抛之于脑后呢？友情是不能代替原则和法令的。街亭的失守，完全证明自己用人不当，对将领和士兵缺乏全面深入的了解。因此，这次除斩处马谡之外，诸葛亮还表彰了有功的王平和赵云，同时对自己也提出了降职三级的处分。

对于马谡的要求，诸葛亮一一作了妥善的安排。他不但使马谡的家属不愁吃穿，而且对马谡的儿子就像对自己的儿子一样细心周到、严格要求，从不例外。诸葛亮自己还到马谡灵前含泪祭奠，体现了朋友之间死生相托的真正道义。作为一个历史上的重要人物，诸葛亮在友谊的天平上是经得起考验的。他没有因私情而放弃原则，也没有因原则而舍弃私情。

孔融与太史慈

"孔融让梨"是妇孺皆知的故事。从小就知道礼让的孔融，长大以后又怎么样呢？古人云："君子之行，皆积小以成大。"诚然，高尚的人格和修养，不是天生而成的，也不是一朝一夕可以养成的，而是由平时一言一行长期积累而成的。孔融与太史慈是东汉末年两个精神博大、义著四海、誉满神州的人物。下面就让我们来了解一下他俩之间义若磐石的友谊吧！

孔融，字文举，山东曲阜人，孔子二十世孙，是汉末的文学家。曾任北海相，人称"孔北海"。祖父和父亲都做过汉朝的太守，孔融从小就受着良好的家庭教育，好交游，乐于助人，好施与，喜读书，又有临危不惧、不畏权贵的气概。他的文章写得锋利简洁，语言多含讽刺，针砭时事，常是擘肌分理，因遭到曹操的忌恨而被害。

　　河南有个人叫李膺，才学很高，常有许多人求见。李膺感到应接不暇，于是给门人下了一道指令：不是当地的名人和世交，一概不接见。年仅十岁的孔融，出于好奇，很想见一见这位老先生。一天，他来到李府，对门人说："我是李先生的通家子孙，今天特地来拜见老前辈。"李膺信以为真，待一见面，竟是一个小孩，便惊异地问道："你的祖父，还是你的父亲和我相识、相交吗？"小孔融坦然地回答："是呀。我的老祖宗孔子与您的老祖宗李聃'同德比义而相师友'，自然我与您就是累世之交了。"李膺一听这话，不但没有生气，反而被逗得乐了起来，便和他攀谈。其间有个叫陈炜的人，见这孩子谈吐不俗，不禁发议论道："夫人小而聪明，大未必奇。"孔融应声回答："观君所言，将不早慧乎？"话一出口，又引起哄堂大笑。李膺见孔融能如此机灵应变，很是赏识，颔首笑道："孔融长大，必成伟器。"

　　年轻的孔融小时候不但有让梨的事，还有争着受罚的事。

　　有个叫张俭的人，与孔融的哥哥孔褒相好，因事被侯览追杀，便躲到他家来。不巧孔褒不在家，张俭见好友不在，支支吾吾，不便直说。善于察言观色的孔融猜到了几分，便直率地提出："我觉得你似乎有什么隐私急于要寻找我哥哥，难道我就不能为你做主吗？"张俭见孔融如此坦诚，便把事情始末告诉了他。孔融就把张俭藏匿起来。但后来这件事情还是泄露出去了。结果，孔融兄弟被抓了起来。公堂之上，孔融诉道："是我把张俭收留下来的，要罚就罚我吧，与我哥哥无关。"孔褒也说："张俭是来找我的，要罚，该罚我才对！"孔融的母亲着急道："一个年少，不懂事；一个不在家，与他们都无关，要罚就罚我吧！"一家老少三口，争着受罚，使县令无法判决，只好上报。后来，年刚三十八岁的孔融就担任了北海相。此时，董卓乱起，人们流离失所，四处逃亡，孔融扶危济难，做了许多好事。四方游离至北海而亡故的人，他都一一收敛掩埋，获得了人们的称颂。

　　太史慈，字子义，东莱黄县（今山东黄县）人，是一个崇尚义气、奇谋善战、又有学识的人。孔融很想结识他，曾多次派人去询问他的母亲。每次去都要带上一些礼品，就像对待老朋友的长辈一样，却一直没有机会与太史慈见面，孔融很是失望。

　　过了一段时间，孔融遇到了一件麻烦事：黄巾军的一支队伍杀奔前来，向孔融借粮一万石，不然便不退兵。孔融乃晓以大义道："吾乃汉之大臣，守大汉之地，岂有借粮与贼耶！"急命守将挺枪出马迎战，却出战不利，反而损兵折将，只好退入城中坚守。这时太史慈刚从外地回到家中。深明大义的母亲对他说："你与北海孔融虽不曾相识，但他对你有深情。现在他遇到了困难，难道你不应该去援助他吗？"太史慈是一个孝子，哪能违背母亲的意愿呢？

这一天，愁眉不展的孔融站在城头遥望，忽见一人挺枪跃马杀入"贼"阵，左冲右突，如入无人之境，直到城下，大叫"开门"。孔融不识其人，不敢贸然开门。敌人赶到濠边，只见那人又连搠十数人于马下，敌人不敢再追杀，孔融急叫开门将此人引入。待通报完姓名之后，孔融才知道他就是自己久盼结交的太史慈，心头不禁燃起了一线希望。经过与太史慈一番周密策划，孔融决定以一种突围的假象来迷惑敌人。经过几天的演练，敌人果然放松了警惕。这一夜，太史慈腰带弓箭，手持铁枪，怀揣着孔融给刘备的求援信，披挂上马，一骑飞出。尽管敌人从四面八方围来，但都抵挡不住太史慈百发百中的箭术，纷纷败退了。

太史慈冲出重围，来到刘备的帐前，说明原委。刘备觉得大名鼎鼎的孔融有事向自己求救，责无旁贷，立即点足人马，与太史慈一道去解北海之围。敌人虽不甘心失败，拼死抵抗，但终究不是对手，便四散而逃。北海之围遂解。在这"入围"、"突围"、"求援"、"平乱"的全过程中，太史慈表现得何等的道义和勇敢！事后，孔融问太史慈："大家都说突围不可能成功，你为什么说可能，而且还真成功了呢？"太史慈回答道："老母感君厚德，特遣慈来，如不能解围，慈亦无颜见母矣。'古人报生以死，期于尽节'。今见城中粮缺兵少，危在旦夕，我怎能贪生怕死呢？"听着太史慈掷地有声的话，孔融的心为之颤动，他紧紧地抓住太史慈的手，连连说："恨相见太晚了"。太史慈的仗义之举，受到了后人高度的评价。太史慈还是一个胆大心细有主见的人。当他做东莱曹吏时，郡与州有矛盾，州长官上奏章弹劾郡长官。太史慈认定此事颠倒是非，不仅不服，还提起上诉，终于使颠倒了的是非得以纠正，平定了一场争端。后来，他来到扬州刺史刘繇身边任职，刚好碰上孙策。孙策早就知道太史慈是一个富于谋略、忠于信义、长于武艺的人，便劝刘繇用太史慈为大将军。但刘繇听不进这种正确的意见。还说："我用这样的后生为大将军，岂不令人笑话吗"。建安中，孙策领兵攻打刘繇于阿曲。这一天，太史慈单骑独马外出，两人刚好碰上，太史慈二话不说就和孙策斗开了。一来一往，鏖战多时，孙策越来越抵挡不住了，连兜鍪也被太史慈夺下来了。孙策不敢恋战，落荒而逃。等到刘繇战败，太史慈为孙策所擒时。孙策不计前仇，拉着太史慈的手诚恳地说："我还没有忘记神亭那一场搏斗，我是十分佩服你的，希望你和我合作。我听说你干过很多义烈的事，实在是天下义士，只是所投未得其人而已。从前管仲曾为公子纠射杀过小白，寺人披也曾攻杀过晋公子重耳，但后来齐桓公和晋文公都重用了他们。我可以说是你的知己，你不必担心在我这里不如意"。由于孙策能待之以礼，太史慈成了吴国的一名上将，并出任建昌都尉，治理海昏县（今江西修水）。据说，孙权攻合肥时，太史慈随军出征，不幸中箭重伤。临死时太史慈大呼道："大丈夫生于乱世，当带三尺剑立不世之功，今所志未遂，奈何死乎！"言讫而亡，这时他才四十一岁。

孙权闻太史慈已死，伤悼不已，令厚葬于今江苏镇江北固山中峰南麓。墓前有碑，上书"吴孝子建昌都尉东莱太史慈子义之墓"，另有碑文，概述其生平事迹。当地老百姓也为他建庙立祠。太史慈的生前死后，充满了赞誉之声，特别是他为了答谢孔融的那段豪情和壮举，更是后世传之不衰的佳话。

王弼与何晏

在浩瀚的友谊长卷中，有无数秉性各异、内涵不同的友谊典范。有的如深谷幽兰、沁人心脾；有的如奇峰突兀，让人仰景；有的如清歌一曲，让人神清意爽；有的如灿灿明星，引人心向往之；有的如茵茵绿草，让人感到情永意绵；有的如耀眼鲜花，让人神情振奋……总之，在文明古国、礼仪之邦的熏陶下成长起来的中华儿女，不管是过去，还是现在，都是十分珍惜友谊的。魏晋时期的王弼与何晏，在学术领域里共同攀登的一段故事，就如一株深谷幽兰，常令后人赞赏不已。

何晏（？—249年）. 三国时期魏国的玄学家，字叔平，南阳宛县（今河南南阳）人，出生于东汉末年一个显赫的贵族家庭。祖父何进，是镇压黄巾起义的主帅之一，妹妹又是汉灵帝的皇后。灵帝死后，皇太后临朝，身为外甥的少帝登基，何进以大将军身份摄政，后来，在诛杀宦官的斗争中失败。树倒猢狲散，在这场你死我活的政治斗争中，何家彻底覆灭了。

何晏的母亲尹氏，在落难后被曹操纳为小妾，年幼的何晏，因此走进了曹府，成了曹操的"假子"。何晏从小聪明伶俐，进入曹府以后，特别喜欢读书。史书记载，他"七岁便慧心天悟……莫不贵异之"，"七岁明慧若神，魏武奇爱之，因在宫里，欲以为子"。然而，何晏幼小的心灵里仍然怀念着何氏的宅第、勋功，也许更痛惜家族的颠覆。一天，他在地上画了一个方块，自己就蹲在方块中玩。有人问他，这是什么意思？他回答这方块便是"何宅"。此话传到曹操耳里，曹操深感人不可夺其志，便打消了正式收他为儿子的念头，仍然让他在府中自由自在地成长。据说，"曹操读兵书，有所未解，试以问晏，晏分散所疑，无不冰释"。可见，何晏的确是十分聪明的。年纪轻轻的何晏，不仅以才秀出名，且以"美姿仪，面至白"，被人赞颂为"傅粉何郎"。他的妻子是曹操的女儿、曹丕的妹妹。魏国建立后，妻子被封为金乡公主，他也被封为"驸马都尉"。成长在这样一个极为复杂的家境中，有着一股难以说清的暗流，阻碍着他的发展和升迁。所以，他在三十七岁以前，没有担任过任何重要职务，只是一个"冗员"；但作为风流名士，知名度却很高。

何晏是"清谈"和"论难"派的领袖人物，"以才辩显于贵戚之间"，府第中常是高朋满座。凡是洛阳名流学子，莫不以能厕身于他主持的"论难"活动、得到他的赞赏为荣。何晏是非常自负的，他认为举世秀才能同他相比拟的屈指可数。夏侯玄、司马师本是当时位显志高、才气横溢、名满洛阳的名士，而何晏认为夏侯玄只"通天下之志"，司马师只"成天下之务"，他们的学问都没有达到"不疾而速，不行而至"的神奇境界。言外之意，只有他才能达到这个标准。汉朝末年，"主荒政谬"，国家的命运完全控制在宦官和权奸的手中，一些有识之士，耻与为伍，朝野上下出现了匹夫抗愤、处士横议的现象，他们针砭朝政、褒贬人物、激扬声名的风气，一直延伸到了曹魏时期。长期的战乱，使黎民百姓处于极不稳定的生活之中，特别是一批批学子、士人，常感到苦闷、颓废、空虚、悲观，为了排除郁闷，便搬出了《老子》、《庄子》、《周易》等玄学理论进行研究，想把玄学思想，引入儒学领域。他们清谈、论难，由一人当擂主，同许多客人互相问驳，以求"通名"和"理胜"，何晏便是清谈和论难的领袖人物。曹丕、曹睿执政时，认为他的议论和攻讦，妨碍朝政，这是何晏一直没有得到重用的一个重要原因。正是因为他经常跟朝廷唱反调，他的同党也纷纷被罢官而落马。

何晏直到五十岁，才被启用为吏部尚书。这时，他的府第里谈士如云，彼此切磋玄学和经学。在所有的谈士中，受过他夸奖的只有管辂，承认自己比不上的只有王弼。冀州刺史裴徽曾向何晏举荐管辂与王弼的才华，何晏也表示愿意交往。当管辂去晋见何晏时，裴徽对管辂说："何尚书精神清澈，殆破秋毫，君当慎之。自言不解《易》中九事，必当问之"。果然，何晏与管辂交谈时，又提到《易经》中自己还没有理解透的九个问题。管辂是当时的"术数"大师，对《易经》颇有研究，回答得十分明晰，何晏很是佩服，当面称赞管辂道："君谈阴阳，此事无双也"。这是第一个受到何晏首肯的人。

其次就算王弼了。王弼，字辅嗣，三国魏山阳（今河南焦作）人，生于魏黄初七年（226年），死于魏正始十年（249年），是魏晋玄学唯心主义的主要创始人之一。史书记载，他幼年聪慧，年仅十岁就喜欢钻研《老子》并能"通辩其言"。有一次，他去拜访裴徽，在谈到《老子》的一些问题时，他精辟的见解，使裴徽感到震惊，由此他的声名很快就传开了。王弼比何晏小了三十岁，当他去访问何晏时，何晏为他安排了一个特殊的场面。这一天，所有的谈客们都来了。与其说是热烈，还不如说是气氛紧张。这个不到二十岁的小伙子，将迎战一大批"问难"。谈客们提出的一个又一个问题，都被他一个个地辩明了。因而，这个初生牛犊以"胜理"而圆满地结束了这场论战。何晏诚恳地对王弼说："关于今天辩论的难题，我原以为到了终极，不能再深入了。今天经过你的分析、解答、辩论，又深入透彻多了，你真有使满座皆'屈'的才能啊！"接着又说："孔子曾说过'后生可畏'，你才是令人可敬可畏的后生。"像何晏这种自视很高的人，能如此肯定一个后生，可见王弼确实是一个出类拔萃的人物。

正是这种"清谈"和"论难"，把何晏和王弼两人牵扯到一起了。也由于共同的研究、推崇与尊敬，他俩成了魏晋南北朝时期玄学的重要人物。因为有了这种交往，各自的智慧像增加了一倍似的，他俩竟成了相知甚深的忘年之友，彼此传递着各自的心声。但在有些问题上，两人的看法又是有差异的。如何晏认为圣人无喜怒哀乐，连钟会等人也是这样认为的。但王弼不以为然。他以为："圣人茂于人者神明也，同于人者五情也。神明茂，故能体充而通无；五情同，故不能无哀乐以应物。然则圣人之情应物而无累于物者也。今从其无累，便谓不复应物，失之多矣。"意即理想中的圣人，也是有七情六欲的。他为圣人找到了生命的感情。圣人异于常人之处，是智慧自备，故能"神明茂如"，圣人同于人者五情，是自然之性，是不可革除的。他的圣人有情义论，把两汉以来的神化圣人为不食人间烟火的神明，转化为可亲可敬、合情合理的现实中的人格形象，突出了"情"于人的作用，把偶像中的圣人还原为生活中有肉有血的人。所谓现实生活中的圣人，应该以超脱的智慧，随心所欲又不越规矩的感情，顺情命之理。畅万物之情，达到一种心理自由的境界。这是王弼与何晏在理论认识上的根本差别和分歧。但这种不同的认识和分歧，并不影响他们思想的交流和友谊的建立与发展。相反，互切互磋，更加深了友谊的纯洁性，而互助互谅更有助于友谊的稳固。何晏注释《老子》，将要定稿的时候，去拜访王弼，想和他讨论一些具体的细节问题，以求得书稿的进一步完善。不料王弼此时也在注释《老子》。何晏见王弼注释的比自己注释的要"精奇"得多，深为"诚服"，还感叹地说："若斯人，可与论，'天人之际'矣"，因而主动将自己所注释的《老子》改为《道德二论》，以表示将注释《老子》的第一权威地位让给王弼。何晏比王弼大了许多，又是当时名显位高的论坛霸主，在做学问的时候，能如此自谦，是很值得称赞的。何、王两人在思想学术史上，留下了一段互谦互让、互切互磋、携手并进的佳话。这种似深谷幽兰的思想境界，让人心向往之。

邴原、管宁和华歆

黄巾起义摧毁了腐朽的东汉统治政权之后，一时军阀割据，豪强蜂起。形成众多权力中心。在那纷扰的社会形势下，具有伟大抱负和真才实学的智能之士，都在思考着民族的前途、国家的命运，自身的出路。于是，一批批各具特色的人才，在历史的风云中纷纷登台，扮演着有声有色的角色。他们有的择明主而事，建功创业，泼洒豪情；有的读经著书，品评时事，静观风云变幻；有的修身养性，潜心经史，走学有专长的道路。生活于这一时期的邴原、管宁、华歆就是三个各具影响、各有特色的人物，史称"三人友善"，又誉之为"三人成龙"。"龙"是我国传说中有鳞、有角、有须、有爪的神奇动物，封建时代用龙作为皇帝的象征，深含神圣吉祥之意。人们还习惯在许多事务中冠上"龙"字，如龙头、龙舟、龙亭、龙泉、龙颜之类，不胜枚举。自然，以"三人成龙"之说来赞喻这三个朋友，就可推知其出类拔萃了。那么，这三个人的关系如何？他们是怎样获得"龙"的称号的呢？他们中谁是龙头、谁是龙身、谁是龙尾呢？其实，这三个人在思想、品德、学问方面有共同之处，也有相异之点。

邴原，字根矩，北海朱虚（今山东临朐）人，十一岁父亲就去世了，家境贫寒。邴原家的经济条件很差，供不起他读书，但他是那么想获得知识。他家附近有个学堂，邴原每次从那里经过，就泪流不止。次数多了，引起了塾师的注意，便拉着他的手问道："小朋友，你有什么伤心事，可以讲给我听听吗？"邴原难过地回答："孤苦的人容易流泪，贫穷的人容易伤感。我想，坐在这里读书的人，一定是有父母兄弟的人吧，我是何等羡慕他们啊！他们不但有父母兄弟，可享天伦之乐，而且还有书读。多么幸福啊！"说着，说着，不禁声哽于喉。这位慈祥的塾师，听罢小孩的话，也不禁流下同情的泪，便说："你想读书，我完全可以帮你。只要你肯努力，我可以分文不取。"从此，年幼的邴原开始如饥似渴地学习。这一年冬天，他通读了《孝经》和《论语》，而且能以书中的旨义作为自己言行的准则。

稍长以后，邴原便游学他乡，曾慕名去拜访孙松、韩子助、陈仲弓、范孟博、卢子干等人，以提高自己的学问和见识。邴原拜师访友，是有严格选择的。他与郑康成同里，却不肯师事郑氏。于是，有人批评他。邴原则说："有登山而采玉者，有入海而求珠者，各宝其宝，不必同也。"邴原出访求学，完全是为了获得更高深的学问，而不是漫无目的的游学。他本是一个有酒量的人，但怕因此荒废学业，八九年间酒不沾口。一次，他将告别老师和同学，在大家为他饯行的时候，他以一小杯酒陪大家喝了大半天。大家奇怪地问道："你平时只看我们喝酒，为什么自己却滴酒不尝呢？"邴原这才吐露真情道："诸兄待我情同手足，今日远别，不知何日相见，因而以一饮铭深情。其他的时间，我还是不会喝酒的啊！"不久，他便以才学初闻于世，被孔融聘用。这时已处于东汉末年，兵荒马乱，民不聊生，邴原便带着家人躲进三山（今辽宁绥中）。这里山清水秀，山峰奇丽，人情淳朴，是个世外桃源。有一天，他在路上拾到一个钱袋，一时找不到失主，便把钱袋挂在树上回家了。后来路过的人，不但没有把钱袋拿走，反而把自己的钱也挂上一串。日继一日，挂钱的人越来越多，以致彼此传此树为"神树"。邴原见此，心里很难过，认为这桩"恶祀"是由自己引起的，便自动站到树下，向所有挂钱的人解释，劝大家把钱取回去。由邴原拾金不昧而引起的这场"误会"，最终平定下来了，他的人品也因此受到了人们的赞扬。

十余年后，邴原返回老家，以讲授礼乐、吟咏诗书、教授门徒为己任。他以名高德厚、与世无争、守道如常的人格立于社会。曹操给他写了一封信："子弱不才，惧其难正，贪欲相屈，以匡励立之……"请他担任老师。一次，曹丕举行宴会，提出一个问题让大家议论："君父各有笃疾，有药一丸，可救一人，当救君耶？父耶？"一时众说纷纭，争论不休。邴原坐在一旁，闭上眼睛，一语不发。大家意见一时难于统一。曹丕征问邴原。邴原生气地回答："父也！"由此可见，在邴原的眼里，帝王将相，如过眼烟云，哪里比得上父子亲情呢！

管宁，字幼安，北海朱虚人。十六岁时父亲去世了。亲戚朋友对少年丧父的他深表同情，常送钱物，但他都一一拒绝了。他要靠自己的能力，开创生存的道路。管宁是一个体魄伟岸、相貌英俊的美男子，年轻的时候就与邴原、华歆为友，一同求学于陈仲弓、王烈等处。他们同学、同游，还一起到过辽东公孙度那里。公孙度热情地接待了他们，并安排了处所。在战乱纷飞的年代，割据的诸侯们，都想延揽人才，但他与公孙度交谈时，只谈学问，不谈世事。后来，他依山结庐为居，开辟了一个安全区。没过多久，许多逃难的人拥到他这里来了。于是，他设馆授徒，讲授《诗》、《书》，启化民风、民德。由于难民的陡增，井水一时供应不上，邻居们难免发生争夺。管宁见此，便自己掏钱，添置了几套打水工具，并且早早地来到井台上，打好很多桶水，邻居们来取水时，就没有那么拥挤了。后来，大家知道这是管宁做的好事，都纷纷责备自己不讲道理、不知谦让，实在对不起老师。又有一次，邻居的牛跑到管宁的庄稼地里毁坏了大片作物。管宁见后，不但没有生气，反而把这头牛牵到大树下，又从自己家里抱来饲料喂养，让牛吃得饱饱的。牛主见后，感到十分愧疚，道谢不已。正是由于管宁的宽容、忍让、关怀他人的思想行为影响着大家。后来，来自各地的难民们相安无事，礼让之风流播四方。

华歆，字子鱼，平原高唐（今山东禹城）人，少年时便以行为高尚称著。有一次，他和郑泰等同伴因避董卓之乱出武关（今陕西商县），路上遇到一个人，要求与他们同行。大家觉得这个人可怜，便打算接受他，但华歆拒绝道："今天大家都处在危险中，祸福难卜，多一个人，多一分危险，怎么能接受一个不知底细的人呢？"大多数人认为不必多疑，就接受了这个素不相识的伙伴。不料，走了一段路，这个人掉进了井里。大家认为逃命要紧，不必再管了。华歆却说："我们既然接受了他。又同行了这么远的路，现在他处境困难，无法爬出来，我们若见死不救，那就太不道义了。"大家听他这一说，就一起出力，救出了此人。从对这个陌生人前后不同的态度来看，华歆是一个对人对事极其负责任的人。

魏国建立以后，华歆成了魏国的重臣，但他的生活仍然过得很简朴，所获得的赏赐与俸禄，都分给了亲戚朋友。赏赐给他的女仆，他一个也没有留，都让其嫁人了。他遇事谨慎，长于保身，就是向朝廷提意见，也是采取委婉、讽谏的方式。

邴原、管宁、华歆生活在三国初期的动乱年代。在处世方面，有许多共同之处，获得了人们共同的赞许。邴原、管宁社会声誉很高，始终以社会贤达流芳于当世，华歆则直接参与了曹魏政权的建立，在个人追求上也与邴原、管宁有所不同。远在华歆与管宁同学的时候，为了一件小事，两人闹过矛盾。一次，一辆大车和骑大马的人从他们学舍前"吱吱呀呀"地走过去，管宁连眼也不斜视一下，而华歆忍耐不住，离席追去观看。管宁生气地说："以后你不要和我坐在一起，你不是我的朋友。"给后人留下一段"割席分座"的佳话。这事虽然给了华歆一次难堪，但华歆佩服管宁的学问、人品，多次举荐管宁出来任职，都遭到了拒绝。到了魏明帝时，华歆又一次要把太尉的职位让给管宁，朝廷还特地下诏。但性格恬淡的管宁每次都以有病不能胜任为由婉拒，并终老林园。这三个人中之龙，有性格与追求上的差别。谁是龙首、龙身、龙尾，后人的看法也不完全一致。《三国志》的注释者裴松之这样说道："邴根矩（邴原）之徽猷懿望，不必愧于华公；管幼安（管宁）含德高蹈，又恐弗当龙尾……"但不管怎样，从同学、同游时开始，三个人是互相尊敬的，从无诋毁鄙视之意，从而使各自的才能都得到了充分发挥。并产生了深刻的影响，使"三人成龙"之说更具实际意义。

司马徽与庞统

东汉末年，献帝失柄，董卓专权，群雄并起，天下大乱。然而，此时的刘备却能于辗转避难之中，独据西南一隅，形成"鼎足三分"之势。何也？此乃人才争夺战的结果。曹操、刘备、孙权都是具有战略眼光的政治家，深知"治国之道，务在举贤"，因此，倾心于结纳、延揽人才，大胆使用人才，使无数英才能在群雄混战中脱颖而出，使历史变得有声有色。

当刘备苟且于新野、樊城之间，试图依靠刘表一展凤愿的时候，遭到了蔡瑁的追杀。于是，历史上出现了"马跃檀溪"惊险的一幕。正是这次侥幸的脱逃，他的命运出现了转机，刘备"夜宿南漳边，巧遇司马徽"，并从司马徽那里，探听到了"凤雏"、"卧龙"二人的一点信息，为蜀国的事业，燃起了星星火炬。

人们十分了解"卧龙"诸葛亮在"三国鼎立"的历史舞台上所展现的风采，所产生的政治影响，但是对"凤雏"却了解不多。下面就让我们共同来了解一下"凤雏"——庞统与司马徽的一段交往情况。

司马徽，字德操，颍川阳翟（今河南汝州）人。在汉末天下大乱时，避居荆州，就住在襄阳东面，与庞德公是毗邻，彼此相处得很好。司马徽比庞德公小十岁，以兄事之。司马徽是一个著名的古文经学家，见识高，为人豁达，学识渊博，淡于名利，乐求安定，特别具有知人、识能的慧眼，被庞德公誉之为"水镜先生"。他在襄阳传道授业，门徒很多。后来在蜀国做官的向朗、尹默都是他的学生，连诸葛亮也得到过他的帮助。在恬淡的生活中，他养成了识别风云、鉴赏人才的能力。据说，有一次有人以品评荆襄人物为话题与他交换意见。他知道主宰襄阳的头号人物刘表，是一个是非不分、有恶不能除、有贤不能用、优柔寡断、不明事理的人。如果涉及刘表这个人，会惹出许多麻烦。所以，在品评人物时，他只是含含糊糊，说这家的妻子不错、那家的小孩聪明等不得要领的事，使人摸不着头脑。

司马徽还是一个宽容厚道的人。有一次，邻居家的猪跑丢了，误认为司马徽家的猪是他家的猪。司马徽明明知道是这人搞错了，可还是让人家把猪赶走了。过了几天，邻居的猪找到了，又把司马徽家的猪给送回来。司马徽不但不责怪人家，还把这头猪送给人家，并说了许多感谢的话。

又有一次，刘表的儿子刘琮去拜访他。这时他正在菜园子里锄草，满身是泥土，衣服也是脏兮兮的，根本就看不出那种士大夫气息。当刘琮的使者向他打听司马徽时，他伸直了腰，抬起头来回答："我就是司马徽，你们找我有什么事"。那人见他这副模样，生气地骂道："你这田野村夫，算什么东西？我们要找的是司马君。简直是无耻之徒，竟敢冒充"。司马徽心里觉得很委屈，但也不愿做辩驳，只得回去，洗掉泥土，换上儒服纶巾再出来与客人相见。刘琮的侍从们见了，吓得直冒冷汗，生怕司马徽向刘琮提起此事。而此时的司马徽却淡然一笑，全忘了下人们的无礼。

襄樊蚕桑业发达，家家户户靠养蚕增加收入。有户农家的蚕快要上架吐丝了，可是缺少簇箔，便向他求援。司马徽便把自己的蚕子扔掉，把簇箔送给人家。他还对家人说："他是有急需才来找我们的。如果有求于我，而我不给，会使人感到惭愧不安的。我们怎么能吝惜财物，而让人感到惭愧不安呢？"

司马徽的许许多多仗义行为，博得了人们的称赞与敬仰，人们称他为"水镜先生"，这是一个完全符合他性格的名字。他的心真如水一样清澈，他的眼睛真如镜一样明亮。

庞统，字士元，襄阳人，是庞德公的侄儿，也是一个才学兼备、很有抱负的年轻人，住在襄阳城南汉水边的白沙洲。当他还未走上仕途的时候，很少有人知道他的名字。他十分仰慕司马徽的人品，便亲自去拜访他。第一次见面，司马徽正在树上摘桑叶。庞统一见便说："司马先生，像您这样大名鼎鼎的人，当带金佩紫，坐明堂之上，让侍从们前呼后拥地伺候你，怎么能'屈洪流之量'，干这种农妇的活呢？"司马徽听了，不禁哈哈大笑道："错了！错了！你下车吧。一个人只顾在邪路上跑得快，没有想到迷失了道路会离正道越来越远的。"他引古证今，说明一个人不能脱离平凡劳动的重要性，说："尧治天下，伯成子高立为诸侯。后来，尧授舜，舜授禹，子高辞去诸侯而从事耕作，禹还是去向他请教。原宪是孔子的学生，他住的是一所低矮的茅棚，墙是石头垒的，上漏下湿，既不能挡风，也不能避雨。他头上的帽子已经破旧不堪，连缨缍也掉光了；穿的衣服，破烂得连臂肘也露出来了；穿的鞋子呢，前面露出了脚趾，后面露出了脚跟。但他心境高雅，弦歌自娱。子贡见他这副模样，问他是不是病了。原宪回答得十分高妙：'无财谓之贫，学道而不能行谓之病。今宪贫也，非病也。'子贡听了，感到十分惭愧，觉得自己不该以外表的好坏来审视原宪。后来，原宪虽然当上了'家邑宰'，还是住在这茅棚里，并没有搬进宫府去住。哪有住则华屋、行则肥马、侍女数十、然后才称得上奇士的道理呢？这就是古之贤人如许由、巢父、叔齐所以慷慨而叹息的呀！像吕不韦行不法的手段，获得了洛阳十万户的封赏和文信侯的赐爵，但并不光彩；齐景公虽拥有良马千匹，而他治下的百姓并没有教化好。这样的人权势再大，财富再多，又有什么可取的呢？"这番剥茧抽丝、引古证今的话宛如平缓中出奇峰，寂静中响惊雷。庞统听了，茅塞顿开，便高兴得手舞足蹈地说："我生活在穷乡僻壤，从来没有遇到过您这样深明大义的人。真是'不叩洪钟，不伐雷鼓'，不知道您的声音是这般洪大。"

这一天，他俩一个坐在桑树上，一个坐在地下，纵论天下，侃侃而谈，不知红日之西偏、腹中之饥饿。司马徽从谈话中认定庞统是一个胸拥雄兵十万、良策千条的好后生，是一个可以搏击风云、左右时势的良才。这就是他见到刘备时所说的"'卧龙'、'凤雏'，得一人足矣"之话的原因。

在"三国鼎立"的风云搏击中，庞统的确展现过他非凡的风采。在孙、刘联合抗曹中，由于他献出了"连环计"，让飞扬跋扈、傲视一切、拥有八十三万大军的曹操，败走华容道，要不是碰上尊重道义的关羽，曹操几乎做了刀下鬼。庞统在做耒阳令的时候，略施小计，把个猛张飞治得服服帖帖，从而改变了刘备对他的信任程度。在他与诸葛亮同为军师中郎将时，正逢刘璋遣法正迎接刘备入蜀。在这个问题上，他旗帜鲜明，劝刘备乘机夺取益州。刘备也正是采纳了他的意见，轻而易举地实现了"无用兵之劳，而坐定一州"的愿望。很可惜，庞统在率兵攻打雒县时，为流矢命中身亡。凤雏折翅，为蜀国带来不可估量的损失。刘备对他的不幸遇难，备感伤心，追赠他为关内侯，又谥为"靖侯"。人们不难设想，庞统如果不是死得太早，他在"三国鼎立"的历史舞台上，泼洒的豪情，创建的业绩，绝不只此。这自然更足以证明司马徽知人之深了。

在今四川德阳市罗江镇的鹿头山上，有座庞统墓。栖凤殿内有庞统气宇轩昂的一尊座像，庞统祠门前有张飞亲手种植的哀悼他的两株古柏，至今相映生辉，成为后人景仰的圣地。

周瑜、孙策和孙权

在三国鼎立的历史大舞台上，孙策与周瑜以威武刚毅、风格凌厉、经天纬地的风貌与干才，为吴国的诞生奠定了坚实的基础。

孙策，字伯符，是孙坚的长子。他对因"孤微发迹"举起镇压农民军旗号、招兵买马、不断扩大势力而被提为长沙太守的父亲孙坚十分崇敬。因此，当父亲成为袁术部下，加紧训练战斗劲旅，讨黄巾、伐董卓、下洛阳、围襄阳的时候，他也在江淮之间，结交名士，规划着锦绣前程。春风得意的孙坚，在一帆风顺的时候，不幸死在了黄祖的手上。这给年轻的孙氏兄弟一个沉重的打击。

周瑜，字公瑾，出身于一个士族家庭。他的先辈们做过宣帝、和帝时的尚书令，父亲周异做过洛阳令。这时，东汉政权陷入了严重的危机之中，政治腐败，经济凋敝，各种社会矛盾空前激化。在镇压黄巾起义军的过程中，统治阶级内部的各派势力，趁机扩大自己的武装力量。他们之间的斗争，十分激烈，且日益升级。政局的不稳，战事的频繁，又加速着皇权的削弱和分割局面的形成。少年周瑜，沐浴着战争烽火的洗礼，警视着时局的变化，憧憬着自己的美好未来，寻找着有利的时机。机会终于来了，当孙坚挺进中原的时候，他举家迁来舒地居住。从此，少年孙策与周瑜结成了好朋友。这时，他俩刚十四岁。

这对年轻人，整日相处，说古道今，习文弄武，很是契合。而他们谈论得最多的是末代皇朝的颓局，思考的是鏖战疆场的将士究竟在为谁争夺天下？他们在忧郁中多了几分冷静，在冷静中又萌发了索求。有志不在年高，他们的思想插上了翅膀。在那际会风云的年代，猛虎要下山，蛟龙要出水，他俩共绘蓝图，彼此勉励着。他们尽管言投意合，无所不谈，但热情的周瑜，还觉得不够亲密，便干脆把自己家的宅院腾出来让孙策一家住；然后，领着孙策登堂拜母，正式结为手足兄弟，还经常以财力帮助，互通有无。这时，他们还广泛地团结社会上有名望的人物。因而，江淮之间都把期盼的目光，投向这两个年轻人。

孙坚死后，葬于阿曲。丧事结束，孙策便渡过长江，移居江都（今江西九江），依附舅父吴景。这时吴景正担任丹阳太守。在这次迁徙的过程中，他乘各种机会招募了几百人。

到了汉献帝兴平六年（194年），孙策到寿春去见袁术，涕泣而言道："家父过去跟随将军讨伐董卓，与将军合作得十分好，以至于在南阳能结成同盟军。后来，家父不幸遇难，未完成大业，实在令人遗憾。我为了感谢先辈的旧恩，特地投奔您麾下，愿将军明察衷诚"。袁术见孙策风流倜傥，英武有为，十分高兴。他还曾对人说："我要是有孙策这样一个儿子，即使死了也甘心。"可见英气早露的孙策，在风度上、气质上具有征服对手的威力。然而，赏识归赏识，用不用就是另一回事了。心胸狭隘的袁术，心里自有他的算盘。于是，他对孙策说："丹阳太守吴景是你的舅父，你可以到他那里去担任都尉。那里的兵源、粮源都很丰富，你可以自己招募。"孙策没法，只好去投靠舅父，不料刚招募的几百人又被打散了，他不得不再次硬着头皮去求袁术。这时，袁术才极不情愿地把原属孙坚的一千多名士兵还给孙策。有了这支队伍，孙策便加紧训练，严格要求，大胆而又细心地朝自己的目标迈进。其间，袁术曾承诺派孙策为江都太守，可是后来又改变了主意。以后，袁术想进攻徐州，孙策帮他夺下了庐江。可是袁术又把太守一职，封给了旧部刘勋。一次又一次的失约，使孙策一次又一次地感到失望。他深切地体会到，不是自己无才，而是袁术忌才，生怕自己太有作为了。怎样才能施展凌云之志呢？孙策在思索。

等待时机，是对胸有大志者的考验。就在孙策无船出海的时候，刘繇的部队分两处据守横江，阻击袁术。袁术派自己的旧部，几年也没有打下。孙策对袁术说："我家在东部地区有威信，愿意帮助将军去扫除横江一带的阻碍。一旦攻克，我便可在故乡招募兵士，至少可得三万人。有了这样一支队伍，就可以帮助将军匡扶汉室了。"袁术知道孙策心里有怨气，本不想答应，但转念一想，刘繇据守阿曲，王朗占领着会稽，孙策不一定有所作为，就让这初生牛犊去闯吧！于是，袁术正式具文呈请任孙策为折冲校尉、殄寇将军，带着原有的一千多人和数十匹战马及门客，名正言顺地出征，及至历阳，他们就扩大为一支五六千人的队伍了。他渡过长江之后，辗转各地，所向披靡，已经没有谁能阻止他前进的步伐了。孙策年轻，长得英俊，虽拥有官位和名号，但大家还是亲昵地称他为"孙郎"。孙郎所到之处，守吏们抛城弃廓，抱头鼠窜。他又能严格约束士兵，"鸡犬菜茹，秋毫无犯"，百姓十分欢喜，争着用酒肉慰劳军队。

孙策渡过长江，刚到历阳，他就派人送信告诉周瑜。周瑜立即前来迎接孙策。孙策大喜道："我有了你的帮助，事情肯定能成功。"周瑜跟着孙策，一连攻克了横江、当利、秣陵，打败了笮融、薛礼，转而进攻湖熟、江乘，进入阿曲，刘繇很快就败走了。这时，孙策的人马已经发展到几万了。他很自信地对周瑜说："我用这支队伍夺取吴郡、会稽郡，平定山越族，已经足够了，你就回去镇守丹阳吧。"

周瑜回去以后，袁术想用他作将领。周瑜料想袁术终究不会有什么成就，便请求到居巢县当县令，想顺路东归。袁术没有猜透他的心思，便依了他。于是，周瑜顺顺当当地回到了吴县。孙策亲自迎接周瑜，离别的朋友，再次握手。孙策命周瑜担任建威中郎将，随即给他二千人马。这时周瑜才二十四岁。他身材高大，英姿飒爽，聪明睿智，且十分注重修养，人们称之为"周郎"。

他们还有一次巧妙的合作，在攻下皖县时，得到了乔公的两个女儿——大乔和小乔，两人都是天姿国色。孙策娶了大乔，周瑜娶了小乔。两人在朋友的基础上，又多了一层亲戚关系。这时，他们一路进军，攻浔阳、败刘勋，伐江夏，定豫章。由于两人的通力合作，攻势凌厉，那些不堪一击的守军将领，纷纷溃败。

孙策与周瑜横扫江东的时候，袁术已死，袁绍与曹操正鏖战于官渡。孙策本想暗中偷袭许昌，迎接汉献帝。他秘密地训练士兵，还给众将领布置了任务。但还没有来得及行动，自己却遭到了不幸，被吴郡太守的门客刺伤了。在这之前，孙策杀了吴郡太守许贡。许贡的小儿子与门客逃到江边的沼泽地里，寻找复仇的机会。孙策有独自散步的习惯。这一天，他来到江边，漫无目的、毫无戒备地浏览着山河的美色。不料一个蒙面猛汉从草丛中窜出，朝他连连猛刺，他倒在了血泊中。等到人们把他救回去以后，孙策已是岌岌可危了。他知道自己的生命行将结束，便把周瑜、张昭等人找来交代后事："中原正大乱，凭借吴越的力量，三江的险固，我们完全可以坐观成败。诸公好好辅佐我的弟弟吧！"接着又把官印挂在孙权的脖子上。还对他说："运用江东的人力，在两岸之间把握战机，同天下人争胜，你不如我；推荐贤良，任用能人，使人竭心尽力，共同保卫江东，我不如你……你好好地把握时机吧！"到了晚上，这个叱咤风云的人物溘然长逝了。这时，他才二十六岁。孙策的生命虽然是短暂的，但他拉起的这支队伍和打下的地盘，为以后孙权建国江南，奠定了基础。

为了报答亡友，周瑜在以后的岁月里，用比对孙策更浓、更真、更纯的感情对待孙权，辅佐孙权，成就了一番更为壮丽的事业。

曹操统一北方以后，又大举进攻刘表。当刘琮投降、刘备败走后，庞大的曹军给江东造成了严重的威胁。

严峻的事态，使得江东上下一片惊慌。一部分投降派认为只有迎接曹操，才有生路，唯有周瑜与鲁肃等少数人力主抗战。周瑜对孙权分析了独立江东的可能性和曹军必败的原因，坚定了孙权的信心与勇气。孙权兴奋地拍着周瑜的肩膀说："公瑾，你的话说到我心坎上了。别人都只为自己打算，只有你与鲁肃才与我同心同德。"于是，孙权便联合刘备，打响了震惊古今的"赤壁之战"。战争的胜利，巩固了孙氏政权在江东的地位，也使得刘备避免了覆灭的危险。周瑜的英名从此传扬天下。

随后，周瑜在江北建起营垒，准备北伐曹军，双方进行过多次战斗，互有胜负。每战，周瑜必身先士卒。他在筹划夺取荆州、益州的日子里，熬尽了心血，竟害起病来，去世时，年刚三十六岁。周瑜生前受到孙氏兄弟的信赖，在内是心腹大臣，出外是三军统帅。他与孙氏兄弟的情谊，就像一朵并蒂而开的白莲花，圣洁而又芬芳。孙权对周瑜的早逝，伤悼不已。他穿上孝服，亲自主持葬礼，进行哀悼。后来，他还常和人谈起："公瑾雄烈，胆略兼人，他是'腹心旧勋'啊！"

王安石、曾巩和孙侔

我国古人曾对交友之道作过许多深入的研究和探讨，发表过许多精辟的见解。宋人王安石二十三岁时所写的《同学一首别子固》一文，就是一个例子。他以简练的笔法，深入浅出地阐发了择友、交友的道理，即：按照圣人的教导，规范自己的思想行为，彼此之间就会产生相似、相同的地方有了相似与相同，朋友之间就可深信不疑，还可在共同追求的事业上相互慰勉。其文曰：

江之南有贤人焉，字子固，非今所谓贤人者，予慕而友之。

淮之南有贤人焉。字正之，非今所谓贤人者，予慕而友之。

……

子固是谁？子正是谁？王安石为什么与他们相交呢？就让我们共同来了解其交往的情况吧！

王安石（1021—1086年），北宋时的政治家、文学家、思想家，字介甫，号半山，抚州临川（今江西临川）人，庆历进士。他是一个议论高奇、富有开创精神的人。他第一次在鄞县做县丞的时候，就大胆地搞了一次革新，把官库里的粮食以低息贷给农民，减轻了大地主、大官僚对农民的剥削，收到了很好的效果，于是坚定了改革腐败社会制度的思想，便于仁宗嘉裙三年（1058年）上万言书，提出改革政治的主张。神宗熙宁二年（1096年），他被任为参知政事，次年为宰相。他积极推行青苗、均田、市易、免役、农田水利等新法，抑制大官僚、大地主、豪商的特权，以期富国强兵，缓和阶级矛盾。由于保守派的反对，投机分子的干扰，新法推行屡遭阻碍。熙宁七年，王安石辞退归养，次年再相。后又由于神宗的摇摆不定，保守势力的猖獗，他对改革感到无望，便于熙宁九年再度辞官。从此，王退居南京钟山之下，世称王荆公。

曾巩（1019—1083年），北宋文学家，南丰（今江西）人，字子固，嘉祐进士，曾奉命编校史馆书籍，官至中书舍人，为王安石所推许。他的散文平易，与王安石同为"唐宋八大家"之一。他的文章对当时因循苟且的现象表示过不满，提出"法者所以适变也，不必尽同；道者所以立本也，不可不一"，认为在"合乎先王之意"的前提下，对"法制度数"进行一些改易更新，是十分必要的。

孙侔，吴兴人，字正之，年纪很轻时父亲就去世了，在寡母的爱抚下成长为品德高尚的人。他的文章和他的性格一样，奇古孤峻。他特别孝顺母亲，虽然考上进士，却淡漠功名利禄，拒绝在仕途上攀登，为的是侍奉母亲颐养天年。母亲归天以后，孙仍客居江淮之间，官府多次征用，他都拒绝了。

王安石以从容淡雅的笔调，叙述着自己对曾巩（子固）和孙侔（正之）的深情。那么，王安石的这种深情厚爱是从哪里来的呢？

在茫茫的人海中，择交朋友，并非易事。宋人许非在《樵谈》中曾这么生动地比喻道："与奸佞诌媚人交往，就像白雪掉进了墨池里，虽然融化成了水，但其颜色却更加肮脏；与正直之人相处，就像木炭进到了熏炉里，虽然燃烧成了灰,但其香气依然可闻。"这话告诉人们应该避开奴颜献媚、花言巧语的伪善者,去寻找正直可靠的人为友。王安石仰慕子固、正之的正是因为二人具有这种正直无邪的高贵品质。

信任是检验朋友的试金石。子固与正之"足未尝相过,口未尝相语,辞币未尝相接",可以说彼此还是没有交往的陌生人,为什么他以"子固道正之",又以"正之道子固",彼此都深信不疑呢?"苟得其心,万里为近;苟失其心,同衾为远"。在伦理、道德、学识、志趣等许多方面的追求上,子固、正之是相同多于相异,所以当王安石说到各自的情况和言论时,彼此都深信不疑。王安石是十分尊重朋友、信任朋友的,他曾在一首《寄友人》诗中写道:"安得此身如草树,根株相守尽年华。"

王安石与曾巩走上仕途以后,各自挥洒着自己的才能。曾巩在做地方官时,每到一处就有惊人之举。在越州,他巧妙地解决了饥荒问题;在齐州,他有力地打击了恶霸横行乡里的问题;在襄州、洪州,他迅速遏制了传染病流行问题;在剑南,他巧妙地处理了边民闹事问题。所到之处,曾巩深受老百姓喜爱,神宗也多次褒奖他。但因为他的文章写得很好,有所谓"漂鸷奔放,雄浑环伟,若三军之朝气,猛兽之抉怒,江湖之波涛,烟云之姿状偶"的赞誉,后来就被留在朝廷撰写《国史》。

王安石虽有"矫世变俗"之志,但在"改革"、"变法"中,他失败了。这并不是因为新法不好,而是因为保守势力太顽固,宋神宗又是一个意志薄弱者,左右摇摆不定。保守势力采取不合作态度,一时又没有可靠的支持者,加之以伪善面貌骗取信任的吕惠卿,随意篡改新法本义,倒行逆施,以致招来非议,致使新法流产,人们把屎盆都扣到了王安石的头上,真是不公平。王安石是一个具有朴素唯物主义观的人,他认为"水旱常数,尧舜所不免",驳斥天灾是由于变法更新触怒上天所引起的谬论;又认为历史是变化的,强调"权时之变",反对因循保守,并倡导"天变不足畏。祖宗不足法,人言不足恤"的观点。他的诗作大多是揭露时弊、反映社会矛盾的精品,并体现了他的政治主张和抱负。他的诗歌遒劲新颖,词虽不多,但风格高雅,且多为揭露时弊、社会矛盾之作。他在早期的《兼并》中就曾这样写道:

三代子百姓,公私无异财。

人主擅操柄,如天持斗魁。

赋予皆自我,兼并乃奸回。

奸回法有诛,势亦无自来。

后世始倒持，黔首遂难栽。

秦王不知此，更筑怀清台。

礼义日已偷，圣经知埋埃。

法尚有存者，欲言时所哈。

俗吏不知方，掊克乃为材，

俗孺不知变，兼并无可摧。

利孔至百出，小人司阖开。

有司与之争，民愈可怜哉！

这首朴素无华的短诗，充分体现了他的政治主张和抱负。后来他进行变法，完全是遵循这一指导思想进行的。他在变法失败之后，痛苦地叹息道：

势大直疑埋地尽，成功才见放春回。

村农不识仁民意，只望青天万里开。

这时他仍然坚信自己的主张是富国利民的，只是因为时机不成熟，条件不具备，而不能全面反映出它的优越性而已。

王安石、曾巩，孙侔三人年轻时交往很多。王安石声誉未振时，曾巩就把他推荐给欧阳修、苏东坡。可是，后来由于推行新法，曾巩不赞成他的主张，彼此疏远了许多。有一次神宗问曾巩对于安石的看法，曾巩回答："安石文学行义，不减扬雄，以吝故不及。"神宗反问："安石是一个轻富贵的人，怎能说他很吝啬呢？"曾巩说："我所说的吝，是指他勇于有所为，而吝于改过而已。"曾巩的话，说对了一半。的确，王安石是很倔犟的人，目标一旦确定之后，虽破釜沉舟，也不会轻易改变。但他也不至于固执到是非不分、优劣不辨。有一次，他将《青苗法》交给苏辙，问他有什么不妥的地方，将意见提出来。苏辙说："以钱贷民，本以救民，然出纳之际，吏缘为奸，虽有法，不能禁。"王安石听了连声说："君言有理！君言有理！"从此以后，王安石不再提青苗法。这难道不可以说明他是乐于接受善意批评的人吗？

政见上的分歧是允许的，但这并不影响朋友之间感情。吴能在《能改斋漫录》中记载了这么一件事。郡川地方有个学郡，离州治不远的地方，有一水池，据说是王羲之的墨池，有时流出来的水像墨汁那么浓。如果出现这一情况，便象征这一年考生要走红运了。王安石对这个墨池很感兴趣，但因公务繁忙，始终没有机会去考察。他的弟弟王安礼去江南府任职时，他特别交代"为我寻少逸池"。曾巩知道后，也感兴趣了，便把这事记录下来。可见曾巩与王安石又有许多志趣相同的地方，因而对朋友之间的小事，也是关心的。

从这些细枝末节中，我们可以推知，共同的志趣和事业，是择友的取舍之道，政见不一，不应成为干扰友谊的因素。王安石与曾巩、孙侔之交，是在政治问题上有争议的朋友学习的典范。

范仲淹与滕子京

朋友，你知道洞庭湖吗？

你知道岳阳楼吗？

你知道《岳阳楼记》吗？

在祖国无数的山川湖泊中，在湖南北部有一片近三千平方公里的宽阔的水域，名叫洞庭湖。它是我国的第二大淡水湖，终年接纳着流贯湖南全境的湘、资、沅、澧四水，吞吐长江，烟波万顷，浩浩荡荡，横无际涯，素以气象宏伟称著。

岳阳楼坐落在湖南省岳阳市古城墙的西隅，临湖耸立，俯瞰洞庭，遥望君山，水天一色，气象万千，素有"洞庭天下水，岳阳天下楼"、"襟带三千里，尽在岳阳楼"的盛誉，与武昌黄鹤楼、南昌滕王阁同为长江流域三大名楼之一。

《岳阳楼记》，是宋仁宗庆历五年（1045 年）滕子京谪守巴陵（今湖南岳阳）重修此楼时，请当时的大政治家、文学家范仲淹所写的。范仲淹的《岳阳楼记》，不仅将四周景物、早晚晴雨、各种感触描写得淋漓尽致，而且文中"先天下之忧而忧，后天下之乐而乐"的名句，抒发了忧国忧民的崇高情怀，是传扬中外、脍炙人口的千古雄文。

滕子京为什么要请范仲淹写一篇"记"呢？

其实，范仲淹在撰写这篇文章的时候。除了状写岳阳楼四时景物，抒发忧国忧民情怀之外，还想表达他和滕子京之间的一段深情。

滕子京，河南人。他和范仲淹同年考中进士，一起步入仕途，他曾经做过殿中丞（协助管理皇帝的日常事务），任过湖州（今浙江吴兴）、泾州（今甘肃泾县）县令。范仲淹十分赏识他的才干，推荐他为天章阁待制（四品官）、大理寺丞，使之进入权力中枢。后因得罪一些达官贵人，滕子京受到惩处，被贬往信州、岳州、苏州等地做地方官。他个性鲜明，是一个富有才华、崇尚气节、喜好施予、倜傥不凡的人，他铁骨铮铮，人前人后，从不甘俯首迁就。为了宫闱失火一事，他大胆地弹劾过掌权的章献太后，说"天下失火，其性是由政失其体"引起的，请太后还政于皇帝。他处事有主见，反应迅速，当西夏王元昊反叛时，他见官兵反击失利，危及定川（今甘肃固原），立即招募农民和少年勇敢者入伍，共同坚守城池，又派出谍报人员，深入敌军，了解情况，并把收集到的情报通知周边各驻军，相约共同加强防守，组成了联合防卫阵线，有力地遏止了叛军的嚣张气焰。这种有远见、有步骤、有办法的人，岂是唯唯诺诺、战战兢兢的地方官所能比拟的。滕子京又是一个十分重视教育的人。每到一处，他总要兴办学堂，特别在湖州，兴办了不少学堂，有所谓"学者倾江南"之誉。然而，一个具有大才、喜欢办好事的人，往往也容易遭人嫉妒，招来非议，受人指责。因此，他总是有功得不到奖赏，反而遭到贬谪。自然，性格比较外向的滕子京的不平和怨愤之情，难免不流于言表。范仲淹既爱其友的才华，又忧其友的祸福，生怕他由于牢骚太多而招来不幸，总是不失时机地劝他"不以物喜，不以己悲"，以冷静的态度、达观的胸怀，待人处世。滕子京既是宁折不屈的人，想改也很难。这怎能不叫范仲奄义多儿番担心呢？

怎样帮助朋友摆脱烦恼，从困境中站立起来，并获得快乐，就成了范仲淹时时思索的问题。

机会终于来了。这一天范仲淹收到滕子京派专人送来的一封信，信袋里装有一幅重修后的岳阳楼结构图，还有一幅《洞庭湖晚秋图》，楼的四周的风光景色和所刻的唐人诗篇也附在其后，要求他根据这些资料撰写一文，以兹纪念。这座与黄鹤楼，滕王阁齐名的岳阳楼历史悠久，早在三国时期东吴大将鲁肃受孙权之命，就曾在这里建立过训练水兵的阅军楼，它是岳阳楼的前身。到了唐开元四年（716年）中书令张说为岳州刺史时，在当年鲁肃的阅军楼的旧址上，将城楼建改成楼阁。因位于天岳山之南，遂名"岳阳楼"。范仲淹看着重建后的岳阳楼结构图，只觉得规模宏大，蔚为壮观，连声称赞，读着韩愈、白居易、李商隐等人的诗，捕捉其中的诗情画景，感到无比的陶醉。读着张说《和尹从事懋泛洞庭》诗：

平湖一望水连天，秋景千寻下洞泉。

忽惊水上江华满，疑是乘舟到日边。

就像自己也在这秋高气爽的时候，泛舟洞庭湖一般惬意。读着李白的《陪族叔刑部侍郎晔及中书贾舍人游洞庭》诗：

南湖秋水夜无烟，耐可乘流直上天。

且就洞庭赊月色，将船买酒白云边。

只觉得自己在湖光月色中已是酒醉醺醺、思绪如潮、飘飘欲仙了。特别是杜甫的《登岳阳楼》：

> 亲朋无一字，老病有孤舟。
>
> 戎马关山外，凭轩涕泗流。

使他又似感触到万病缠身的杜甫的那颗忧国忧民的心。此时范仲淹的心绪已经不能自已，便把那幅《洞庭晚秋图》挂在墙上，反复观看，细心揣摩，似乎自己已登上了岳阳楼。他极目四望，那粼粼的波光，一碧万顷，天水相接，宽阔无涯，雄浑壮观，气象万千，全都涌入了自己的眼底。陶醉在这雄伟的景色中，他似乎又看到了岳阳楼"衔远山、吞长江"、"北通巫峡，南极潇湘"险要的地理位置，产生了墨客骚人登临此楼时把酒临风、奋笔抒怀、悲喜交加的情怀。于是，他奋笔疾书，写下了这篇既生动、又自然，融思想性与艺术性于一体的千古名篇。

滕子京收到范仲淹的文稿，如获珍宝，捧读再三。当仔细品味"滕子京谪守巴陵郡，越明年，政通人和，百废俱兴……"时，他似乎摸到了老友跳动的脉搏。他想，如果不是十分了解自己的人，怎么会用"政通人和"这样肯定的语气来褒奖自己的政绩呢？的确，滕子京背着沉重的十字架来到巴陵后，三年办了三件大事：承先制，重修了岳阳楼；重教化，兴建岳阳学宫；治水患，拟筑偃虹堤，是"治为天下第一"的人。

范仲淹为什么要用"政通人和"来渲染这篇文章呢？那是他为滕子京受到贬谪的呐喊！滕子京这次受贬离京的缘由，是说他动用了官府的库银。其实，滕子京这次动用官银，不但不应该获罪，还应该受到嘉奖。因为当西夏兵危及边境安定时，是灵机应变的滕子京动用官银，招集边镇散兵并收购部分马、牛、羊等犒劳士兵，大大地提高了士气，有力地反击了入侵者，保卫了西北边境的安宁，这并非贪污、挪用。范仲淹冒着包庇滕子京的嫌疑，挺身而出，力争再三，但仍没有挡住这次不公平的处罚，就连自己也因"朋党"之嫌，被贬谪到了邓州（今河南境内）。读着这段文字，滕子京能不感动万分吗？滕子京更惊叹范仲淹简洁洗练、酣畅流利的笔触，富有音乐感和动感的多彩画面，为自己能驻守巴陵这个咽喉要地庆幸！当读到最后一段时，他的感情收敛了，语调也低沉下来了。他一面读，一面揣摩。他明明感到老友在告诫自己跳出这个荣辱得失的圈子，本着"先天下之忧而忧，后天下之乐而乐"的态度处世做人，以达观的胸怀对待各种诽谤和打击。其心意是何等的良苦，对友人又是何等的真诚！密友语重心长的话，鼓起了他信念的风帆，长期积压在心头的愤懑被驱散了。他振作起精神，脸上绽开了笑容，再次以高亢的声调和着拍岸的涛声朗诵着《岳阳楼记》，凭栏大吼十数声，汗水、泪水滚滚而下，一对密友的手"紧握"着，共同唱着"不以物喜，不以己悲"、"先忧后乐"的友谊之歌。

滕子京死后，范仲淹在《天章阁待制滕君墓志铭》中，历数其生平事迹，称其为"君子"，还说："嗟嗟子京，为臣不易，名以召毁，才以速累……"又倾注了他对滕子京性格、才能、命运的怜惜与悲叹！

王质与范仲淹

因"朋党"之嫌，范仲淹被贬，将离京远行了。萧瑟的秋风，吹起单薄的袍衫，唯一的一头毛驴，驮着简单的行囊和书卷。几个随行的仆役，满脸愁苦，疲惫地跟着前行。往日里出入相府围着他转的人，一个个销声匿迹，不知躲到哪里去了。多么残酷的现实啊！内刚外柔的范仲淹，此时心头也多少飘过一些怆然的思绪。他在问自己：难道我真的错了吗？平日里我没干过任何亏待他人的事呀……我真的是在拉帮结派吗？我向朝廷提出的各项建议，难道不都是为了富国强民吗？我所推荐的人才，难道不都是顶天立地的栋梁之柱吗？驴车缓缓地前进，他无心观赏路旁的景色，怀着满腔愁绪，正在捉摸着怎样做一个"先天下之忧而忧，后天下之乐而乐"的人，他苦苦地索着。就在这茫然无顾的时候，前面出现了一个熟悉的身影。他定眼一看，原来是王质。尚书员外郎王质来了！范仲淹紧走几步，一揖之后，紧紧地握住了王质的手，一股暖流立即直注入他的心田。范仲淹连声说："王兄何苦冒这么大的风险来为我送行呢？我实在不敢当啊！"在这苍茫秋色中，王质向范仲淹捧出了真正的感情，此时唯有坦诚、真率，才使得友谊的色彩变得这般艳丽。

范仲淹（989—1052年），字希文，苏州吴县人，大中祥符进士。少年丧父，跟随母亲在继父朱家长大，在极为贫困的环境里刻苦学习，在成才的道路上，他比谁都能吃苦，冬天疲惫的时候，他就用凉水洗脸之后，继续读书。他泛通《六经》，尤其对《易》经有研究。走上仕途之后，这个出身贫贱的穷秀才，特别同情缺衣少食的人，常把自己微薄的俸禄，送给四方游子。与年轻人谈论天下事，他总是慷慨激昂。许多人在他的影响下，也都成了崇尚气节、忠厚可靠的人，如胡瑗、孙复、石介等，都是他的追随者，而且先后走上了仕途，成为国家的栋梁。

范仲淹有许多值得肯定的地方。首先，他具有敏锐的政治眼光、卓越的军事才能和杰出的文学素养，还有忧国忧民的火热心肠。他出仕之后的第一站，是做泰州西溪仓（江苏泰县）盐官。他带领群众围堰防潮，使大量土地不再被海潮淹没，当地的老百姓无比感激他。后来徙监楚州（今江苏淮安），由于深入基层，他了解到了不少下情，便向皇帝上万言书，提出"择郡守，举县令，斥游惰，去冗僭，慎选举，抚将军"等一系列政治主张，令宋真宗赵恒心悦诚服，打算"悉采纳之"。他谈论这些事的时候，总是直言不讳，一针见血，体现出高瞻远瞩的胸怀。范仲淹不仅是出色的政治家，而且还是富有韬略的军事家。宝元三年（1040年），当西夏攻延州时，他与韩琦任陕西经略副使，主张改革军制，巩固边防，把仅有的一万八千守军，分成六队，每队三千人，由六名将领率领训练。又筑青涧城，大兴营田，允许军民互市，以通有无，对少数民族也不歧视。在延州，他阅兵选将，日夜训练，还告诫诸将，养精蓄锐，毋得轻举妄动。西夏人听到这些消息之后，果然不敢再来侵犯，并说"如今小老范子腹中有数万甲兵，不比大老范子（范雍）可侮也"。范仲淹能宽待下人，在他的行辕里，有一个用黄金铸就的箧筒，是珍藏朝廷诏令、兵符时用的，后来被一名老兵偷走了，范仲淹宽恕了此人，没有惩处他。因而，袁桷说：

> 甲兵十万在胸中，赫赫英名震犬戎。
> 宽恕可成天下事，从他老卒盗金筒。

到了庆历三年（1043年）范仲淹虽已任参知政事，但仍保留着艰苦、俭朴的生活作风。他曾对人说："我每晚临寝的时候，总要计算一下这一日的饮食、奉养费用多少，然后估算所做之事的价值，如果觉得自奉与所为之事相称，则熟睡不醒。如果觉得这一天做的事没有多少价值，则辗转不能入睡。"这一严于律己的习惯，体现出他高度的责任感，是那些饱食终日、无所用心的人无法理解的。

他曾经有一所私人住宅，风水先生常对人说，那是孕育卿相的地方。范仲淹听罢哈哈大笑道："如果真有这事，我怎么能一家私有。"于是，他便把这栋房子捐了出来办学校，希望大家都好好学习，争取上进。这便是后来的"苏州府学"校址。儿子范纯仁要娶妻子了，听说女方用丝罗作帐子，他不高兴地骂道："罗绮岂帷幔之物，我家素清俭，谁敢乱我家法！谁敢送至我家，我就当众烧掉。"他是坚决反对铺张浪费、大操大办的人。

范仲淹的心中装着的始终是大多数人的幸福，在向朝廷提出的十大建议中，特别强调的是选拔官员的制度，对一些不称职的官员，主张大刀阔斧地裁减。有一次，他搬来一大摞花名册，一边看着，一边嘀咕着，一边圈点、勾画着，他深切地体会到一个地方官的好坏，直接关系到国家的安危，人民生活的幸福与否。他是用心中的尺子衡量每一个官员称职与否。这时富弼跟他开玩笑道："你这么一勾，就去掉一个，你可知道，被勾掉的那一家人都在哭吗？"范仲淹回答道："我知道会是这么回事，但一家哭人，何能比得上一路哭人呢？"范仲淹就是这样不徇私情、认真负责的人。他提倡重视农桑，发展农业；推行法制，反对因循保守；呼吁减轻徭役，改善人民生活。他还批评不忠于职守的官吏道："居庙堂之上，耶能不忧其民？"并以《百官图》讽刺那些不称职的官吏。这一系列正确、尖锐的意见，犹如一支支利箭，射向因循苟且之徒和贪官污吏们。于是，吕简夷便制造罪名，给他扣上一顶"离间君臣，所引用，皆朋党也"的帽子，将他放逐出京。

这一次就连为他说话的余靖、尹洙、欧阳修也被牵连而遭贬。其实，这种"离间"、"朋党"之说，完全是吕简夷臆造出来的。在流放的漫长日子里，他一直以"处江河之远，则忧其君"的态度关心国家的前途和命运。世上哪有这样的"离间"和"朋党"呢？后来，他在出任陕西宣抚使时，死于赴颍州途中。他一生工于诗词、散文，所作文章富有思想，风格明快，为世所传。一篇《岳阳楼记》成为传颂千古的名篇，一部《范文正公集》更是他思想、学术、人格的写照。

王质，字子野，少年谨厚，生活淳朴，潜心学问。他是名师杨亿的得意门生。他的祖父王裕、父亲王旭，都是朝廷大官，家财富裕。他的兄弟都很奢侈，唯独他能克己好善，生活俭朴得如同普通寒士一样。王质是一个顾全大局、不亢不卑的人。在苏州做通判时，他碰上了喜欢摆老资格的黄宗旦。为了一桩小事，他与黄宗旦发生争执。黄宗旦摆出一副教训的面孔道："少年乃与丈人抗邪！"王质语气爽朗地回答："有事当争，职也。"他以年轻人的胆识与老前辈进行了一次真理的较量，使得黄宗旦不得不另眼相看。又有一次，黄宗旦用诡诈的办法抓获了一百多名制造假钱的人，决定将其处死，还高兴地对王质说起这件事。王质不以为然地说："以权术钩人，又置死，不可取。"黄宗旦听后，感到很羞愧，也就从轻发落了这批人。王质的哥哥曾为苏州三司判官，他认为兄弟二人在同一个府不好，便主动申请到寿州（今安徽寿县）、庐州（今安徽合肥）等地去任职。王质后来为了一个强盗杀害伙计且抢走了钱财这一案例的判决，与上司发生分歧而受到降职处分。在曲直不明的情况下，他丢掉乌纱帽，跑到"灵芝观"去搞学术研究，一部一百卷的《宝元总录》，就是在这种情况下写出来的。直到后来按他的意见处理罪犯之后，他才重新出山，回到原来的岗位。王质不管走到哪里，处理何种案件，总是秉着治病救人、惩前毖后的方针。特别对于那些迫于贫困而犯罪的人，经过教育之后，他还经常给钱给物，勉励他们自力更生，重新做人。因此，人们高度评价他是做官一方、造福一方、德化一方的好官。他的这些作为，与范仲淹忧国忧民的思想是十分合拍的。王质与范仲淹同朝为官，彼此都是德绩昭彰的人，自然是声息相通的。他对吕夷简的胡作非为，十分愤恨；对那些见风使舵的人，十分鄙视。所以，王质不顾压城的风雨来为范仲淹送行，在范仲淹处于苦闷和逆境的时候伸出友谊的手。

王质为范仲淹送行一事传开以后。许多人都嘲笑他没事自找麻烦，想往笼子里钻。他爽朗地回答道："范仲淹是怎样的人，我心中十分清楚。如果有人认为我是他的'朋党'，真是三生有幸！"王质的眼睛，犹如一面明亮的镜子，能照出人、神、鬼、妖的心境；王质的心中有一杆秤，能秤出事物的轻重；王质的手中有一把尺，能量出事物的长短曲直。所以，他并不在乎人家怎么说。

巢谷、苏轼和苏辙

真正的友谊是经得起时间考验的。当仰慕你的名誉、高攀你的地位、觊觎你的财物者走近你的时候，你当警惕那口蜜腹剑的伪友；当你思想上撤去防卫的藩篱，有人邀你嫖赌逍遥、吃喝玩乐的时候，你当警惕那阿谀逢迎的腻友；当你飞黄腾达、得意忘形，有人不掩饰你的缺点，不姑息你的错误，敢于犯颜直陈批评意见的时候，你当珍惜你那肝胆相照诤友；当你含垢忍辱，救助无援，苟且尚难安生的时候，那舍生忘死向你走来的人，便是你的挚友；以道德相亲、以学问相成、以气节相感、以然诺为信、以政治相助、以才技相合、以诗文相尚、以山水相交的人，那是你的良友……总之，交友是件愉快的事，也是一件困难的事，所以有人叹息："人生难得一知己。"只有经过了复杂关系的检验而不变色者，才称得上真正的朋友。那么，宋人巢谷与苏轼、苏辙兄弟之间的友谊属于那一种情况呢？让我们一起寻找答案吧！

巢谷，四川眉山人，与苏轼、苏辙是少年时相识的好友。巢谷也是一个博学多闻的人，但他成年以后，走上了习武的道路，与苏氏兄弟以文致仕的道路差别很大。他对于弓箭、骑射，十分精通，还到过西部边境帮助宋将韩存宝成守过关。他的一生虽然谈不上轰轰烈烈、惊天动地，但其人品极正，是一个值得信赖的朋友。当韩存宝获罪被捕的时候，是他冒险将韩之银两转送到他妻子手中。为了朋友，他从此隐姓埋名，流落江、淮之间，直到遇上大赦，才敢回到自己的故乡去。他对苏氏兄弟，更有一段深沉的感情。

苏轼、苏辙是苏洵的儿子，从小聪敏过人，在父母身边又受到了良好的教育，都是出类拔萃的人才。还在他俩参加科举考试的时候，大政治家、大文学家欧阳修就很赏识他俩，并私下对梅圣俞说："吾当避此人出一头地。"嘉祐年间，他俩随父亲来到京城赴考，双双中举，一时名噪京城，动于四方，就连宋朝皇帝读罢二人的"制策"以后，欣喜地对后宫里的人说："今天我为儿孙寻找到了两位好宰相。"对于苏轼的文章，他更是爱不释手，不仅在宫中传阅，有时竟"膳进忘食，称为天下奇才"。欧阳修也认为他俩的学问、气质、文采、胸怀、理想、抱负等诸多方面，都可以成为庙堂之上的重臣。然而，仕途多舛，在王安石维新变法的过程中，他俩站到了对立面。政治是无情的。为了排除干扰，推行改革措施，尽管王安石与"二苏"私人感情不错，但他还是采取了打击措施，使之一贬再贬。性格倔犟的苏轼，因宗派斗争和文字狱受尽了折磨。且其因才高名大，徒众多，社会影响很大，因而遭到政敌们的格外注意，经常钻他的空子，拿他当靶子。加上他本人好议论，好嘲戏，喜欢弄笔吟咏，敢于褒贬是非，往往于无意中结下怨恨。好心人劝他少作诗文，少惹麻烦。如出任杭州通判时，有个叫文同的人提醒他："北客若来休问事，西湖虽好莫吟诗。"谪居海南以后，郭功甫又告诫他："莫向沙边弄明月，夜深无数采珠人。"然而积习已深，想改不容易，用他自己的话说是"口业不停诗有债"。由于各种复杂原因掺合在一起，这次竟被贬到了遥远的琼州——海南，过着天为帐、地为床、野菜野草当粮食的艰苦生活，苏辙也因此贬到了今天的雷州半岛。

在纷扰的世事中，人际关系也如万花筒一般不断地变幻着。在"二苏"红极一时的时候，各色人物趋之若鹜，有求官职的，有索钱财的，有谈论朝政的，有请教学问的，更多的是求文索字，附庸风雅。兄弟二人不乏财物，也不是吝啬鬼，且性格豁达，也乐于与人交往，自然是门庭若市了。这时唯有少年时的好友巢谷仍浮沉于乡里，过着极其清贫的生活，丝毫没有攀摘高枝的愿望和动机。这已经证明他与那种"势交"、"利交"的人物有很大的差别了。等到苏轼第一次被贬谪到黄州时，巢谷才去看他。这时，正处在愁苦之中的苏轼，手头很是拮据，几乎是数着铜板过日子。他把一个月该花销的钱分成三串，每十天一串，都挂到屋梁上。每到用时，用叉子取下来，买柴米的、买油盐的、买蔬菜的都按计划用，绝不超过，有了节余，才考虑改善生活。巢谷的到来，使他无限欢喜。他俩相邀游玩，十分投机。到了圣绍初年，兄弟二人又同时被贬到岭南。这时，往日的追随者都抛弃了他们，即使是往日的亲朋，也探听不到消息了。唯有深居川西的巢谷，却决心去岭南探望"二苏"。这事传出以后，许多人都笑他疯狂。他们疑惑的是，巢谷已七十三岁了，加上家境贫寒，哪来这么多盘缠？这番长途跋涉，该付出多少辛劳？然而，雄心不取决于年龄的大小。巢谷崇尚"二苏"的人品和道德文章，更珍惜与他们洁白无瑕的友谊，他决心在朋友最艰难的时候送去温暖。经过一番准备之后，到了元符二年他果真出发了。在交通还处于相当闭塞的宋代，沿途他究竟吃了多少苦、受了多少罪，又有谁知道呢？到了梅州，他托人带了一封信给谪居雷州的苏辙道："我万里步行见公，不意自全，今至梅矣，不旬日必见，死于恨矣"。苏辙得到这封信，宛如黑暗中见到了一束阳光，荒原里遇到了一泓清泉，感到无比惊喜道："这哪里是现在的人啊！只有古代史书上记载有如此忠诚的朋友。"

在雷州，这对老友握手言欢，泪流满面，感慨敬歔，逾月不倦。

过了一段时间，巢谷又萌发出新的念头，他要跨海去探望谪居海南的苏轼。苏辙百般阻挠，认为千里水路，岂是老年人经受得了的事，万一在海上遇到风浪，更是危险。但巢谷自认身体健壮，决意要去。在万般无奈的情况下，他凑齐了盘缠后又上路了。一路上，他与烈日为伴，与风雨相搏，与孤独相依，与寂寞相处，却仍不辞劳苦。不料船至新会，碰上了窃盗，囊中所有，洗窃一空。没有了盘缠，怎能到海南去呢？为此，巢谷追随贼人到了新州。但由于气候的剧变，情绪的沮丧，他终于病殁于新州了。

消息传到苏辙的耳里，他失声痛哭，悲怆地呼唤着老友的名字："元修啊！你为什么不接受我的意见，放弃这次远行呢？子由啊！是你劝阻不力，才酿成这样大的错误！"

消息传苏轼那里，他更是悲痛万分。对着大海，对着苍天，他痛心疾首地呼唤着："子瞻啊！你何德何能，如此牵动着老友的心而命丧旅途！元修啊，你从川出峡，涉江河，过险滩、爬高山，越险谷，该是多么的艰苦！你是用生命在丈量着步伐，你是用意志在诠释着友情！苍天啊，为什么世事不两全……"

巢谷万里访"二苏",虽然是一个悲怆的结局,然而在友谊的颂歌中,奏出的是"人生交结贵始终、莫为浮沉中路分"的响亮音符。这种自始至终、永不变色的友谊,历来受到人们的称颂。它是整个社会文明的一种体现,是联结人与人的纽带,是检验道德、品质的试金石。因而,浩瀚的史籍中会留下"巢谷万里访二苏"的一段佳话。

司马光与邵雍

人以群分,是说性情相近、志趣相投的人,往往能聚集在一起。他们彼此能无所顾忌地倾吐内心的抑郁或欢乐,或叙述往昔的经历与近日的新闻,或评点人物、议论清浊,或指点江山、激扬文字,或思考国家前途、人类命运……总之,只要情投意合,就会坦然谈论,不设防卫,不怀鬼胎。远在北宋时期的洛阳,就聚集了以司马光为首的反对王安石变法的"洛派"人物。他们一面著书立说,一面静观新法的成败,同时也游山玩水、吟诗作赋、饮酒取乐。与他交往的朋友中,有富弼、文彦博、王尚恭、赵丙南、冯行巳、刘几伯、楚建中、王谨言、王拱辰、张延昌、邵雍等人,其中,除绍雍之外,都有高低不同的官品位,他们都属于反对王安石变法维新的保守派。

司马光,字君实,陕西夏县人。年刚七岁,"凛然如成人",至于他急中生智砸破水缸救出落水小孩的事,更是为人绘声绘影,流传至今。他曾经是宋神宗时御史中丞,哲宗时门下侍郎、尚书左仆射、赠太师温国公;他更是大名鼎鼎的史学家,所著《资治通鉴》,是中国史学领域的瑰宝。

邵雍,字尧夫,范阳人,后徙共城,游河南,葬其亲于伊水上,遂为河南人。邵雍是颇负盛名的理学大师之一。他一生潜心《易》学,好预言,终身隐居不仕,但颇关心时事、评论人物,并不完全是一个"世外桃源"式的人物。他与理学开山祖师周敦颐、程颐、程颢齐名,与程氏兄弟交往密切,又与当时名气很大的司马光、富弼等人同声相应、同气相求。

一个隐居不仕的人,为什么会与一群活跃于政治舞台的人结交呢?这得从他对王安石推行变法所持的态度来看。

神宗熙宁二年(1069年),王安石被任为丞相,开始推行变法。他希望通过变法抑制大官僚地主主豪商的特权,以期达到富国强兵、缓和阶级矛盾的目的,但立即遭到了以司马光为代表的反对派人物的抵制。这些保守派人物为了表明自己的"不合作"态度,纷纷辞职、辞官,来到当时的西京洛阳,过起优哉游哉的生活来。

洛阳是中华民族进入文明阶段的圣地之一，这时"皇城之内，宫室光明，阙庭神丽，奢不可逾，俭不能侈。外则因原野以作苑，填柳泉而为沼，发萍藻以潜鱼，丰圃草以毓兽"，这是一个理想的安乐窝。加之这里距京城汴梁（今河南开封）很近，随时可以探听朝中消息。

司马光等人来到这里以后。遥想当年白居易晚年闲居时组成的"九老会"，过着"朝随浮云出，夕与飞鸟还"的生活，觉得很有意思，于是也组成一个"耆英会"，常相邀欢聚，纵谈时事，论诗行文。这个"耆英会"还有《会约》七条，大意是会员不论官位高低，按年龄大小排定座次；又仿照苏东坡等人"率真会"的风格，不讲排场阔气；餐桌上不准超过五个菜，还不准劝酒、灌酒；到规定日期不催，迟到者受罚……参加的人有富弼、邵雍等十二人。年龄都在七十岁以上。因为当时司马光年龄最小，大家就推他写了一篇"耆英会"的序言，这是元丰五年正月的事。序中说："潞国文公留守西都，韩国公富致政在里第，皆自逸于洛者。潞国谓韩国公曰：'凡所慕于乐者，以其志趣高逸也。奚必文与地袭焉。'一日悉集士大夫贤者于韩公之第，买酒相乐，宾主凡十二人图形，妙觉僧舍，时人谓之'洛阳耆英会'。"他们常过着这种生活：

> 洛下衣冠爱惜春，相从小饮任天真。
>
> 随家所有自可乐，为具虽微谁笑贫。
>
> 不待珍馐方下箸，只将佳景便娱宾。
>
> 庾公此兴知非浅，黎藿终难作主人。

邵雍原来住在百泉，大约是嘉祐七年，才移居到洛阳。在移居置产的过程中，他得到"耆英会"人员的大力帮助。此时他写了一首感谢诗道：

> 重谢诸公为买园，洛阳城里占林泉。
>
> 七千来步平流水，二十余家争出钱。
>
> 嘉祐卜居终是僦，熙宁受券遂能专。
>
> 凤凰楼下新闲客，道德坊中旧散仙。
>
> 洛浦清风朝满袖，嵩岑皓月夜盈轩。
>
> 接篱倒戴芰荷畔，谈尘轻摇杨柳边。
>
> 陌彻铜驼花烂漫，堤连金谷草芊绵。
>
> 青春未老尚可出，红日已高犹自眠。
>
> 洞号长生宜有主，窝名安乐岂无权？

敢于世上开明眼，会向人间别看天。

尽送光阴归酒盏，都移造化入诗篇。

也知此片好田地，消得尧夫笔似椽。

从这首长诗中我们可以看出邵雍的这所新居，不但地理位置适中，而且环境幽雅，是一所移情养性的好地方。如果不是当时定居于洛阳的一批官员们的帮助，哪会有"二十多家争出钱"的事出现呢？那么，司马光之辈为什么又如此赏识这位终身不仕的邵雍呢？

首先，是大家看中了邵雍的学术影响。邵雍曾根据《易传》关于八卦形成的解释，参照道家思想，虚构了一个宇宙构造图式和学说体系，成为他的象数之学（也叫先天学）。他认为宇宙原本是"太极"，亦即"道"、"心"。他说："太极不动，性也；发则神，神则数，数则像，像则器，器则变，复归于神也。"太极永恒不变，而天地万物皆有消长、有始终。按照他说的"先天图"循环变化。他认为人类社会已盛极而衰，从中国古代有关三皇五帝等传说和某些历史现象出发，提出了"皇、帝、王、霸"四个时期的历史退化论。他著有《皇极经世》，《伊川壤集》。对于这些标新立异的学说，我们暂且不必去探究它的实际意义和科学价值，但他这种独成体系的钻研精神，还是应该肯定的，何况当时的赏识者并不在少数。

其次，是邵雍当时的政治态度。《绍氏见闻录》中有关司马光和王安石的一些记载，就十分清楚地告诉人们，邵雍和反对派是一个鼻孔出气的，尤其对王安石的贬义是不遗余力的，对各种人物的谩骂之词，悉录无遗。一次，司马光与王安石等许多人在一起观赏牡丹。彼此相互劝酒，司马光和王安石都是不能喝酒的人，但在大家的反复相劝下，司马光实在顶不住，只得从命，而王安石不管大家怎样施压，始终滴酒不沾。事后司马光对人说："介甫（王安石）终席不饮……某以此知其不屈……"吕献可骂王安石道："乱天下者，必此人也……天下本无事，但庸人扰之耳。"邵氏不厌其烦地记录了很多诋毁王安石的事情，甚至把一些道听途说的事，也拿来宣扬，其态度是十分明确的。这些自然成了联谊的纽带。

司马光还主动和邵雍攀上同乡说："光，陕人。先生卫人，今同居于洛，即乡人也。有如先生道学之尊，当以年德为贵，官职不足道也。"

有一次，未经预约，司马光突然来访，并留诗道：

拜罢归来抵寺居，解鞍纵马罢传呼。

紫衣金带尽脱去，便是林间一野夫。

草软清波沙路微，手携筇杖着深衣。

白鸥不信忘机久，见我犹穿岸柳来。

这种突然的来访，对闲云野鹤的邵雍来说，简直是受宠若惊，于是也和诗道：

盖冠纷华塞九衢，声名相轧在前呼。

独君都不将为事，始信人间有丈夫。

风背河声近亦微，斜阳淡泊隔云衣。

一双白鹤来烟外，将下沙头却背飞。

又有一次司马光约邵雍去游崇德阁，等候多时还不见来，便又吟诗道：

淡日浓云合复开，碧伊清洛远萦回。

林间高阁望已久，花外小车犹未来。

其盼望的急切心情，跃然而出。

邵雍称自己的居处为"安乐窝"，自称"安乐先生"，并作《安乐诗》道：

半记不记梦觉后，似愁无愁情倦时。

拥衾侧卧未欲起，帘外落花缭乱飞。

司马光很欣赏他的闲情逸致，便自告奋勇铺纸、研墨、运笔于纸上。这一字迹奇古的条幅，便成了邵氏的传家宝。有一次司马光问邵雍道："你觉得我是一个怎样的人？"邵雍回答："君实，脚踏实地人也。"司马光觉得这个评价无阿谀吹捧之意，认为邵氏确是"知己"。

邵雍死后，司马光深为失去一个挚友而惋惜，作挽联道：

慕德闻风久，论交倾盖新，何须半面旧，不待一言亲；

讲道切磋直，忘怀笑语真，重言蒙跖实，佩服敢书绅。

这幅挽联真实地记录了他们感情交流的情况。即使在邵雍死后，两家交往仍然不断，晚辈们还成了累世之交，两代人的情谊常青不败。

柳开与赵昌言

朋友有难，解囊相助，这是仗义者乐意为之的事。宋人柳开帮助赵昌言顺利返回故里的故事就是一个例子。

柳开（947—1000 年）北宋散文家。原名肩愈，字绍先（一作绍元），以韩愈、柳宗元继承者自居。后改名开，字仲涂，意为"将开古贤圣道于时也"。又号东郊野夫，补亡先生，大名（今河北）人。北宋开宝年间进士，官至殿中侍御史。他主张作文有助于教化，反对宋初的华靡文风，他的作品文字质朴。柳开有这么多怪僻的名字，都是他长大以后取的，而且这些名字，是按照自己思想、意识的发展而取舍的。这一切，也反映了他的性格的变化和发展。

史载柳开年幼聪明，有胆识，善射箭，喜弈棋，常饮酒，好交友，为人慷慨，性格乖戾、任性。这个个性鲜明的人，在他的生命旅途上的确演绎了许多花花絮絮的故事，有的令人惊喜，有的令人害怕，有的令人叫好，有的令人担忧。总之，他是一个有所作为，无所顾忌，有过成功与辉煌，有过失落与暗淡的演员式的人物。下面就让我们共同来欣赏这个人物的个性吧。

柳开的父亲叫做柳承翰，做过监察御史，家境比较富裕。财大招风，万贯家财，自然会引起人们的觊觎。一个月黑天昏的晚上，一伙强盗，闯进柳家大院，强迫主人交出金银财宝。一家人被逼在院子里，个个吓得面如土色，不敢动弹。此时，只有十三岁的柳开还在屋里，没有引起歹徒的注意。他对这种明火执仗的强盗十分愤恨，在彼此僵持不决的情况下，他突然冲出屋外，拔剑怒吼，砍向匪徒，所谓做贼心虚，众匪徒也没有来得及辨认出这是一个小孩，拔腿就逃。柳开紧接着飞起一剑，削掉了一个匪徒的两个脚趾，此人痛得龇牙咧嘴，大声哭叫。于是，一个十三的小孩勇斗歹徒的故事传开了。

柳开喜欢广交朋友，好施舍，远在发迹之前，就远近闻名。年轻家贫的赵昌言也仰慕他，曾经绕道到他家去住过一段时间。他们一起谈诗、论文，一起下棋、射箭、骑马，两颗火热的心在碰撞，两只羽毛还不丰满的雏鹰想翱翔。由于玩得十分投机，他俩几乎不忍分离。但赵昌言家贫，还有父母需要赡养，执意要回去，可又顾虑到家庭过重的负担，会影响自己的学习和前途。柳开了解到这番隐情之后，决心帮助赵昌言摆脱困境。这时，他还没有经济支配权，只得向掌管家庭财权的叔父提出要求。不料叔父认为数目太大，不同意。柳开一听，十分恼火，心想：家中有这么多财物放在那里，什么用途也没有，我不信就拿不到手……突然，他灵机一动，扬言道："钱财留在那里，没有用处。我也不能动用，不如烧了的好。"此话一出，胆小怕事的叔父，真有些担心这个胆大包天的侄儿闯祸，便如数送了一笔钱给赵昌言。柳开这时会心地笑了，并交代赵昌言道："吾兄回去安置好老人的生活以后，就可安心读书了……"他对赵昌言的帮助，的确从根本上解决了问题。赵昌言回去以后，经过几年的努力，真的顺利走上了仕途。于是，这对朋友，成了同朝为官又有所作为的官员。

　　柳开乐于助人、毁家纾友的声名传开以后，求他的人更多了，究竟有多少人得到过他的帮助，谁也说不清楚。史载有一个寒士想找王祐借点钱，好回去安葬母亲，但因无人引荐，十分为难，便在王祐门前徘徊。刚好柳开从这里经过，了解情况之后，便把他带到家里，翻箱倒柜找了些钱财给这个并不知名的穷朋友。

　　少年柳开，好任性。那时参加科举考试的时候，生员可以带自己的文章给主考官看。还不怎么懂得谦虚谨慎的柳开，认为自己文章写得多，又写得好，便用车子装了一千多卷送给主考官看。而另一个叫张景的考生，也很有点名气，当他参加考试的时候，只带了一篇文章呈献给主考官。结果张景受到了主考官的称赞。于是，"柳开千卷，不如张景一书"的话便流传开了。也正是这件事教训了他，以后的柳开遇事谨慎多了。

　　柳开处世还有一个特点，对自己和家人要求都很严格，他作《家诫》千余言，并刻在石上，作为处理家庭事务的准则。他平时总是对人说："现在的风气不好，虽骨肉之亲，临势而变。同朝的官吏，却又不和好，为了一件小事情，可以互相倾轧，见别人有困难，也不愿意帮助一下，可以说'仁义之风，荡然不复矣'。"因此，他建议朝廷在这方面多加注意，树立一种良好的社会风尚。

　　柳开为官，也很有个性，其中最关键的一条就是不怕死，也不怕苦，而且善于动脑子、想办法。全州（今广西金田）有一群不务正业的少数民族人常出没劫粮，地方官员管不了，于是朝廷就派柳开去平乱。柳开到任后，并不急于动武，而是派了几个能言善辩的人先去宣讲政策，又派人送去大批衣服、鞋帽，表示友好、安抚。结果不发一枪，不动一刀，就把这里的民族矛盾化解了。他还作《时监》一篇，刻于石上，作为共同遵守的公约。从此，这里的少数民族年年进贡，岁岁来朝，为国家、民族办了一件大好事。柳开心里还时刻装着广大人民群众的利益，乐于为大多数人服务。有一次，他去汾州赴任，从庆州、环州经过，见那里到处征集粮草，甚至闹得老百姓倾家荡产。运粮草的人、车、马，把道路也阻塞了。经他一调查，两地的军粮储藏量很大，足可支持三四年。于是，他便上书朝廷，呈明原由，阐明厉害，终于制止了这次横征暴敛。

　　赵言昌，字仲谟，汾州孝义人，是一个少有大志的人，"强力尚气节"，当官时，不管走到哪里，都"无所顾辟"，"以威断立名"。在官场上虽然受过多次挫折，但他仍坚持己见，有一股义无反顾的精神，与柳开有许多相似的地方。

一次，赵昌言到天雄军任职。这里有一条大河贯穿境内，时有水患发生，朝廷每年拨给二百万，作为防务费用。可是这里的地主豪绅贪图不义之财，诱使坏人进行破坏，制造人为的堤防溃决现象。赵昌言知道这一情况后，并不着急。待到看守堤防的人来告急时，便径直带领民工去取富户家的粮食发给修堤的人吃。经过几次这样的教训之后，再也没有人敢偷袭堤防了。

又有一次，澶州（今河北濮阳）河决水涨，流入御河，而且威胁到了府城的安全。于是，赵昌言便动员军队士兵去加固堤埝，但仅募集到几百人。于是，他又征集保安防守人员，但他们大都畏缩不前。赵昌言见此情况，十分恼火，愤怒地骂道："养兵千日，用在一时。现在府城快要淹没了，老百姓将要淹死了，你们有什么理由坐视不管？现在我命令你们去防汛抢险，人在城在，城亡人亡，敢违令者斩首！"士兵们面对这重如泰山的死命令，谁也不敢违抗。事后，宋太宗对赵光义进行嘉奖，提升他为给事中（常侍皇帝左右，正四品），参知政事。

赵昌言的确是一不负众望、思想深邃、敏于决断的人。又有一年。大雨滂沱，连月不晴，京城里的供应发生了困难。他建议把马散放城外饲养，有人提出不同意见，认为一旦敌人来进攻，没有马匹，将无以战。赵昌言冷静地分析形势道："大雨滂沱，道路泥泞，我们的人马不能行动，难道敌人的人马就能奔跑驰骋吗？"宋太宗觉得他分析得有道理，便按他的建议把战马散放四周饲养。

有才能的人，往往也是遭人嫉妒的人。由嫉妒而产生恶意攻击好像传染病一样，历朝历代有之。一次，宋太宗对赵昌言说起四川军事的问题，但又流露出厌兵之意，似乎不想亲征。赵昌言立即献计献策，提出了一系列可行的主张。太宗大喜，便命他担任五十二州招安行营马步军都部署，还赐精铠、良马、白金五千两，另赐手札数幅，都是讨贼的方略。这些耀眼的光环，使得一些患红眼病的人心里很不舒服，便有人在太宗面前调唆道：赵昌言没有儿子，而且"鼻折山根，有反相，不宜握兵入蜀"。宋太宗也是一个疑心很重的人，果然产生了悔意。这时兵马已经到了凤翔（今陕西），便派人传旨道："昨令昌言入蜀，朕思之有所不便。且蜀贼小，昌言大臣，未易前进，且驻凤翔。"以后，太宗派了一名内侍去指挥军事。赵昌言白白地在凤翔呆了一百多天，心中的怨气自然不少。像宋太宗这种朝令夕改的事例，在历史上并不少见。对宋朝这个始终没统一全国的王朝来说，因谗言误国的事，更是不胜枚举。

柳开和赵昌言，本是两个很有才华、很有个性的人，又是很好的朋友。如果他俩能去掉一点个人的狂想，多一点冷静，如果社会能为他们才能的展现提供更多的机会，他们能作出的贡献，也许会更多一些。但不管怎样，他俩的友好关系，能贯之始终，还是获得了史家的公认而被载入了史册。

鞠咏与王化基

有人说：真诚的友谊是生命里的良药。下面就让我们以宋人王化基与鞠咏之间发生的一段故事，来共同了解王化基是用什么"良药"给鞠咏治好什么病的吧。

王化基，字永固，真定（今保定）人，太平兴国二年的进士，做过大理评事（大理寺掌推按之官）、通判，以后，又担任过右赞善大夫、工部侍郎、礼部尚书等职务，为人"宽厚有容"、"喜愠不形于色"，即使谁对他有凌辱侮谩的言行，他也能原谅人家，是一个很好接近的人。

年轻时的王化基，心中十分崇敬的人是东汉时的范滂。范滂究竟是一个什么样的人物呢？范滂是一个敦厚、质朴、逊让、节俭，是州里旌表的一名孝廉。冀州地方闹饥荒时，朝廷要他为"清诏使"，前去审理、了解灾情及地方官赈灾、救灾情况。他登车前往，大有"清天下之志"之概。当他刚进入州境，那些贪赃枉法的人大都闻风弃官而逃。皇帝诏令"三府掾属"，举报地方官的贤奸和百姓的苦乐，范滂一次就举奏州郡长官、权豪之党二十余人，并说："如果不是针对奸暴，为民除害，我是不会得罪这么多人的。"有人诬陷他结党营私，他爽朗地回答："'见善如不及'、'见恶如探汤'，政治上要求分清奸贤，奖善、惩恶是我的职责，我不懂得什么叫'党'。"范滂的言行，深受人们的称颂。当他第一次无罪释放时，迎接他的达数千人，虽然，他后来还是被人陷害而死，但他的伟大人格永远为后世仰慕—王化基就好像是范滂再生。

赵普是北宋时期的重臣，待人处事，有老成持重的偏向，特别在用人的问题上，常犯有慢、看、等的毛病。他认为，"骤用人，于事无益"。他的这一指导思想，对于那些有才华的人的发展有一定的阻碍作用。王化基是一个既有才华、又有个性的人，对于赵普的这种"谨慎有余"、"成事过缓"、"用人拘谨"的做法，提出过意见，并向皇上提出奏章，说明自己适宜做什么，而不适宜做什么。宋太宗读了这封奏章以后，不但没有龙颜大怒，相反召见了他，并说："化基自结人主，慷慨之士也。"擢升为右谏议中丞。王化基知岚州时，地方官也以他是骤进之少年，准备改派他职。王化基十分伤心地叹道："不仅丞相以元勋自恃，特忌晚进。男儿既逢明时，岂能事府幕承于婉画之末乎？"于是便向皇上写了一份奏表，自称"真定男子"，由此得到宋太宗的青睐，由著作郎逐步提升为三司判官、右拾遗等职。王化基在《感情》一诗中写道："璞玉未成终是宝，精铜宁折不为钩。"有一次，宋太宗向他询问边患，他以植树的道理，说明了一个十分重要的问题："治天下如植木焉，所患本未固，固则枝干不足忧。朝廷治，则边鄙何患平安。"他的这一见解，深得皇上的嘉许。怎样固本呢？自然是要选拔优秀人才，充实中央政权的力量。王化基在这方面做得既大胆，又认真。甚至一次就向朝廷推举过数十人，如王嗣宗、薛映、耿望等人，都是在他的推举下走上仕途的，他们都是出类拔萃的人才。王化基在《澄清略》中，提出过改革政府机构的建议；在人才的使用方面，提出慎重举荐，举者与被举者必须挂钩连名，被举者的确是优秀人才，举者应该受到奖励，对被举者，应有考察办法，的确是优秀人才要及时提拔等建议。他还指出，"贪吏之于民，其损甚大"，"如木之受蠹"，要严惩贪官；还要罢除冗员，达到"使皆廉吏，止縻公帑"；要慎重选择边远地方的官吏，不要派贪残凶暴、怙恶不悛、犯有各种错误的人到边远地区充当地方官，以免"恃远肆毒"，使"小民罹殃"……这些都是高屋建瓴从根本上治理社会的政治主张，深得人心。怎样举荐人才呢？他认为举荐在于培养人。例如鞠咏是他十分赏识的人才之一，但他对于鞠咏的毛病绝不迁就、放松。

鞠咏，字咏之，开封人，与王化基同朝为官。鞠咏官位低了许多，年龄也小了许多，与王化基以忘年之交相处。鞠咏的父亲鞠励做过尚书膳部员外郎、广州转运使等，但在鞠咏十岁时就去世了。失去了父爱的孤儿，懂得靠自身的努力去开拓远大的前程，鞠咏很快就通过了各级考试，并以优异的成绩被录取为进士，他当过钱塘县、山阴县知县，以后又任职太常博士（六品官，参加国家礼仪制度，拟议王公以下的谥号）、监察御史（监察文武官吏的官员，简称御史）、天章阁待制（以他官兼领，掌侍从顾问）等。

年少得志的鞠咏，也患有"得意便猖狂"的毛病，那时王化基正任职于杭州，而鞠咏也将到杭州仁和县任职。鞠咏第一次外放，心里很是得意。他特别感到幸运的是能做王化基的下属。鞠咏心想王化基那么赏识他，去了以后，还怕不提拔、奖励自己吗？于是便先期写了一封信，并寄去自己的近作，表示今后以"文字相乐"的机会更多。王化基得到此信后，并未立即作答，只不过隐约地感到这个年轻人比较轻浮。

鞠咏来到杭州后的第一件事，就是去拜访顶头上司王化基。这一天，他穿着新的官服，十分神气地去拜会王化基，完全没有了往日的寒酸气。王化基一见他骄气横溢的模样，心里不禁一颤，心想不治一治他的骄气，恐怕就要毁了他的一生。见面之后，没有深谈，王化基只是冷冷淡淡说了几句应酬话而已。抱着满腔热情而去的鞠咏，直感到凉水浇背似的，只得怏怏告退。从此以后，王化基什么也不问，也不说，相反对鞠咏的考核抓得很紧，对工作中的细小偏差，批评得也很厉害。鞠咏老犯嘀咕，心想：我刚考中进士的时候，王大人见了我，有说有笑，十分关照，现在见了我，如此冷漠，我并没有得罪他，为什么要跟我过不去呢？转念一想，我就不相信没有你王化基的指点、提携，就不能把工作做好。于是"构净室以居"，一面工作，一面钻研"吏干"，深入探讨做官的道理，还撰写了《道释杂言》数十篇。几年过去，王化基也看到了他的长进，心里暗自欢喜。

后来，王化基离开杭州，调入中央参知朝廷政事，朝廷委派他挑选人才。首先调来中央权力机构，担任天章阁待制办事的便是鞠咏。有人问王化基，对鞠咏的态度，为什么前后有这么大的差别呢？王化基意味深长地回答："按照鞠咏的才能，不必担心他干不好工作，完不成任务，我所担心的是'气峻而骄'，这种毛病危害性很大，如果不及时去掉，小则危及自身安危，大则危及国计民生。我之所以这样做，就是要让他受点打击，去掉一点骄气和娇气，只有这样才能成为一个有德行的人，也才能担负起重任。作为朋友，帮助他扬其所长，抑其所短，是朋友的职责，而不应该多说恭维话。去助长其虚荣心。"

这话传到鞠咏耳里，心里一惊，他深深地感到王化基是一位了不起的人，对自己来说是"真相知"的老朋友、老前辈。在以后的日子里，鞠咏的确表现得不错。他为官清正，是非分明。有一次，大安殿的柱子上长了几朵蘑菇，宋太宗惊奇得不得了，便召集大臣们观看。大臣们众说纷纭，有说吉祥的，也有说怪异的。只有鞠咏力排众议冷静地说道："陛下刚即位，许多大事要办，如大河堤坝还没有修好，连月大雨，还没筹划好救灾赈灾的物资，臣愿陛下以引进忠良、斥退邪佞为国宝，以劝训农民积极生产、功训士兵加紧训练为天职。至于草木之怪，是不值得一提的。"

鞠咏疾恶如仇，却又能善待忠良。在朝供职期问，他讨厌那种依仗权势侮压他人的人，而王钦若正是这样的人，因此他对王钦若的短处，一旦发现，就丝毫不讲情面地进行攻击，结果他反遭迫害，多次遭贬。直到王钦若死后，他才调回京城。由王钦若举荐的一些人，正在边区担任防守，有人认为不妥，主张统统免去这些人的职务。鞠咏力争，认为只要工作做得好，就不必以谁举荐的来定性，否则，只会激发矛盾，于国、于民都没有益处。朝廷终于接受了他的意见。由此可知，在王化基的影响下，鞠咏也算得上是一个清官。

有人说过这么一段话：对渊博友，如读异书；对风雅友，如读名人诗；对净友，如读圣贤经传……王化基之于鞠咏不正是一部圣贤经传吗？

寇准与王旦

"宰相肚里好撑船"，是说"一人之下，万人之上"的宰相，应该是心胸宽广、极有涵养、宽宏大度的人。这样的人既不会因大事而惊慌失措，也不会因小事而耿耿于怀。

寇准（961—1023 年），字平仲，北宋的政治家，下邦人（今陕西渭南），宋太平兴国时期进士。景德元年，辽（契丹）军进攻北宋时，他任宰相，反对王钦若等人南迁的主张，力主抵抗，促使真宗往澶州（今河南濮阳）督战，与辽订立澶渊之盟。不久被王钦若排挤罢相，晚年再起为相，封莱国公。天禧四年，又被丁谓排挤去位，被逐放到雷州，死于南方。

少年时的寇准，十分淘气，颇爱鹰犬，不修小节，母亲对他管教十分严厉。有一次，他又惹事了，母亲一气之下，随手扔去一个秤锤砸在他脚趾上，流了许多血，还留下了一道伤痕。从此以后，他痛改前非，认真读书，十九岁时就考上了进士。他性格豪放，大胆直言，喜欢饮酒，对人诚恳，见多识广。刚走上仕途，寇准就表现出匡时济世的才略。那时宋太宗赵光义用人比较慎重，喜欢亲自看一看、谈一谈，观其行、察其言。一些年轻人由于阅历浅，往往被淘汰掉。有人建议寇准把年龄说得大一点，以便引起皇上的注意。寇准不以为然道："年轻人中也有见识卓越者，我刚图进取，怎么可以说假话欺骗皇上呢？"可是，在与皇上谈话时，因语言莽撞，引起皇上生气了。当皇上起身想走时，胆大的寇准一把拖住皇上的龙袍说："皇上怎么可以不听我把话讲完就走呢？"赵光义没办法，只好坐下来再继续听他讲。寇准利用这个机会，谈了许多有关国计民生的问题，句句中肯，事事关情。赵光义不但没有再生气，反而赞扬他道："我有了一个寇准，好像唐太宗得了个魏征一样。"由于得到了皇上的重视，他的才能也得到了充分的发挥。正是因为他和王旦的深谋远虑，真宗才没有听信王钦若等人的谗言，而是率兵亲征，与辽订立澶渊之约，使得北宋在相当长一段时间内得以平安无事。

到了至道年间，赵光义想立太子，谁是最合适的人选？赵光义正患病，下不了床，急于召见寇准。见面时，还责问寇准为什么来得这么晚。这一次召见，主要是想和寇准讨论储君的问题。寇准十分坦率地说：为天下人选择皇帝，这是大事，不可以与妇人商量，也不可以与近臣商量。最好的办法是自己考虑，选择深孚众望的人才是。赵光义考虑了一会，悄悄地问襄王（真宗赵恒）怎样。寇准立即说："知子莫若父，皇上既然有这种考虑，就应该立即决定。"这话传出以后，人们都称赞、拥护"少年天子"。赵光义很不高兴地对寇准说："人心遽向太子，欲置我何地？"寇准高兴地说："这正说明皇上的英明，是天下人的洪福。"这时宫里的嫔妃也前来祝贺。寇准一语破的，开导了赵光义，使得父子之间的关系立即缓解了，君臣相对欢饮，不胜欣喜。

但寇准本身也有很多骄气，缺少涵养，常引起朝臣们的不满，特别是王钦若，把他视为眼中钉，一有机会，便进谗言，调唆寇准与皇帝和同僚们的关系。四川有个叫张泳的人很赏识寇准，曾这样评价道："寇公奇才，可惜学术不足。"寇准曾向张泳请教，张泳委婉地说："《霍光传》不可不读。"开始寇准还不知道这话是什么意思，当他认真读起《霍光传》时，笑着对人说道："张公是劝我不要做不学无术的人。"从此，他一有空就不忘记读书，可见他还是一个乐于接受意见、勇于改正错误的人。

王旦（957—1017年），字子明，与寇准同为太平兴国年间进士。真宗咸平四年任参知政事，澶渊之役时，留守京师。景德三年拜相，他曾拒绝契丹、西夏钱粟之请，但对真宗搞封禅、"天书"等活动，则从不反对，故能久安其位。他的祖辈，曾在朝廷担任过各种职务，有着较深的家庭影响。真宗时任平江县令，被赵昌言所发现，并把女儿嫁给了他。他在北宋中央权力机构中任职时间很长。许多军政要事，他都参与决策，而很少遭人弹劾。他的处世特点，是从不拉帮结派。提拔人才、委以重任的时候，从不让本人知道。事情办得不好，有人批评、议论的时候，他从不计较私愤，总是引咎自责。寇准见到皇上，总是说三道四，说王旦这也不是，那也不对。而王旦见到皇上，总是说寇准这也好，那也好。日子长了，皇上感到这种现象似乎不正常，便对王旦说："君每称其美，而彼专说卿恶，是何道理？"王旦坦然回答："理固如此，我在相位多年，自然有许多事办得不好，存在缺点。寇准在陛下面前能直抒己见，可见他是忠诚的、坦率的，他是关心朝廷大事的忠臣，这就是我尊重寇准的原因。寇准玉不掩瑕，也是我的好朋友啊！"王旦与寇准的第一次成功的合作，发生在澶渊之盟的前后。那时辽军南下攻势凌厉，人心惶惶，有人主张朝廷西迁四川，有人主张南迁江南，皇上惴惴不安，无所适从，是寇准与王旦力主皇上亲征，寇准去前方领兵打仗，王旦留在后方保证军需，安定民心。由于两人的通力合作，终于打退了辽军的嚣张气焰，争取了澶渊之盟的订立，缓和了岌岌可危的局势。这一次合作的成功，既是政治、军事合作的成功，也是他俩忠诚相待、携手合作的成功。

有一次，中书院有个文件送到寇准那里审批，寇准发现不符合规定，便把此事反映给皇上，因此王旦挨了批评，下属们受到了处罚，还亲自向寇准致歉。不久，寇准有一个文件送到王旦处，其中印玺盖倒了，不符合规定。下属们一见，高兴地呈给王旦看，想借此来报复。王旦对下属们说："既知不是，不可学他不是。"只是叫人送过去，让其改正了事。王旦没有以其人之道，还治其人之身。这使寇准感到十分羞愧，连连说："同年有这么大的度量，我深愧不如。"王旦宽宏大度地处理这件小事，不仅使寇准认识到了自己的缺点，从此虚心向王旦学习，还加强了各部门工作的协调与团结，也加深了彼此的友谊。

寇准生性奢侈，过年、过节、过生日，喜欢张灯结彩，大吃大喝，甚至追求皇室的奢侈豪华之风。事情传到京城，皇帝生气地问王旦："寇准每事欲效朕可乎？"王旦淡淡一笑道："寇准是一个很贤能的人，不知有时候为什么这样呆。"皇帝一听，也释然道："是呀，他就是多了一些呆气。"王旦轻轻一语，就保护寇准使其免去了一场灭顶之灾。这与那种见事生非，唯恐抓不到岔子的人大不相同。一语胜千钧，王旦之于寇准可谓用心良苦。但在原则问题上，王旦决不迁就寇准。有一次，寇准因故将被免去枢密使职务，寇准托人要求王旦安排一个同级别的职务。王旦虽然很尊重寇准，但拒绝了他的要求。王旦道："将相之任，岂可求耶！吾不受私请。"但私下又觉得寇准的确有才干，不应该屈才。当宋真宗想派寇准一个微官时，王旦说："准有才望，与之使相，其风采足为朝廷争光。"真宗同意了他的看法，便令寇准担任武胜军节度使，同中书门下平章事。寇准入见谢曰："陛下知臣，安能至此？"真宗告诉他，这是王旦所荐。寇准愧叹不已，深感王旦之于自己，有一顾重千金之恩。寇准贬职出京，镇守大名府时，北使明知故问道："相公望重，何不在中书省？"寇准豪气十足地回答："皇上以朝廷无事，北门锁钥，非准不可。"他的回答不卑不亢，真如王旦所言，是个可为朝廷争光的人。

王旦年老多病，真宗去探望他，并送给他五千两白银供他享用。王旦赶紧上表辞谢："已恨多藏，况无用处？"结果分文未取，始终保持着清贫的晚节。一次他跟皇上封禅回京，有一个叫魏野的处士送给他一首诗：

圣朝宰相年年出，公在中书十二秋。

两祀东封俱已了，好来相伴赤松游。

他读了这首诗后，心潮起伏，便下定决心，要求退养。他的请求得到了满足。当他病危的时候，皇上再去看他，还说，我正想以大事托你，现在你病成这个样子，叫我如何是好？万一你有什么不幸，天下事可以托谁？王旦只是委婉地说："早日把寇准调回京城，委以重任为好。"又说，"知臣莫如君，贤能的皇帝，一定有自己的选择"。皇上提出已担任尚书的张诚与马亮作为候选人，王旦默不作答。皇上见此，便说："你提个参考意见吧！"这时王旦勉强支撑着身子，举起朝笏奏道："以臣愚见，莫如寇准。"皇上道："寇准刚毅急躁，难于团结人，你是否有更好的考虑呢？"王旦说："其他的人，我就不知道了。"王旦死后的第二年，寇准果然被启用为宰相。

所谓交友必交心，在王旦的眼里，寇准的缺点是其次的，而他的雄才大略是国家的财富。所以，王旦从不计较个人恩怨，与寇准合作得很好，两个气度恢宏，而志趣、风貌迥异的名人、名相，共同谱写了一曲和谐的友谊之歌。

李若谷与韩亿

"割席分座"与"割席分毡"是两个不同历史时期，两对朋友在择友、待友问题上的两种截然不同的态度。

先看"割席分座"，它指的是三国时的管宁与华歆的故事。

《世说新语·德行篇》有这么一段记载：

管宁、华歆共园中锄菜，见地有片金，管挥锄与瓦石无异，华捉而掷去之。又尝同席读书，有乘轩冕过门者，宁读如故，歆废书出看。宁割席分坐曰："子非吾友。"

宁静、深沉的管宁，不喜欢华歆的浮躁和世俗气息，而拒绝与他交朋友，提出了不愿和他坐在一起的要求。这是否过分，读者心中自有判定。然而，管宁的这种"同道为朋"的标准，也是无可非议的。他们虽然性格不同，但在同一历史背景下，都发挥过各自的才能，而且没有损害对方的尊严和利益，这仍然是值得后人推崇的美德。

"割席分毡"这则故事说的是宋人李若谷和韩亿在最艰苦的时刻，相互勉励克服困难，互相照顾共同奋进的故事。

韩亿，字宗魏，他的祖辈是真定（今河北保定）灵寿人，后移居开封，进士出身，做过永城（江西黎川）、洋州（陕西洋县）、相州（山东诸城）的知县，由于治理有方，政绩可嘉，宋仁宗时得到了提升。由尚书左丞官至太子太傅，死后谥以"忠献"的封号。他为什么能这样一帆风顺、官运亨通呢？最根本的一条是"为官清正"、"治家严谨"，心里时刻装着的是大多数受苦受难的人们。

韩亿在洋州做知县的时候，有个叫李甲的人，哥哥死后，就逼嫂子改嫁，并诬说侄儿不是哥哥的亲骨肉，其目的就是要夺其财产。嫂子上诉官府，李甲又买通官吏，官司拖了十几年得不到解决。韩亿到任后，作了深入调查，取得了原始的证据，使得李甲无言以对。从此，这个孤立无援的妇女，才伸直腰杆做人。

韩亿不仅是一个能为民申冤的父母官，而且又是一个敢于抵制歪风邪气的人。他在相州做县丞时，正值大旱，饿殍遍野，而转运使不把情况如实向朝廷反映，致使灾情恶化，韩亿对此十分不满。在怎样赈济灾民的问题上，双方又发生了争执，不明真相的上司，反而对他作出降职处分。但事实胜于雄辩，在他坚持正确反映情况和坚持实事求是的原则以后，他不仅官复原职，还得到了提升。

韩亿治家严谨，对子女们的要求既高且严，培养出来的几个儿子，对社会都有所贡献，有所谓"桐门韩家"之称。

韩亿有个好朋友叫李若谷，两人有许多共同之处。

《宋史》卷五十《李若谷传》有这么一段记载："若谷性资端重，在府，议论常近宽厚。治民多智虑，恺悌爱人，其去，多见思。少与韩亿为友，及显贵，婚姻不绝焉。"

李若谷，字子渊，徐州丰人。少年孤苦，是居住在洛阳的亲戚家里长大的。进士出身，做过长社的县尉、宜兴的知县、江宁与河南的知府，后逐步提升为工部侍郎、枢密直学士、龙图阁学士。本着"恺悌爱人"的宗旨，能做到为官一方、造福一方。如他在做宜兴县令时，官府检查茶叶质量，发现不好的茶叶便没收，而若谷则将不合格的茶叶还给茶农，以减轻农民负担。在一次调集防汛器材时，以卢士从为首的防汛大军对州县催扰得十分厉害，以至民不堪其扰。而李若谷深察民情，比其他人宽厚得多，其防汛效果同样可观。那时洞庭湖上常有劫财盗贼出现，手段毒辣，他们劫财谋命之后，还抛尸于水中，案情很难破获。长于谋略的李若谷，经过一番细致调查之后，狠狠地煞住了这股歪风，从此来往客商，无不交口称谢。李若谷又善于深谋远虑，在延州的时候，由他设计的依山而立的粮仓"露囤"，一囤就可储粮两万斗，解决了水淹粮仓的问题，并得到了广泛的推广。对于侵犯农民利益的富豪，他绝不手软，总是站在农民的立场上说话，是一个深受老百姓拥戴的好官。

李若谷处理民事、刑事案件时，宽厚仁慈，而对自己亲戚、家族、子女格外严格，绝不允许他们胡作非为。在他的亲属中有个叫李元甲的人仗势多次犯法，且毫无悔改之意。李若谷把他找来捆在柱子上，狠狠地抽打，边打边骂道："我今天按父兄的身份来处罚你。如果不痛改前非，我将你扭送官府，按法律制裁！"这一杀鸡给猴看的办法，确使亲友们不敢越雷池一步。

从韩亿、李若谷的性格、品德和政绩来看，二人确有许多相似之处，他俩在为官之前，更有一段声息相通、意气相求、患难与共的过程。

自古以来，士子们要想展现自己的才能与抱负，必须跻身于上政治舞台。而攀登各级科举考试的台阶，又是必由之路。由"十年寒窗"到"一举成名"，其间经历的酸、甜、苦、辣，难以言尽。韩亿和李若谷因为家贫，遭遇的苦楚比一般人多。他俩相约赴考时，由于盘缠有限，住不起客店，只得自己带着行李走。其中一个人带一床席子，另一个人只带了一条薄薄的毡子，既无法御寒，也无法抗暑。为了节省开支，他们就随便找个古庙住了下来。由于两个人个子高大，挤在一起，总是睡不好。两人最后商定"割席分毡"，各取一半，免得彼此干扰。每天晚上他俩躺在各自的半截席上，覆盖着半条毡子。毡子太小，盖着上身，又露出了下身；盖着下身，又露出了上身。尽管如此，谁也没有叫过一次苦，说过一句怨天尤人的话。真有"良友在身边，地狱变天堂"的感觉。在宁静的夜晚，他俩倾心相谈，谈论的是齐家、治国、平天下的道理。说得更多的是相许、相约，一旦走上仕途，怎样做一个尽职尽责的清官，做一个确保一方平安、造福一方的好官。在这种艰苦的环境中，两个年轻人为自己的前程划定了轨迹。他们在情感契合的基础上，互相扶助，互相勉励。在这种艰难的处境中，他俩攀登顶峰的意志比钢铁还坚强，他俩描绘的理想比阳光还灿烂，他俩缔结的友谊比雪莲更纯真。他俩凭着在逆境中感情和意志的交流，相互减轻着痛苦，吸取着力量。

后来，李若谷先考上进士，走上了仕途。但韩亿并不灰心，若谷也为他鼓劲。有时李若谷需要去拜访同僚，韩亿就充当他的书童、仆人，为他负笈挑担，丝毫没有尴尬之情。他们的头脑都十分冷静，在长期的接触中，彼此都看清了对方的性情、志趣，人格是平等的，心灵上可以互相接受。挑担负笈只是应付外界的应酬，而并没有改变朋友的内涵和本身的人格。李若谷领到俸禄以后，拿出一半给韩亿使用，勉励韩亿养好身体，好好学习，为下一次拼搏做好准备。这时，他们的关系已是一个灵魂寓于两个躯体之内，两个灵魂只有一个理想，两颗心的跳动更是一致的了。

果然，在下一次的科考中，韩亿也取得了成功。从此，他们双双走上了仕途，在各自的岗位上，展示自己的才华。并经常联系，互通信息，交流情况，互相勉励。他们的后代，在父辈的影响下，联系也十分密切，甚至是"婚嫁不绝"。"割席分毡"这则故事向人们展示出了"志相同、道相合"的友谊典范。

黄庭坚与蒋炜

宋人黄庭坚被贬于黔州（今四川彭水）时，有人送了他一幅画屏。画面上一只蝴蝶被一只蜘蛛所害，吃剩的残骸掉落在蛛网下面，一群蚂蚁正在你推我搡地搬运着蜘蛛吃剩的残物。这种昆虫间弱肉强食的现象，比比皆是，然而把它搬到画面上，就有特殊的含义了。如果在题诗、作赋时，加以点缀，便大有文章了。黄庭坚是北宋大名鼎鼎的才子，得画之余，不胜惊喜，于是欣然命笔写道：

> 蝴蝶双飞得意，偶然毙命罗网。
>
> 群蚁争收坠翼，策勋归去南柯。

一般人读了这首写景、状物的《题画屏六言》，只会说写得生动、逼真、切题而已。但在别有用心的人看来，却是深含悖逆的讽刺诗了。正直无邪的黄庭坚，根本就不懂得怎样谨慎地保护自己，无意中为政敌们提供了一个罗织罪名的证据。

黄庭坚，字鲁直，洪州分宁（江西修水）人。他是宋代又一个"读书数遍辄成诵"、"绝妙文章天自成"的人物。他与秦观、晁补之俱游于苏门，与苏轼合称"天下四学士"。早年因文章写得好，教授于北京国子监，为留守文彦博所器重。《宋文纪事》载苏轼《答黄鲁直书》云"轼始见足下诗于孙莘老之坐上，耸然异之，以为非今世之人也。莘老言：'此人知之尚少，子可称扬其名。'轼笑曰：'此人如精金美玉，不即人而人即之。将逃名而不可得，何用我称扬。'"，由此可见黄庭坚在苏轼心目中的地位。秦观在《与苏先生简》中说："黄鲁直去年过此，出所文，尤非昔时所见，其为人亦称是，真所谓豪杰间之士也。"《隐居通义》卷五，载刘熏读过黄庭坚的诗后，也说"老苍峭劲，不犯古人，真伟作也"。时人以"苏黄"并称。苏轼的诗，气象阔大，如长江大河，风起涛涌，自成奇观；黄庭坚的诗，气象森严，如危峰千尺，拔地而起，使人望而生畏，他俩在艺术上各自创造了不同的境界。其实，黄庭坚对苏轼也是十分崇敬的，甚至是自认不如，以表达对苏轼的诗词和人品的崇敬。

黄庭坚的第一次遭贬是因修《神宗实录》引起的。本来挂衔修撰实录的是司马光，司马光死后是吕大防，但具体执笔的是黄庭坚、范祖禹等人，所根据的材料主要是司马光私人所藏的纪事。元祐六年（1091年），《神宗实录》修成，黄庭坚等人还依例获得了皇帝的奖赏。

可是没过几年，高太后去世，哲宗亲政，朝事全盘翻案。当权的蔡京、章淳及其党徒，硬说黄庭坚等人秉笔不公，提出一千多条"诬谤不实"的纪事来。于是又组织人重新逐条审查。审来审去，最后只剩下三十三条有争议。其中最关键的一条是"用铁爪龙治河，有同儿戏"。这条纪事是黄庭坚写的，于是，便把他从鄂州（今湖北武昌）召回京城审问，黄庭坚也确认不讳，"罪名"因此成立了。

"铁爪龙"是当时治河时推行的一种尝试性的疏浚淤泥的工具。因为黄河经常泛滥，朝廷调集大批人力浚河。有人提议把铁爪沉入河底，一头用绳子系在船上，船拖着铁爪从上游向下急驶，让铁爪把泥沙挠松冲走。王安石曾接受这个建议，并对铁爪加以改良，用几个铁爪做成靶状的"铁爪龙"，用两条船并排拉着它耙沙。可是因动力不够，试验效果不太理想。于是被反对新法的人当成笑柄。其实，这种"铁爪龙"的失败，主要是机械化程度不高，它与现代的挖泥船有相似之处，只是那时还没有发明机械动力而已，蔡京、章淳之流把一句无关大局的话，当作罪名，把黄庭坚贬谪到涪州，后又转到黔州安置。至于除名，这主要是赵挺之唆使他的爪牙诬告造成的。

那么，黄庭坚与赵挺之的矛盾又是怎样产生的呢？他俩同朝为官，而且彼此交往也多，主要是因为赵挺之心胸狭窄，为了屑小之事而闹得冰炭不同炉。据说有一次两人一起聊天，赵挺之说，听说湘中地方"润笔"（写作时所得的稿酬）最重，替人作一篇墓志，主人用太平车装礼品回报，真是舍得出价。太平车是宋代一种装运物资的大车，车身有箱无盖，驾车人坐在中间，用骡、驴二十头或牛五至七头牵引。车后又有骡、驴二头，遇到下坡或地势峻岭地段，使之倒拖，两个轮子与箱子一般高，后面还有两根斜木脚拖，一次能载物数十石。以这样的庞然大物装送礼品作酬谢，黄庭坚认为是夸大其词，便回答道："只怕车子里装的都是萝卜、瓜果吧。"这本是一句随意的话，可是赵挺之认为这是不信任他，故意损伤其自尊心。加上以前黄庭坚曾反对赵挺之在德州搞"市易法"。（市易法是当时王安石推行新法的一种，主要是针对豪商控制同行，操纵市场，对中小商运来货物压价收购，然后高价出售而采取的措施。实行时，在边境或重要城市设"市易司"，凡滞销货物，由官府动用库银平价收购货物，售主也可以易取官货。商贾向官府购货，可以用财物作抵押。当时苏轼与黄庭坚反对这么做，主要是"市易法"还在试行阶段，优越性没有显现出来。）这本来是官场之事，不应该作为个人打击报复的借口。后来赵挺之依附了蔡京，得志之后，便大治以王安石为首的元祐党人，黄庭坚正好撞在"冤家"手里。加上这时统治集团内部党争正炽，旧党中有程颐的洛党、苏轼的蜀党和刘挚的朔党等不同政治集团，彼此攻讦争权。这一次党争直到元祐八年（1093 年）哲宗亲政，重新推行新法后才终止。

黄庭坚曾写过一篇《荆南承天院记》，赵挺之说他这篇文章是针对暴病死亡的宋哲宗而写的，是幸灾乐祸妄发的议论。哲宗因病而死，怎能与远隔千里、毫不相关的一篇文章扯上关系呢？这完全是欲加之罪。加上这时黄庭坚曾题过诗的那幅画，被人辗转带到了东京炒卖，结果被蔡京的人发现了，便以高价买了送给蔡京。蔡京一见，火冒三丈，硬说黄庭坚是有意影射他，便把他贬到更远的宜州（今广西宜山）去。而这时的黄庭坚已病入膏肓，行动已很不便。但世上总是好人多，正直的人心里有一面镜子，是能照出是非曲直的。黄庭坚伟大的人格、爽朗的性格、渊博的学识、海人不倦的思想、精湛绝妙的诗文、无端受责的身世，感动着周围的人，人们争相帮助。有个叫余若著的人，听说黄庭坚要来宜州了，如久旱之盼霖雨，早早地为他整理好馆舍，安排好了住宿，且不顾"党锢"之嫌，让自己的两个儿子跟随黄庭坚学习。还有一个叫蒋炜的人，对黄庭坚更是关怀备至，他理解一个有才华的知识分子得到不公正使用的委屈心情，也理解一个无端受罚者的满腔愤懑，更理解一个贫病缠身、远离家园者的痛苦，因此，他像亲兄弟一般每天都来看看他，陪着带病的黄庭坚拄着拐杖散步，千方百计帮助他排除愁苦。当黄庭坚生命垂危的时候，蒋炜守护在他的身边。气如游丝的黄庭坚，此时仍欣然地拉着他的手，缓缓地说道："海外骨肉唯君，请以后事托之。"不久，这颗文坛巨星，便在宜州黯然陨落。结束了他《自赞》诗中所说：

似僧有发，似俗无尘。

作梦中梦，见身外身。

黄庭坚为后人留下了一份丰厚的文化遗产，有《山谷内外集》、《别集》和诗、词、简牍等，是后人吸取不尽的精神食量。

蒋炜含泪收殓了黄庭坚的尸体和遗物后，又雇一舟，万里跋涉，把他的灵柩送回故里安葬。这与那居庙堂之上、饱读诗书、炙手可热的赵挺之、蔡京之流，不知要高贵多少倍。因而，蒋炜这种"日陪屦杖"的行为，能被载入史册，传为美谈。人们也是用这种道义的鞭子，抽打着出卖朋友和一切落井下石者们的丑恶行径。

林逋、王随和王济

吴处厚《青箱杂记》卷六载："钱塘林逋，亦著高节，以诗名当世，名公多与之游。天圣中，丞相王公随以给事知杭州，日与唱和。亲访其庐，见其颓陋，即出俸钱新之。"这段话是说当过丞相的王随，曾与隐居西湖孤山上的林逋交往甚密，且用自己的薪资，为这位穷朋友盖起了一栋新房子。又据《宋人轶事汇编》记载，有一个叫王济的人，曾多次向皇上反映林逋的才学、品德和家境，促使皇上作出"召长史岁时劳问"和"赠粟帛"的决定，从而解决了这个穷秀才吃、穿、住的问题。

那么，林逋究竟是一个什么样的人物？为什么能赢得达官贵人们如此多的深情呢？

《宋史·林逋传》记载："林逋，字君复，杭州钱江人，少孤，力学，不为章句。""家贫，衣食不足，晏如也。"这就是他十年寒窗苦读时的生活写照。"性好恬淡，弗趋荣利"，"初放游江淮间，久之归杭州，结庐西湖之孤山，二十年足不及城市"，这是对他后一段生活的记述。林逋虽然生活贫穷，但在文学上是十分富有的，而且也是北宋时期屈指可数的著名文学家之一。他一生不仕，一生不娶，把毕生的精力倾注在诗文上，把无限的情意移植在梅鹤上，因而有了"梅妻鹤子"的一段佳话。王随、王济，包括皇帝宋真宗对他的青睐，完全是因他的人品、诗品所具有的特殊魅力和影响。

要了解他的诗品、人品如何，首先得探究他终生不仕的原因。

年轻时的林逋好读圣贤书，博通古今。他读书的最大特点，是不为章句所羁，形成了自己的一套理解、消化、运用书本知识的特殊方法与本领。他也曾产生过走向仕途的宏愿，但由于极不完善的科举制度，考试舞弊的现象泛滥成灾，把许多有真才实学的学子排除在外。那时虽然也有举荐与补荫的入仕之道，但没有强硬的后台，也是难以问津的。按照林逋本身的条件，进入顾问科、师表科、将帅科都是完全可以的。然而可供他进入的门缝太窄了，没有他一展才华的机会。对他的失落就连梅尧臣也叹息道："君在咸平、景德间已有达闻，会朝廷封禅未及诏聘，故终老不得施用于时……"由于碰上一个没有公平竞争机会的社会，又找不到攀高的梯子，他失望了，才能和智慧倒成了他掉进痛苦深渊的因素。于是，他怀着愤世嫉俗的心情走上了归隐的道路，这就是他终身未仕的原因。

　　但他为什么终身不娶呢？是生理上的缺陷，还是性格上的孤僻而产生了排异性？是女性对他的鄙视，不愿与他过清贫寒苦的生活，还是始终没有发现意中人？这些，很难找到一个准确的答案。不过，从他的《省心录》中可以看到他对"家庭"这个构成社会的细胞是很有研究的。他曾这样描述"齐家"的道理："欲齐家，先正身。身正则可理，号令则可行。故其本，端其身，非一朝一夕之事也。"又说："女相妒于室，家不和，无以见孝子。"可见，他对于"家庭"这个问题是有很多考虑的。再看他的《长相思》：

　　吴山青，越山青，两岸青山相送迎，谁知离别情？

　　君泪盈，妾泪盈，罗带同心未结成，江头潮已平。

　　这首词表达了他有正常男女的悱恻、凄婉的情怀，不该成为终身不娶的原因。

　　林逋虽然没有在仕途上膛出一条路来，但在文坛上却扬起了高昂的头。虽然没有妻子、儿女，但他却并不寂寞、孤单，平时或描山画水、吟花唱蝶、叹风咏雪，或种梅、赏梅、咏梅，或养鹤、放鹤，或泛舟钓鱼，无忧无虑，自由自在。这一寄情山水、梅、鹤的生活，使得他的诗情画意更臻于炉火纯青的境界。他又"善行草，喜为诗"，其语"孤峭澄淡"，很受时人欣赏，于是求诗、求画、求字的人络绎不绝。其中有文人学子、达官贵人，也有渔夫樵子。有来清谈的，有来请教的，有来赏梅的，有来吟唱的，其中就有王随、王济等地方官。他俩不仅是林逋的常客，还是知之甚深的朋友。这两个有史可查的人物，的确也尽到朋友之责，帮助林逋摆脱了困境。

　　林逋择友、交友标准也是很高的。他在《省心录》中阐发过"以礼仪为交际之道"、"以廉耻为律己之法"的道理，又说"不欺、不吝、不隘、不强者，可与人为徒"，还说"与善人交，有终身了无所得者；与不善人交，动、静、语、默之间，亦可从而似之。何耶？人性如水，为不善如就下，故易安。不可择交……"可见自视不低的林逋在与人交往时是严谨的。他还常对人说："知足者贫贱亦乐，不知足者富贵亦忧。"尽管他的生活过得十分清苦，但他从不向朋友张口、伸手。然而真正的朋友，也会主动把温暖送到他的心坎上。王随、王济就是这样的人。

　　王随，字子正，河南人，进士甲科及第，走上仕途以后做过监丞、通判、知县、龙图阁直学士、安抚使、户部侍郎等。吴处厚在《青箱杂记》中说他也是一个"刻意于诗"的人。他还说"诗该言志"是"不可容易而作的"。因为有这种爱好，所以他任职杭州时，就十分仰慕林逋，并"日与唱和"。在一个严寒的冬日里，得知孤山梅花正怒放，便冒雪出访，带去了菜肴美酒，尽情地观赏、唱和了一天，但看到林逋住在穿风透雨的破屋里，又想到林逋年事已高，体质孱弱，难耐寒暑，便决定解囊相助，为林逋盖一所新房子。正是王随这雪里送炭之举，使得林逋这个避风躲雨之所，变得清雅、安适起来。于是林逋在《小隐自题》中这样得意地写道：

> 竹树绕吾庐，清深趣有余。
>
> 鹤闲临水久，蜂懒得花疏。
>
> 酒病妨开卷，春荫入荷锄。
>
> 赏怜古图画，多半写樵渔。

少了生活上的忧虑，自然更有好的情趣来赞美西湖了：

> 混元神巧本无形，匠出西湖作画屏。
>
> 春水净于僧碧眼，晚山浓似佛头青。
>
> 栾栌粉堵摇鱼影，兰杜烟丛阁鹭瓴。
>
> 往往鸣榔与横笛，斜风细雨不堪听。

林逋爱西湖，也爱孤山。他还在山前屋后，广植梅树。种梅、护梅、赏梅、画梅、咏梅，成了他生活的主旋律。他在《山园小梅》中这样写梅树：

> 众芳摇落独鲜妍，占尽风情向小园。
>
> 疏影横斜水清浅，暗香浮动月黄昏。
>
> 霜禽欲下先偷眼，粉蝶如知合断魂。
>
> 幸有微吟可相狎，不须檀板共金樽。

他那"趣向博远"、"弗趋荣利"的情操，也因而更臻于高尚。无比优美的诗篇，像千株万树盛开的梅花一样，成为吸引同仁的大磁场。于是，"资质清介"、"治政简严"的李及来了，"好学有文，博览强记"、"章奏尺牍，下笔立成"的薛映也来了，但来得更多的是老友王济。

王济，字巨川，真定（今河北正定）人，做过县尉、主簿、工部员外郎、侍御史等。他广涉经史，好读《左氏春秋》，性格刚直，遇事无所畏避，乐于助人。他在担任杭州知县时，结识了林逋，而且成为好朋友。又是一个风雪飘飘的寒冬，孤山上的梅花开放了。王济摒弃了侍从，一个人上了孤山，他想单独和林逋共同欣赏一下风雪中的梅海是一番怎样的情景。他们踏雪寻梅，其意浓浓，把酒论诗，其乐无穷。就在这种亲密无间的交往中，他觉得林逋的生活太清苦了，回去以后，除了派人送来一些御寒、充饥之物外，还竭力向朝廷反映林逋隐居后的高风亮节、道德文章、清贫守节等情况，从而得到了宋仁宗的同情，诏令每年按定额发给补助，从根本上解决了林逋的冻馁问题。在封建社会里，一个人想要长期隐居，没有一定的经济基础是很难办到的。林逋虽也有"春荫人荷锄"的劳动，但很难维持起码的生活，加上他自尊心很强——"弗趋荣利"，自然不会去攀高结贵，其生活清苦的程度可想而知。

王随、王济能主动为朋友着想，解人所困，这正是林逋所追求的"不欺、不吝、不隘、不强"的知己。至于他俩之于林逋，除诗文的切磋之外，绝无任何私求，因而这段友情也和梅花一般高洁无瑕。

胡诠与友人

南宋绍兴八年（1138 年），在临安的金殿上，主战派和主和派围绕着迎还徽、钦二宗的问题，进行了一场针锋相对的辩论，掀起了一场沸沸扬扬的风波。此前，宋高宗把全力主张抗金的左相赵鼎免职，由秦桧一人担任宰相，主持和议。其中穿梭往返于宋、金之间，磋商具体和谈条件的干将是王伦。王伦是谁？他代表谁的意图，在为谁奔忙呢？就让我们从胡诠的《戊午上高宗封事》来认识其人其事。其文曰：

王伦本一狎邪小人，市井无赖，顷缘宰相无识，遂举以使虏。

专务诈诞，欺罔天命，骤得美官，天下之人切齿唾骂……

这一段话把这名"外交特使"的丑恶嘴脸，作了一番详尽的刻画。事实确也如此，王伦能攀上这份"美差"，绝非因其真实本事，而是出乎侥幸。他原是王旦的后裔，躺在祖辈的功劳簿上，无所事事，竟致家贫，曾多次作奸犯科，都侥幸免罪。王伦长来往于洛阳、开封之间。有一次，钦宗来到宣德门巡视。王伦突发奇想，大胆冲向钦宗，自述如何勇敢。此时正值靖康乱起，钦宗立即命他担任兵部侍郎，他便纠集一批恶少，传旨安定乱局，在当时曾起过一些作用。南渡以后，他作恶多端，声名狼藉，干了许多令人发指的事，后来，投靠到秦桧门下，被封为国信计议使，往金国商议定盟之事。胡诠认为这样的人，代表不了国家的利益，不配充当大国的使臣。

王伦在往返南北和议的过程中，完全受秦桧旨意的支配。金使张通古到临安，称南宋为"江南"，而不称"宋"，用"诏谕"，而不称"国书"，并要求宋高宗拜接金熙宗诏书。后来，南宋朝廷以宋高宗居丧期间，难以行吉礼为由，拒绝了这种无礼的要求，改由秦桧代拜接金诏书，称臣纳贡并"许每岁银、绢五十万"而议和。胡诠对这一卖国行径，十分气愤，尖锐地指出这种屈膝和议是使金人得寸进尺、南宋后患无穷的导火线。这正义的呼声代表着满朝文武大臣和具有远见卓识者抗击外辱、反对强权的强烈要求。他还指出以往"间关海道，危如累卵，尚不忍北面而臣虏"，而现在"国事稍张，诸将尽锐，士卒思奋"，形势发生了好转的时候却称臣纳贡，是绝对的错误。所以，"内而百官，外而军民，万口一谈"，都"预食王伦之肉"，进一步指出王伦的南北奔忙，完全是彻头彻尾的卖国行为，不杀不足以平民愤。

胡诠接着指出："秦桧以心腹大臣"，"欲导陛下为石晋"；孙近是一个"徒取充位"，只知保乌纱帽的人，他和秦桧一个鼻孔出气，"桧曰可和"，"近亦曰可和"。这样的人，如果等到敌人长驱而入的时候，他们还会起来抗击外辱吗？

胡诠最后表示自己决不与这样的人同朝为官，愿斩三人（王伦、秦桧、孙近）头悬挂在街头，然后扣下金使，责以无礼，再兴师问罪。他认为只有这样，"三军之士不战而气自倍……"：如果不是这样，自己宁愿投海而死，决不苟活求生……这篇气壮山河的奏疏，如电击雷霆，响彻长空，伸张了民族的正气，痛斥了辱国的奸臣，字字愤慨，句句锋芒，振聋发聩，如投枪、匕首般刺进投降派的心脏。不甘心失败的秦桧，便以"狂妄凶悖，鼓众动力劫持"的罪名，加害于胡诠。

然而，奸猾、阴险永远征服不了正直、坦诚。胡诠一往无悔的爱国热情，博得了广大人民的同情和支持。秦桧迫于公论，把对胡诠的处分改为监广州盐仓，后又"过海"到海南崖当编管，但不管把胡诠驱赶到哪里，处罚有多重，身旁总有不少朋友和志士支持他，同情他，鼓舞他，保护他。

奏疏事件传开以后，胡诠成了天下闻名的人物，疏文一再被广大人民群众传抄，连金人也高价收买。罗大经《鹤林玉露》甲编卷六里，有一段记载：金人听到胡诠要求处斩秦桧的奏章一事，"以千金求其书"，"三日得之"，读后"君臣失色曰：'南朝有人'"。金人为什么因一个奏折而大惊失色呢？因为此事宣扬下去，"盖足以破其阴遣桧归之谋也"。几年以后，金使来到临安，还在打听胡诠的下落。

吴师是宜兴人，进士出身，出于对胡诠的敬仰，自己出钱，把胡诠的奏疏全文刻印出来，并广泛传送。因为传播这一正义的呼声，他被秦桧流放袁州（今江西宜春）。

胡诠以犯罪之身刚到广州，仍然慷慨谈论时事，地方官吴刚中以百倍的热情迎接他。当他后又被发配到海南的时候，吴刚中赠词送行：

屈膝求和，知庙堂御侮之无策。

张胆论事，喜枢庭经远之有人。

身为南海之行，名若泰山之重。

　　此事传到秦桧的耳朵里，吴刚中便被贬到赣州安远。安远是"地恶瘴深"的偏僻地区，向有"龙南，安远，一去不转"的谚语。吴刚中在那里，以"抚寇冒瘴而死"，又因"贫不能葬"，使得多少人为他惋惜。吴刚中以自己宝贵的生命，在正义与友情的篇章上，抹上了浓浓的一笔。

　　胡诠贬到新州（今湖南潭县）时，远在茶陵的友人县丞王廷珪寄诗送行道：

> 大厦原非一木支，欲将独力挂倾危。
> 痴儿不了官中事，男子要为天下奇。
> 当日奸谀皆胆落，平生忠义只心知。

　　诗中含蓄而又隐晦的勉励之辞，也遭到了秦桧的惩罚，结果王庭圭被贬到辰州（今湖南沅陵），直到孝宗时才被召回。

　　诗人张元干写了一首《贺新郎·送胡诠赴新州》道：

> 梦绕神州路，怅秋风，连营画角，故宫离黍，底事昆仑倾砥柱，九地黄流乱注？聚万落千村孤兔。天意从来高难问，况人情老易悲难诉。
> 更南浦，送君去！凉生岸柳销残暑。耿斜河、疏星淡月。断云微度。万里江山知何处？回首对床夜语。雁不到，书成谁与？目尽青天怀今古，肯儿曹恩怨相尔当！举大白，听金缕。

　　这首伤时惜别、沉郁悲壮、不顾个人安危的词，几年以后才传到秦桧的耳里，但权奸仍然没有放过他，竟将这位已经隐居的文人拘捕问罪，并削除他以前的一切荣誉。

　　还有一个叫方畴的人，时为武冈的通判，就因和胡诠通过信，也被除名送往永州（今湖南零陵）。如此等等，可见秦桧是何等的奸恶。据说在他的"格天阁"墙上，挂着他最仇恨的三个人的名字，其中一个就是胡诠，表示时刻不忘，非置于死地不可。

　　朋友们的支持与牵挂，使胡诠不觉得孤单，但同时却是十分伤心。他在《好事近》一词中写道：

> 富贵本无心，何事故乡轻别？空使猿惊鹤怒，误薜萝秋月。
> 囊锥刚要出头来，不道甚时节。欲驾巾车归去，有豺狼当辙。

　　直到秦桧死后，胡诠才从海南调到衡州（今湖南衡阳），到了宋孝宗时，才被提升为义郎。孝宗常召见他问策，胡诠一生铁骨铮铮，不媚上，不侮下，秉公办事，不徇私舞弊，一心为公。后来，胡诠被提升为国子祭酒、兵部侍郎等，任职期间，曾提出过许多正确的建议，深得朝臣们的敬重，展现了一个正直的人应发挥的作用。有个叫张魏公的人，不无讽刺意味地说："秦太师专柄二十年，只成就得一个胡邦衡。"他从相反的角度，高度赞颂了胡诠的一生。

岳飞与韩世忠

公元 1137 年，偏安江南的南宋王朝经过主战派长期艰苦的战斗，迎来了"绿窗朱户，十里烂银钩"的短暂繁华局面。权贵者们不再以君臣就擒、俯首受辱、靖康之耻为念，终日里沉醉在锦衣肥食、温香软玉、轻歌曼舞之中；大臣们不再以富国强兵、抗敌防边为己责，整日里忙于枉法徇私、妒贤嫉能、卖身求荣的勾当；士兵们不再以枕戈待旦、跃马横枪、鏖战沙场为天职。他们或是长吁短叹，玩日废时，举酒浇愁；或是忍耻偷生，神志麻痹，以风花雪月度日。无数流离失所的难民，拖儿带女，返回故里，仍然在拾掇着"脸朝黄土背朝天"的田园梦。这一切虚假的繁华，腐蚀着崇高与纯洁，愚弄着道德与文明，消解着人们的精神与气节。在这万人皆醉的虚假现象里，唯有岳飞的朋友——韩世忠是一个独醒而又觉得无路可走的人。

韩世忠（1089—1151 年）与岳飞同为南宋著名战将，字良臣，绥德（今陕西）人。出身平民，长期生活在厮杀和被掳掠的不得安定的北国边陲。他饱尝了亲人喋血的痛苦，养就了刚毅勇敢的性格和关心国家命运的爱国情操。北宋灭亡之后，他毅然走上了报效祖国、救民于水火的行列中。金兀术南渡长江后，他率八千人，乘海船至镇江，扼长江，截断其归路。在烟波浩渺的黄天荡相持四十八天。他驾轻舟，持强弩，神出鬼没，牢牢地钳住这个咽喉之地，致使金兵大批人马被卷进了浩渺的大江之中，因而威震华夏，在相当长的一段时间内，使金人不敢越雷池一步。他与岳飞同为主战派的主力，本是南宋王朝可以依靠的栋梁。然而，昏庸无能的赵高宗与卖国求荣的秦桧勾结起来，秘密议和，根本就不想雪耻、复国、图强，因而遭到韩世忠等人的坚决反对。韩世忠后又因为岳飞冤案当面与秦桧顶撞，被解除军务，自此闭门谢客。在严酷的战斗洗礼中，这位往日里英姿飒爽、叱咤风云的战将的手，只剩下了四个完整的指头。累累伤痕的双手就像锈迹斑斑的铁锤。一张被痛苦揉搓皱了的脸上，嵌着一对深邃的眼睛，散发出炯炯有神的目光，好似利剑寒光，将要拨去一切乌烟瘴气，刺穿一切妖魔鬼怪。宽宽的战袍裹着昔日飞骑射箭的躯体。伏枥的老骥，平日里虽绝口不谈政治、军事，但心中仍蕴藏着一团不灭的火。这个精神依然矍铄的老人，有时在几个小童的陪伴下。

在西湖的长堤上漫步；有时驾着装有刀、矛、炮、戟的小船在湖面游弋；更多的时候是用那不完整的手指点对面的青山，欷歔长叹，或击磬讴歌：

> 昨夜寒蛩不住鸣，惊回千里梦，已三更。起来独自绕阶行，人悄悄，帘外月胧明。白首为功名，旧山松竹老，阻归程。欲将心事付瑶琴，知音少，弦断有谁听？

韩世忠吟咏着岳飞的词，自诩是岳飞的知音。在那举世混浊的社会里，他已洞察出南宋王朝将覆灭的征兆，仍在思索着国家的前途，民族的安危。他从不贪私、从不损公，皇上赐给他的田租、编户，他统统分给了将士。他像从来没有拥有过权势的普通人一样，仍是那么铁骨铮铮，淡泊无求。

岳飞（1103—1142年），字鹏举，相州汤阴（今河南）人。这个生有神力、沉默寡言、"少有气节"的人，从小就喜欢读《孙子兵法》和《左氏春秋》。在外族侵略、生灵涂炭的时刻，他投身到抗金的行列中，以行军作战神速无比著称。他又善于谋略，严于练军，有"撼山易，撼岳家军难"的美誉。在岳家军所向披靡下，长江以北的大片失地被收复，江南、江北一扫往日阴霾，呈现出一片欢腾的景象。然而，盖世的武功和卓越的才能，却引起了奸臣的嫉妒与仇恨，也引起了敌人的惶恐。正当他锐意"直捣黄龙府，痛饮匈奴血"的时候，厄运从天而降。以秦桧为首的内奸和金人勾结，以十二道金牌和"莫须有"的罪名，将他杀害，造成历史上的千古冤案。其养子岳云、部将张宪，同时死难。岳飞的冤死不仅使具有正义感的人义愤填膺，也使坚持多年的抗金斗争夭折，就连金人也感到震惊。到了绍兴（1131—1162年）年间，金人派秘书监刘陶出使南宋。在驿馆里，此人偷偷地问道："岳飞以何罪死？"馆中人无以为对，只好说个谎话道："意欲谋反，为部将所告，因以抵诛。"刘陶叹息道："江南忠臣，善用兵者，只有岳飞。所至纪律甚严，秋毫无犯。所谓项羽有一范增不能用，因此被擒。如飞者，江南之范增乎？"馆中人无言以对。这话后来传到秦桧耳里，十分恼火，但又怕朝中其他人知道，便禁止上报，随后就以刘陶不称职为借口，把他打发回去了。可见岳飞的威力是何等巨大，而他的被害，真正是宋朝自毁长城。

"同行生嫉妒"，这话虽带有很大的普遍性，但对岳飞与韩世忠这两位襟怀坦白的大将而言，是没有任何意义的。韩世忠比岳飞大十多岁，也比岳飞从军要早。经过几年的战斗洗礼，岳飞由于战绩辉煌，封爵反比老将韩世忠、张浚高出了许多。开始韩、张二人心里都不怎么高兴，但由于岳飞懂得礼让，在老将军面前更是谦恭谨慎，事事以师长事之，很快就获得了韩世忠的谅解和器重。在朝议国事的时候，由于两人力主抗金，思想感情非常合拍，很快成为声息相通的朋友。

岳飞在平定农民起义军"杨么之乱"后，以十分诚恳的态度，将缴获的战利品安装在两艘小船上，上面装有刀、矛、戟、剑、火枪、火炮，送给张浚与韩世忠，以期共享战利品的喜悦。韩世忠见了十分喜欢，而张浚则认为岳飞是在向自己炫耀武功。

又有一次，韩世忠与秦桧发生了矛盾，狡诈的秦桧采取釜底抽薪之计，准备将他的一半兵力分给岳飞，一半兵力分给张浚，瓦解他的战斗力。岳飞拒绝这种不道义的做法，并把这个消息秘密地告诉了韩世忠，使韩世忠有了思想准备。在第二天的朝议上，韩据理反击，保存了这支训练有素的军队，使得秦桧的阴谋没有得逞。因而，秦桧和张浚都很怨恨岳飞。

岳飞十分懂得"驽钝之才，好逞易穷"的道理。有一次，宋高宗曾问岳飞"卿得良马否"，岳飞讲了一段养马的故事。故事说他有两匹马，每日吃刍豆数斗，饮泉一斛。如果这些饲料不清洁，就不吃。安上马鞍，开始奔跑的时候，速度并不算快。但行百里以后，就开始奋发急进，这样可以连续奔驰二百里，不出汗，不喘息，若无其事，可惜相继死去。现在的坐骑，一天只能吃数升刍料，而且不会选择食料和饮水的好坏。鞍马还没有安好，就急于奔跑，刚及百里，则力竭汗流，像快要断气了似的，这正是"寡取易盈，好逞易穷"的"钝驽之才"……这番借马之优劣所抒发的议论，极为精辟，深得宋高宗赵构的赞赏。

岳飞是十分重视友情的，对故交、亡友，十分诚挚。张所在当时是十分支持抗金的，曾招来天下许多豪杰，在准备依靠岳飞、王彦等组织力量抗击金兵时候，因受投降派的干扰，降职屈死。岳飞感于故交，竭力提拔、培养他的儿子，鼓励他继承父志，做一个顶天立地的人。有个叫李宝的年轻人，十分仰慕岳飞，立志要做岳飞的一名部将，他不顾长途跋涉要到前线去寻找岳飞，不料寻到了韩世忠的帐前。韩世忠也十分喜欢李宝，多方劝阻，要留他在身边。李宝痛哭流涕地要到岳飞那里去。而韩世忠呢？最后写了封信给岳飞，说明原委，征求意见。谁料岳飞极为恳切地回答道："均为国家，何分彼此。"劝李宝安心在韩世忠身边效力。岳飞的所作所为，让韩世忠由衷佩服，在为国为民的前提下，他俩的友谊更加深厚了。

当秦桧加害岳飞的时候，满朝文武为了保住自己头上的乌纱帽，不敢得罪秦桧，缄口不言，只有韩世忠满腔义愤多次责问秦桧"抗金何罪"，"莫须有，何以服天下"。许多人劝他不要得罪秦桧，免得招惹是非。他响亮地回答："今日畏苟且，死后要受铁棒于太祖殿下！"这掷地有声的话，是不灭的真诚和纯洁的呐喊！

韩世忠伤心于岳飞的无辜受戮，也伤心于自己的生不逢时。到了晚年，他常对家人说："吾名'世忠'，尔曹无讳'忠'字，讳而不言，是忘'忠'也。"在重病的日子里，往日的同僚和部将，都去探病问安，他坦然地安慰大家道："吾以布衣，身经百战，致位王公，赖天之灵，得保首级没于家，诸君尚哀其死耶？"这话里隐含几多苦情？他侥幸自己没有死于敌人之手，也侥幸自己没有死于秦桧之手。岳飞和韩世忠都走远了，但在人们心中的丰碑仍然挺立着。他们像松一样挺，像竹一样直，像梅一样傲，像花一样艳，像玉一样纯。朋友，凡是畅游过西湖的人，谁也忘不了去栖霞岭下的岳飞庙和岳飞墓徜徉一番，面对"精忠报国"的横匾，心潮激越；面对跪在岳墓前的罪人——秦桧和他的妻子王氏、张浚等，则同声怒斥。历史和舆论都是公正的。如果岳飞和韩世忠泉下有知，当相邀"直捣黄龙府"、"朝天阙"。

谢翱与文天祥

残年哭知己，白日下荒台。

泪落吴江水，随潮到海回。

故衣犹染碧，后土不怜才。

未老山中客，唯应赋《八哀》

这段凄婉的悼词，出自南宋末年爱国志士谢翱的《西台恸哭记》。谢翱哭谁？他为什么哭？其间有一段十分曲折的隐情。从整个悼词来看，他是在哭唐朝人颜真卿。但颜真卿是公元8世纪时人，而谢翱是南宋末年13世纪时人，相差数百年，两人又怎能成为知己而引发悲情呢？

其实，谢翱是在悼念文天祥，哀叹南宋王朝的彻底覆灭，而且这次悼念活动，是在文天祥遇难八年后在十分隐蔽的情况下进行的。悼词从头到尾没有一字一句提到文天祥，全文用颜真卿代之。即使是同去悼念的友人，也只是用甲、乙、丙代之。

文天祥，南宋末年江西吉安人，字宋瑞、履善，号文山，1236年降生于青山环抱、绿水长流的富田文家村。他的幼年是在无忧无虑的读书、弈棋、游泳中度过的。他热爱莺飞草长、落英缤纷的南国风光，挚爱那蓝天白云间翱翔的雄鹰，酷爱那千里奔驰的骏马。他曾在家门前植柏树五棵，其中两棵，至今仍枝繁叶茂。二十岁时，他就读于江西的白鹭书院，后来到临安参加进士考试。在"集英殿"殿试时，他文思如涌，运笔如飞，一举而得进士第一。

据说宋理宗看到他的名字很吉利，便高兴地说："此天之祥，宋之瑞也。"从此，文天祥走上了仕途。他先后由湖南提督晋升为左、右丞相，开始艰难痛苦的抗元扶宋斗争。可惜生不逢时，文天祥纵有回天之力，却无法挽救已经腐烂透顶的南宋王朝。千般努力，万般奋争，使尽解数，终与愿违，最终以身殉国，于至元十九年（1283年1月9日）在北京就义。

文天祥的一生是驮着反侵略、反压迫神圣使命艰难前进的一生。他刚一踏上仕途，就肩负抗击元军凌厉攻势的使命。他担任宰相后的第一个任务，便是出城与元军和谈，结果被元军扣留起来，经过九死一生的磨难，才逃出元营。当他获得自由后的第二年，即1277年，便在剑州（今福建南平）组织抗元义军，建立督府，进军江西。家乡的父老兄弟以最大的热忱支持文天祥，形成了抗元以来最好的形势。但大厦将倾，独木难支，他的军队只能步步败退，进入广东，辗转于海、陆、丰之间，正是"有心扶日月，无力报乾坤"。文天祥不幸于1278年12月在海丰县北的五坡岭被元将张弘范俘获。

文天祥被俘以后，元军曾反复以高官厚禄诱惑劝降，但都遭到了他的严词拒绝，不朽诗篇《过零丁洋》道：

> 辛苦遭逢起一经，干戈寥落四周星。
>
> 山河破碎风飘絮，身世浮沉雨打萍。
>
> 惶恐滩头说惶恐，零丁洋里叹零丁。
>
> 人生自古谁无死，留取丹心照汗青。

表达了不愿投降的决心。文天祥在被押往大都的途中，过梅岭，进江西，沿着赣江北上，被元军严严实实地捆在船上，锁在舱中。面对着养育自己的青山绿水、白云蓝天，他思绪万千，决心死在家乡的怀抱里。绝食达八天之后，死神仍然不愿意剥夺他生存的权力。家乡不想扼杀自己的爱子。在关押大都的两年多时间里，他拒绝了锦衣肥食、高官厚禄，虽身居地牢，仍倚窗读书，奋笔抒怀，写下了"惊天地、泣鬼神"的《正气歌》。

文天祥就义的噩耗传来，他的亲人和朋友痛不欲生，呼天抢地。然而一切悼念活动，都只能偷偷地进行，不然又将招来斩尽杀绝之祸。

谢翱是文天祥的朋友，倜傥有大节，是一个不同于流俗、好寄情于山水的人，他平生最崇拜的人是屈原。当文天祥开府设幕的时候，他就率乡人数百加入到文天祥的抗元义军中来，并担任咨议、参军之职。他俩一起出谋划策，统筹军务，部署战斗，亲冒矢石。在那戎马倥偬的艰难岁月里，他不仅是文天祥的幕僚，更是他的左右臂。在和文天祥相处共事的日子里，他领略过文天祥卓越的才华。目睹过他披肝沥胆、日理万机、亲冒矢石的战斗风貌。

因此，他明白文天祥的高尚情操和肝胆铁石般的意志，更明白文天祥坚持抗敌至死不移的坚定立场。战事的失败，南宋王朝的覆灭，文天祥的慷慨就义，使这个苟且于末世的人心灵受到极大的折磨，以致魂牵梦绕、难以名状的痛苦持续了八年之久，最终促使他作出到浙江桐庐的富春江畔设灵凭吊这位伟大爱国志士的亡魂的决定。

这一天夜里，天凉风急，他提着酒菜祭品，攀上孤绝千尺的严子陵台，设立了一个文天祥的灵位，然后屈膝跪地，酹酒招魂道："魂来兮何极，魂去兮江水黑。化为朱鸟兮其味焉食。"他一面哭，一面述说着与文天祥相识、相交、相处、相别的情景，多少往事、多少仰慕、多少怀想、多少愁苦，一起涌上心头，凝成一曲悼念亡友、伤怀故国的悲壮诗篇。

正在这伤心难耐之际，元军的巡逻兵又搜索而至，几个人只好赶快撤离。躲到船上，但仍是悲情难抑。于是，他便写下了发自肺腑的《西台恸哭记》一文。在谢翱的眼里，文天祥和唐代颜真卿一样，不仅是一位大文学家，而且是一位具有民族气节的大政治家。颜真卿在劝谕李希烈叛军的时候，被拘留于军营中，叛军逼他投降，被他正色拒绝，最后被叛军绞死。颜真卿和文天祥这两个历史人物，都是学富五车、气贯长虹的人，他们的生活经历、爱国情怀，又何等的相似。谢翱为了避开元人斩尽杀绝的卑劣伎俩而又不失真意的祭悼，他采取的悼念方式，是何等的聪明；他那悼念亡友的感情，思念故国的情怀，是何等的真切！

谢翱在宋亡之后，终身不仕，寄情于山水诗文，著有《希发集》、《天地间集》、《楚辞芳草图补》、《浙东游记集》等，年甫四十七岁，卒于杭州，他的朋友把他安葬在他哭奠文天祥西台之南，并用他的文稿作为殉葬品。于是，这段悼念亡友的悲壮故事。又多了一层凝重的色彩。文天祥和谢翱虽然都离我们远去了，但谢翱冒生命危险悼念亡友的故事和诗文却保存下来了，而且成了启迪后生的教材。

清人庄宪祖曾这样嗟叹道：

丞相勤王到海崖，精忠踏破石莲花。

思扶弱主回天顾，致使孤臣痛日斜。

浩气一腔吞巨浪，丹心万古照寒沙。

成仁取义酬君父，读史谁能不叹嗟。

今人老舍也曾称颂：

饮露餐明霞，青莲十丈花；

海门潮起落，万古卫中华。

白朴、元好问与其友

最有生命力的文学艺术作品，必须植根于人民群众之中，只有深入地体验了生活才会创造出群众喜闻乐见的作品来。戏剧创作更是如此，因为戏总是要演给人们看的，因而许许多多的观众，往往成了艺术家们的挚友。金、元时期的剧作家白朴就是在人民群众的呵护中成长起来的艺术家，而将他引入艺术创作道路的则是当时的文坛巨星元好问。

白朴，原名恒守，名仁甫，又号太素、兰谷，祖籍山西河曲县。金正大三年（1226年）生于金朝的首都南京（今河南开封），后来迁到真定（今河北保定）、建康（今江苏南京）等地居住，是以文采见长的曲剧作家之一。在生活的道路上，他曾结识过许多朋友。其中有的是他成长道路上的监护人，有的是他艺术道路上的引路人，有的是他流浪生活中的同路人，也有的是他艺术创作的鉴赏人。因为有了许许多多的朋友，他的生活得以丰富起来，并为艺术创作提供了源泉。金、元是我国戏曲的鼎盛时期，有所谓关、马、王、白四大家。关汉卿的《窦娥冤》、王实甫的《西厢记》和白朴的《梧桐雨》、《墙头马上》等，一直流传至今，经久不衰。

与白朴生活于同一时代的元好问，是金、元时期的文坛巨星。他是白朴第一个结交的朋友，更是他幼年生活的监护人。金、元时期，中国疆域较汉、唐更为辽阔，蒙古族的崛起，结束了金人的统治。大统一的局面，扩大了国内各民族的交往，也发展了中西文化的交流，为文艺创作提供了丰富的素材。但这种统一完全是建立在残酷的阶级压迫基础上的，就连科举取士制度也多年不用。大批文人失去了攀缘的机会，便转向个人创作。诸多原因的制约，为元剧的进步提供了条件。白朴生活于元兵大举南下灭金的这段最为动乱的年代，他的父亲白华，出身进士，累官至枢密判官。元兵进攻开封时，白华护送哀宗流徙，但终于挡不住元军的进攻。元军征服南宋之后，他被俘送往元军中，这样才得以回到北方。此时的白朴年刚七岁，没有父母的照看，依靠元好问才得以活下来，因而元好问便成了他生活道路上的监护人。那时开封久围不解，粮尽民饥，蒙古将军苏布特下令"北渡就食"。元好问只好带着全家和白朴北渡黄河，来到山东聊城，开始漫长的流浪生活。这种国破家亡、流离失所的生活，在年幼的白朴心灵上留下深深的伤痕，从此不食荤腥。人们问他这是为什么，他沉痛地回答："俟见吾亲，则如初。"这时的白朴，一切都仰赖元好问。元好问成了白朴生命里的亲人、友人。

元好问，字裕之，号遗山，是金代的著名文学家，祖籍山西。他饱尝了战乱的痛苦，有着强烈的爱国主义思想，终身不做元朝的官吏，专门从事著作，致力于金代史料的搜集与整理，为后来金史的撰写，提供了翔实的材料。元、白两家，本系世交，有通家之好，两家子弟也常以"长庆故事"（即白居易与元稹交往之事）勉励，平时的诗文交往也很频繁。在最艰难的时刻，元好问从来没有把白朴当外人看。年幼的白朴在元家害过一场大病，高烧不退，哭闹不已，元好问心痛极了，昼夜抱着他，哄着他，亲着他，为他延医熬药，一连六日"竟于臂上得汗而愈"。这六天六夜的护理、爱抚，倾注了多少深情，多少艰辛。病愈之后，元好问又精心培养他读书，见其进步异常，更是不胜喜欢。

白华经过了十几年流离辗徙，到元太宗九年、才由襄阳北归，当见到长得十分健康的儿子白朴时，感激得痛哭流涕道："顾我真成丧家犬，赖君曾护落巢儿。"白朴学业和世界观的形成，以及后来能走上文学创作的道路，与元好问的关心培养是分不开的。即使他后来离开了元家，与父亲一起住到了真定的滹沱河畔，两家还是常来常往。元好问除了对他的文字常加指点之外，还以"元白通家好，诸郎汝独贤"的话勉励白朴。因此，元好问既是呵护白朴成长的前辈，又是在他文学领域里的领路人，更是与其共同切磋的忘年之交。这种忠贞不渝的至交，确是难于寻觅的稀世之珍。

后来白朴在社会上的名气大了，与元朝中的一些权贵们，如史天泽、张柔、贾文备等有过来往和诗词称颂，但他始终和元好问一样，不愿到元朝做官，以致"再三逊谢"，情愿"栖迟衡门"，潜心创作，过着"嘲风弄月"、"放浪形骸"的生活。

到了元世祖至元十年（1279 年），元灭南宋统一中国后的第二年，白朴离开了长期居住的北方，迁居到金陵（今江苏南京），开始了"诗书满架，子孙可教，琴尊一室，亲旧相欢"和"鱼鸟溪山尽往还"的生活。白朴虽因时代的黑暗，遁迹山林，不问政治，但还是不能忘情世事，面对残酷的现实，他既不能直抒胸臆，又不能缄口不言。为了避免触犯刑律，他便借生花妙笔，对历史事件、历史人物或男女爱情的故事进行隐喻，借以批判黑暗的现实，反映人民的愿望和要求。于是先后有《裴少俊墙头马上》、《唐明皇秋夜梧桐雨》、《董秀英花月墙头记》、《李可用箭射双雕》、《韩翠颦御水河流红叶》等杂剧问世。他以犀利的笔法，借历史人物、历史事件批判统治者的昏庸无能、荒淫无耻，鞭挞封建礼教、封建制度的残酷无情和不合理性，揭露战争给人民带来的灾难和痛苦。这些剧本得到了朋友们的青睐与喜爱。元世祖至元十三年（1276年）元军陷临安，宋恭帝被俘北去，次年冬，白朴与友人一道来到了蒙元军队占领不久的岳阳时，写了一首《满江红》，其上写道：

> 行遍江南，算只有，青山留客。亲友间，中年哀乐，几回离别。
> 棋罢不知人换世，兵余犹见川血流。叹昔时歌舞岳阳楼，繁华
> 歇……

鞭挞连年战争对社会的破坏，致使昔日繁华、歌舞升平的江南，酿出了一幕满目疮痍、"川流血"的惨景，以致造成亲友间几多离别。

其《朝中措》道：

> 田家秋熟办千仓，造物恨难量。可惜一川禾黍，不禁满地螟蝗。
> 委填沟壑，流离道路，老幼堪伤。安得长安毒手，变教四海金穰！

满怀极大的愤慨谴责战争给人民带来的灾难，与杜甫的"安得广厦千万间，大庇天下尽欢颜"，有异曲同工之妙。另一方面他又歌颂了反对战乱、维护祖国统一的英雄人物，赞美了追求纯真爱情的男女青年，包括久禁深宫无限痛苦的嫔妃、宫女，体现了人民的愿望。特别是他塑造的人物，笔调细腻、构思巧妙、朴素自然，加上富有文采的语言，更赢得了人们的称赞。

白朴在江南生活的这一段时间，结识的朋友很多。如王辉是他的挚友，有"相逢广陵陌上，恨一樽不尽故人情"之慨。天然秀、樊娃是青楼歌妓，也是他的朋友。白朴《天籁集》中曾有词云：

> 爱人间尤物，信花月，与精神。所歌串骊珠，声匀象板，咽水
> 萦云。风流旧家樊素，记樱桃名动洛阳春。千古东山高兴，一时北
> 海清樽。天公不禁自由身，放我醉红裙。想故国邯郸，荒台老树，
> 尽赋招魂。青山几年无恙，但泪痕，差比向来新。莫学琵琶写痕，
> 与君同是行人。

王博文是白朴在真定时的朋友，后来到建康任职，因而两人交往更为密切。他请王博文为《天籁集》作序。序言中有"太素与予，三十年之旧，时会于江东……予因以'天籁'名之"。可见他俩交谊之深。

还有答青年时期的朋友侯克中涛道：

> 别后人空老，书来慰所思。
> 溪塘连辔日，风雨对床时。
> 我爱香山曲，君寄石鼎诗。
> 何时湖上路，同赋鹧鸪词。

与定真时的朋友李文蔚词道：

> 梦里封龙旧隐，经卷琴囊，酒尊诗笔。

所有这些作品无不记录着他和朋友之间的真挚友谊。正是这种崇高的友谊，才使白朴虽处在生不逢时的逆境中，仍然活得那么潇洒自在，艺术之花仍然开得那么灿烂明丽，成为人们所喜爱得剧作家。

高启与友人

"上有天堂，下有苏杭。"吴越大地除了秀丽的山河、精美的园林之外，还有久远的、丰富的历史人文景观。所谓"吴中多才子"，说的就是这块沃土曾孕育过无数才学之士。元末明初，在文学领域，这里就曾出现过一段辉煌的历史。当时群雄并起，各占一方，形成了动荡混乱的局面，时间长达二十年之久。这时的"吴中"，处于各方军事势力交错的空白地带，成了烽火连天中的一个安全港。"北郭"即今天江苏省的苏州市，就位于吴中。这块惊涛骇浪中的绿洲，是各方避难者的理想乐园，人们纷纷来到这里定居，其中就有余尧臣、张羽、杨基、王行、吕敏、宋克、徐贲、陈则、释道衍、王彝、高启等一批年轻文士。他们毗邻而居，朝夕相处，互相勉励，或辩难析疑、探讨学问，或作诗吟赋、抒发情怀，或鼓琴奏瑟、愉欢游戏，或欢宴猜谜、叙相交之谊，很是自得其乐。于是，"吴中多才士"之名，传播远近。其中，尤以高启、杨基、张羽、徐贲四人更为突出，被称为"吴中四杰"。高启在《醉歌赠宋仲温》中道：

> 千石酒，万户侯，请君论此谁当优？吴门日出花满楼，醉眠不须遣客休。君留绿绮琴，我脱紫衣裘。今日春好能饮否？东风吹散江南愁。写出了诗友们意气相投的友谊。

那么，他们分别来自何方？诗文影响、人品道德如何？彼此感情怎样？各人结局如何？让我们一一介绍如下。

杨基，字孟载，本是四川嘉州（今四川乐山）人，祖父曾经在吴中做过官，因而定居吴地。这颗智慧的小星，九岁时就能背诵《六经》，曾著长书《论鉴》达十万余言。张士诚占据吴中一带的时候，曾启用他为丞相府记事，但他很快就辞去了这个职务。朱元璋统一全国以后，他迁徙至临濠、河南等地，曾被启用为荥阳知县、江西行省幕官、兵部员外郎、山西副使等职。任职期间，起起落落，有时被放归，有时被贬谪，有时被削职，有时罚劳役，几经波折，竟死于流放的工地上。他留下了不少诗篇，如《清溪渔隐》就充满了游弋时的无穷乐趣：

> 清溪秋来水如练，历历鱼虾皆可见。

> 绿蓑酒醒雁初飞，风急芦花吹满面。
>
> 溪南一带是青山，逢着垂杨便可湾。
>
> 谩道白鸥闲似我，渔舟更比白鸥闲。

写出了他回归自然的无穷乐趣。

张羽，字来仪，本是浔阳（今江西九江）人，年少时跟随父亲宦游于江浙之间。战争年代，归路阻塞，他便来到吴中定居。朱元璋登基后，曾把他召至京师，想让他为自己效劳。但在一次面谈中，朱元璋觉得张羽应对不称意，便叫他回去了。不久又觉得他文章写得不错，启用他为太常司丞，并亲自为他讲述自己的经历，要他撰写庙碑。后来张羽因一件小事情害怕受到牵连，便逃往岭南。然而，朱元璋早就布下了天罗地网，他怎能逃脱得了呢？因此，他于中途投龙江自尽。张羽的文章精炼简洁，尤长于诗。他的《题陶处士像》道：

> 五儿长大翟卿贤，彭泽归来只醉眠。
>
> 篱下黄花门外柳、风光不似义熙前。

他是何等陶醉于陶渊明式的生活。

徐贲，字幼文，本是四川人，后来在常州（今江苏武进）住过，接着又搬到平江（今湖南岳阳）。张士诚盘踞江南的时候，曾启用过他。不久，他就辞谢了。朱元璋统一江南以后，他被人推荐至南京。在奉命出访山西、河北途中，其生活过得十分简朴，回朝时囊中除了几首纪行的诗文和一个砚台外，别无他物。朱元璋十分赏识他廉洁的品德，便提拔他为给事中（掌管谏净、弹劾），后任御史、刑部主事、广西参议、河南左布政使等。正当他官运亨通的时候，却因大军过境，军需供应出了差错，被关进了监狱，不久就病死在监狱里。他在一首诗中写道：

> 惆怅官亭酒，如何送客频。
>
> 尊前莫催别，明日异乡人。

写尽了人间的离情别绪。

高启，字季迪，长州（今江苏苏州）人，博学而长于诗，早年依外祖父居于吴淞江畔的青丘。明政权建立后，被推荐参加《元史》的编修工作，后来又要他为诸王子授课，接着又被提拔为户部右侍郎。但高启对这一切都不感兴趣，只想回家过怡然自得的生活。朱元璋虽然送了一笔钱让他回去，但对他这种不合作的态度，心里很不高兴，时刻寻觅收拾他的机会。后来有个叫魏观的人，来到吴郡做县令，若论政绩，本算不错，老百姓也喜欢他。没几年功夫，地方上也富裕起来了，于是魏观便大兴土木起来。他将县衙搬到原来张士诚的王府，并做了一番修饰，又疏浚了一些河渠。这些本是无可非议的事，却被人告到朝廷，说他想称王造反。高启与魏观原本相识，因此，他到吴中以后，两人自然有些往来。当改建工程告竣时，魏观还请他写了一篇"上梁文"。朱元璋看到这篇文章后，怒不可遏，下令将高启腰斩。高启在他的《干将墓》一诗中阐明了自己的看法：

> 干将善铸剑，剑成终杀身。吴伯亦遂亡，神物岂不神。
> 始知服诸侯，威武不及仁。徒劳冶金铁，精光动星辰。
> 莫邪应同埋，荒草千古春。青蛇冢间出，犹欲恐耕人。

他虽然时刻提高警惕，但仍逃不出被斩杀的命运，这也许是历代有才华的知识分子的必然悲剧。对于高启的冤死，明朝始终没有给他平反昭雪，但当时"人无贵贱贤否老少，咸痛惜之"。可见，他的丰碑是树在人们心灵上的。

唐肃，字处敬，越州山阴（今浙江绍兴）人，通经史，又长于卜数之术。张士诚统治时期，做过"黄冈书院"的山长，嘉兴的儒学正。明王朝建立后，奉召参修礼乐等书，后来被谪往濠梁（今安徽凤阳），并死在那里。

宋克，字温，长洲（今浙江绍兴）人。其体态魁伟，好学剑走马，结客狂饮。后来，他闭门读书，练习书法，很有一些名气。张士诚想罗用他，却遭到了拒绝。明朝建立以后，曾担任过凤翔的同知，死于任所。他的《秋日怀兄弟》道：

> 相别几多时，相思泪满衣。家贫经难久，世乱得书稀。
> 作史余诚拙，从军事亦非。乡心秋塞雁，尽是向南飞。

可见，他是无比珍视友情的人。

余尧臣，字唐卿，永嘉（今浙江温州）人，做过张士诚的客卿。张士诚失败后，也被流放到濠梁，放归以后，授过一任新郑县丞。他的《秀野轩》道：

> 湿翠浮草芽，空青散木杪。轻舟理横塘，归人渡清晓。
> 栖鸦返故巢，潜鳞濯新藻。倒景潴斜辉，迥飚荡晴昊。
> 衡门夜不局，燕坐事幽讨。落叶秋自飘，残花春懒扫。
> 我欲往从之，税驾苦未早。挥手谢孤云，去去没苍徼。

也是极富情趣的。

吕敏，字志学，无锡人。元朝末期为道士，明朝初年做过无锡教谕（掌管教学），他的《书云林画亭远岫》道：

> 忆过梁溪宅，于今二十年。赋诗清闷阁，试茗惠山泉。
> 夜雨牵离梦，春云暗远天。乡情与离思，看画共茫然。

莅境生情，真实自然。

陈则，字仲衍，昆山人。明朝时秀才出身，做过户部侍郎、大同府同知。他的《题云林画》云：

> 落花愁杀未归人，乱后思家梦更频。
>
> 纵有溪头茅屋在，也应芳草闭春深。

同样写得情意真切。

王行，字止仲，长洲人，洪武初为郡庠经师，后因连坐罪受诛，留有《房山寒江孤岛图》等诗篇。

王彝，字常宗，嘉定人，以布衣诏修元史，入翰林院，后因太守魏观事坐法死。他的《秋林高士图》道：

> 岚峰半残阳，彩翠明林杪。僧坞远钟微，归人下山少。
>
> 风杉落叶响，惊奇栖烟鸟。携手愿言还，村前月初皎。

写得入情入画。

这些灿若星辰的年轻文士，随着张士诚政权的覆灭和朱明王朝的建立而纷纷离散，再也没有那"日高破灶烟未起，闭户不绝哦诗声"、"须臾出君寄我札，上有秀句如瑰琼"的好时光了。其中虽然也有人走上了仕途，但都是一现的昙花，远远比不上他们的诗文那么瑰丽芬芳，更何况他们的生存权完全控制在最高统治者的手里呢？尽管他们是那么小心翼翼，远避权贵，但大都还是逃不出被关押、被斩杀的命运。朱元璋登基之后，有一条不成文的法纪，就是对原来张士诚统治下的苏、淞、嘉、湖等地征收的赋税比其他地方高，对曾经归心于张士诚的人，更是不轻易宽恕。

随着时间的推移和命运的逆转，"北郭十友"虽然各自飘零了，但感情的纽带并没有被割断。我们从高启的《忆昨寄吴中故人》仍可窥见一斑：

> 忆昨结游侠交客，意气相倾无促戚。
>
> 十年离乱如不知，日费黄金出游剧。
>
> ……
>
> 自从飘零各江海，故旧如今几人在？
>
> 荒烟日落野鸟啼，寂寞青山颜亦改。
>
> 欢游正相酣，世事忽惊变。
>
> 朋俦半生死，一往如激电。
>
> 狼来树杪避，蝎走灯下见。
>
> 渡河自撑篙，水急船断牵。

刘基与杨宪

"种树须择地，恶土变木根。结交若失人，中道生谤言。"这是唐人孟郊在《审友》中谈到的一个尖锐问题。古之管仲说好友鲍叔"刚愎上悍"、"非伯者之佐也"，不宜接任自己的相位，明人刘基说自己的朋友杨宪取代李善长宰相之职不太合适，他们都是出乎至诚、至信，是站在对国家负责、对朋友负责的立场上提出来的，丝毫没有恶意中伤的意思。

刘基（1311—1375 年）字伯温，浙江青田人。元末进士，曾任江西高安县丞、江浙儒学副提举，后在出任江浙行省都事时，因反对"招抚"方国珍而被革职。他著有《郁离子》一书，以寓言形式批判元末的暴政。元至正二十年（1360 年），刘基到应天府（今江苏南京）劝朱元璋独树一帜，并为他出谋划策，参与机要，后为胡惟庸所陷，忧愤而死。

杨宪，字希武，阳曲（今山西定襄）人。明洪武初年，官至御史中丞。因为曾在朱元璋面前数落过李善长的短处，被李善长排挤出京，任山西参政，后又为李善长构陷至死。

刘基与杨宪同是生活在中国历史上黑暗的元朝末年。元朝统治者保留着氏族制的黑暗、落后、野蛮、残暴的特性，许多部落贵族贪污腐化，使得绝大多数人民无法生存下去，于是便纷纷起来反抗。当遍地举起暴动义旗、四方形成沸腾海洋的时候，人们多了许多思考：民族的命运，国家的前途、自身的安危将何去何从？

在这波澜迭起的狂飙中，以朱元璋为首的一支起义军，成了所有忧心忧国者的希望。朱元璋是一个富于幻想、有着不可动摇的坚毅性格的人，也是一个富有理智、勇于开拓的人。他举起义旗之时，就产生了聚集力量、扩大地盘的想法。为了攀登权力的顶峰，他小心翼翼地绕过对手设置的陷阱，踢开前进道路上的绊脚石，一步步向极权的目标前进，因而引起有志之士的瞩目。于是，知书达理、足智多谋的刘基、李善长来了；富于韬略、指挥若定的徐达、常遇春来了；骁勇善战的胡大海、花云来了。杨宪也和许许多多坦诚之士一起来到了他的队伍中。在那大动荡的岁月里，谋士、武将共同弹奏起时代的最强音，朱元璋这个幸运儿被簇拥着登上了九五之尊的宝座，成为明朝的开国皇帝。这些人也成了明朝的开国元勋。刘基和杨宪，不但成了同朝的官员，还成了互相尊重、互相理解的好朋友。

刘基是一个学问渊博、头脑清醒的人。他既善于把握时机、适时而上；

也能落叶知秋，急流勇退。早在做元朝江西高安县令时，从元朝"金玉其外，败絮其中"的现状中，他就尖锐、严肃地批评元朝"盗起而不知御，民困而不知救，吏奸而不知禁，法鞍而不知理，坐靡廪粟而不知耻"的黑暗现象，预见到这个王朝必将覆灭的下场。于是，他便急流勇退，安居在家，静观时局之变化。到了1360年，他亲至南京说服朱元璋，认清形势，独树一帜，为朱明王朝的建立立下了汗马功劳，获得了朱元璋的信任，被封为御史中丞、弘文馆学士等一大堆官衔。刘基懂得物极必反的道理，深谙历朝各代权力争斗史，分析了朱元璋在夺取皇位以后必然诛戮功臣的心理状态，也认清了大臣们相互之间攀比、竞争、排挤、打击等种种丑恶现象，因而坚决要求退职养老。

李善长也是明朝的一位开国功臣，他由"布衣徒步，择立于草昧之初"，"委身戮力"，全身心地投入到朱明王朝的建立之中。当朱元璋第一次向他问策时，他回答得相当精妙："秦朝末年，天下大乱，汉高祖起于布衣，他是一个豁达大度、知人善任的人，只花了五年的时间，成就了帝业。现在元朝呈现土崩瓦解之势。你是安徽濠地人，距刘邦出生的沛地不远，山川同样是有王者之气的，你应该勇敢地接受现实，这样天下就属于你了……"这一引古论今、入情入理的分析，无异于给朱元璋指明了出路。于是，朱元璋欣然采纳了他的意见，并引以为知己。

然而在现实生活中，"共患难易，共富贵难"。当皇权与相权发生碰撞的时候，厄运就悄悄地跟踪而来。朱元璋即位以后，脑子里老翻腾着霍光、曹操、司马氏、桓温等人的阴影，"野兔死，走狗烹，飞鸟尽，弓箭藏"，是该诛灭功臣的时候了。于是，君臣关系日益疏远，竟至互存敌意。朱元璋不止一次想用刘基取代李善长为宰相，刘基坚决拒绝。刘基与李善长之间本来是有些矛盾的，朱元璋的本意是想利用他们之间的矛盾，打李善长一棍子。然而，清醒的刘基并不念怨、记恨，相反对朱元璋说："善长是旧勋，只有他才能调解好各将相之间的关系，他是丞相最合适的人选。"朱元璋又知道刘基和杨宪关系很好。杨宪这时已担任御史中丞（保管图书档案，监察地方行政，受纳公卿章奏，纠治百官，参治刑狱），曾在朱元璋面前指出过李善长的许多毛病。朱元璋又想以杨宪来取代李善长。刘基竭力阻拦道："杨宪有宰相之才，而无宰相的气量。作为宰相，要'持心如水'，事事要以义理作为衡量是非的标准，而不能掺杂个人的私念，杨宪不是这样的人。"经他这么一说，朱元璋只好打消这一想法。

刘基在朱元璋面前这样评价杨宪，自然也传到了杨宪的耳里，但杨宪并不认为他不够朋友。他理解刘基对自己真实、客观的评价。而刘基是怎样看待这类问题的呢？他在《诚意伯集·结交行》中讲得十分清楚：

> 君子慎所择，结交当结心。苟不易所守，患难实相任。
> 在昔管鲍氏，友爱殊独深。意气一见许，乃能轻万金。
> 桓桓松与柏，托根泰山阴。玄冬冰霰集，郁郁自成林。
> 维泽有兰苣，菇芬思可纫。岂比榛挤从，涧瘁易相寻。
> 所以君子交，愈久愈足钦。吐词馨肝胆，迥然同照临。
> 夫何庸俗徒，徇习等浮沉。兹意遽难写，浩然弹素琴。

从中，我们可以看到刘基交友是何等的慎重。既已结交，对友人又是何等的坦诚、关怀。他太了解杨宪了，所以不愿把杨宪放到火炉上去炙烤。他反对朱元璋以杨宪取代李善长，既是从整个朝政的局势着眼，也是从关心朋友的角度出发。杨宪既然与刘基是推心置腹的朋友，自然能理解刘基的这番深情。因此，他们的交往仍然十分密切。然而，李善长与杨宪之间的碰撞，并没有因此了结。后来，杨宪被排挤出京，担任山西参政。

刘基是无比珍惜与杨宪的这段"结交当结心"、"患难实相任"的交情的。他的《别知己》也许正是为"挥手从兹别"的杨宪而写的。其歌曰：

> 北风吹征帆，飘飘西南驰。山川聿修阻，霜露忽栖其。
> 令我远行迈，岂不念岁时。岁时岂不念，简书良在兹。
> 翩彼晨飞鸿，翱翔亦何之。感我同袍友，戚戚怀仳离。
> 仳离虽可怀，筋酒当载诗。各言崇令德，金石以为期。

其间充盈着难于割舍，又无可奈何的复杂感情。

现实是那般无情，已被排挤出京的杨宪最终败在李善长的手中，结束了他自命不凡的一生。这无异给刘基敲起警钟，权力碰撞的火苗警告刘基早日跳出官场的纠葛，回到青田去过那悠然自得的生活。于是，他又一次申请退养归乡。他的《思归行》就是这一思想的自白：

> 山高高兮可望四方，相跻尔巅兮不我故乡。
> 岁云莫莫兮无衣裳，车罢马羸兮仆夫顿僵。
> 水有蛟鳄兮陆有虎，于嗟奈何兮惟怀永伤。

然而，树欲静而风不止，皇权、相权在正常运转的情况下，君臣之间尚可相维相系。宰相协助君王日理万机，君主依靠宰相御理天下。到了洪武二十三年（1390年），朱元璋决心除掉李善长，便以"元勋国戚，知逆谋而不告发"为由，杀了这个七十七岁的功臣，并除其家口七十余人，在历史的冤假错案上，添上了可怕的一笔。至于与李善长有过碰撞，而又没有形成对立关系的刘基，也因这个所谓"胡惟庸谋反案"被牵扯进去，被从青田老家召进京来。也许是年事已高，不堪劳累，也许是为压城黑云所困扰，刘基病倒了。基于此，朱元璋在夺去他俸禄之后，让他归老青田，还在诏书中说"君子绝交，恶言不出"，以掩盖其往昔尊之为"老先生"、"吾子房也"的虚伪言行。刘基在这样的打击下，能不病吗？因此，回到家乡后没有几天，他就辞别了人世。

在今浙江有"诚意伯庙"、"辞岭亭"、"忠节祠"、"观稼亭"、"文昌阁"等古迹，那是刘基长眠的地方。

李贽与友人

在封建社会里，"衣锦还乡"是人们非常羡慕的事。当一个人功成名就以后，总不免要回到家乡去进行一番"光宗耀祖"、"显耀门楣"的活动。这似乎是在仕途宦海中攀登者的共同心愿。因此，不论官品高低、学问深浅、贡献大小、影响如何，为官者大都有这番"世俗之举"。即使是到了卸官之后，也大都是"荣归故里，安度晚年"。然而，明代的李贽却显得十分独特。他走上仕途以后，除了回家去安葬父母之外，就一直在外做官。解甲归田之后，也没有回故乡定居、省亲。晚年，他依靠友人，漂泊四方，死后葬于他乡（北京通州北门之外）。这一切都是由他自己的意志决定的。其中更令人不解的是，李贽卸官之后，住到黄安（今湖北江安）朋友耿定理家里。有人问他这是为什么？他说回家有什么好，回家不免要受地方官的管束，"来而迎，去而送；出分金，摆酒席；出轴金，贺寿诞。一毫不谨，失其欢心，则祸患立至"。他还说："其为管束至入木埋下未已也"，"我是以漂流四外，不归家也"，"天下一家，何所而非乡县"。从这些自白中可知，李贽是一个不愿为世俗束缚的人。

李贽，号卓吾，又号宏甫，别号温陵居士，福建泉州人，从小苦读儒家经典，二十九岁开始做官，在官场中度过了二十个春秋。五十四岁那年，在可能晋升时，他毅然辞官离任，成了一个"流寓客子"。其主要原因，首先是他不满腐败的政治。当时社会法纪松弛，政治腐败，赏罚不明，是非不分，民怨沸腾。他十分痛恨这种腐败现象，却又无力回天。他说："以假人言假事，而事假事"，"其人既假，则无所不假，以假言与假人言，则假人喜；以假事与假人道，则假人喜；以假文与假人谈，则假人喜。无所不假，则无所不喜，满场是假，矮人何辨也"。正是这些虚伪丑陋的现象，促使他决心离开官场，以保住自己的人格。

其次是他酷爱读书。在他看来，读书是最快乐的事。他常对人说，"世界何窄，方册何宽"，寻找一二知己，共同研究，切磋学问，那是人生最大的乐趣。又说："我老矣，得一二胜友，终日晤言，以遣余日，即以为快，何必故乡也。"

李贽不当官，不回家，也就算了，令人费解的是到了五十岁时，他干脆把妻子、儿女都送回老家去，自己却在湖北当了剃头和尚，直到七十六岁去世时，还是一个光头。这又是为什么呢？在他看来，"非出家为好而出家也，亦非以必出家乃可修道然后出家也"，意即做和尚比漂泊在外更彻底，这样可以把自己看成死了一般，让他人也以死人看待自己。更明确地说，这样可以免去俗事的纷扰，远在千里之外的家人，也不再来催他回去。按照时俗，当了和尚以后，父母也不管了，更何况他在外地流浪呢？这样他可以获得更为彻底的自由。

五十五岁的李贽开始还带着妻儿就教于耿定理、耿定向家。他一面钻研学术，从事著作，一面为耿家教育子弟。

耿定理（1534—1584 年），字子庸，号楚倥，是一个颇有独立见解的人，他与李贽的相识、相交、相知，完全是因为彼此对于许多客观事物观点一致，兴致相同。

耿定向（1524—1596 年），字在伦，号天台，又号楚侗，是耿定理的哥哥，累官至户部尚书，是著名的理学家。兄弟两人思想截然不同，对李贽的态度自然迥异。每当李贽与耿定向在具体问题上发生分歧时，耿定理总是站在李贽的一边为他撑腰。可惜到了万历十二年（1584 年），耿定理病逝了。这对李贽来说，是一个莫大的打击，为此他写下悲痛的诗文道：

> 盖世聪明者，非君竟与谁？
>
> 开口问人难，谁是心相知？
>
> 已矣我莫知，虽生亦何益！

耿定理去世后，耿定向越来越觉得李贽的叛逆思想很可怕，"恐子侄效之"，便对他施加压力。于是，李贽只好离开他家，在朋友周友山、周柳塘的帮助下，移居麻城僻静的龙潭芝佛寺。这时，他干脆命人把住在黄安的家眷送回福建，开始了更为广泛的研究活动。袁中道在《李温陵传》中曾这样记述道："其为文不阡不陌，抒其胸中之独见，精光凛凛，不可迫视。诗作不多，大有神境。亦喜作书，每研墨伸纸，则解衣大叫，作兔起鹘落之状。其得意者，亦深可爱，瘦劲险绝，铁腕万钧，骨棱棱纸上……"从这一段细致、逼真的描写中，我们可以看出李贽洒脱、狂放的神情，非常人可比。

李贽只身留居麻城，但他并不孤独，这时在他周围聚集了袁宗道、袁宏道、袁中道、刘东星等一批朋友，彼此交往密切，李贽一住就是几个月。他们同游黄鹤楼，共览山河之胜；他们吟诗作赋，泼洒豪情。袁宗道去世之后，李贽伤心地哭道："翻令思倚马，直欲往攀辕"。为什么袁氏兄弟愿意与李贽交往呢？主要是因为他们的思想、创作有许多一致之处。李贽特别强调文艺创作应该抒发个人真实感情，反对蹈袭前人、泯灭个性。"三袁"在创作上也主张崇尚自然，独抒灵性，不拘格套，反对拟古。

正当李贽定居麻城，频繁往返于公安、武昌之际，他与耿定向的矛盾也渐趋紧张而至公开化。耿定向污蔑他的《焚书》是"令后学承风步影"，是"毒流百世之下"的毒草，还纠集人以"异端"进行迫害。这时却有新友刘东星理解他、同情他。刘东星以任职于武昌之便，对李贽倍加保护，"或迎养别院，或偃息官邸，朝夕谈吐，恨相识之晚"。后来刘东星的父亲死了，要回乡居丧，又把他接到山西沁水做客。从这时起，李贽才离开麻城，足迹遍于陕西、山东、河南、河北、江苏等省与两京之间，过着十分惬意的生活。在沁水，他得到刘东星无微不至的照顾，有诗云：

> 如鸟飞飞到处栖，今年九月在山西。
> 太行正是登高处，无菊亦应有酒提。

又在除夕写道：

> 白发催人无奈何。可怜除夕不除魔。
> 春风十月冰开后，依旧长流沁水波。

李贽在沁水期间，不愁吃、不愁穿、不愁住，也不愁俗事打扰。他白天闭门读书，晚上则与刘东星长谈。刘的儿子和侄子，总在一旁侍听，把谈话内容记录成册，名之曰《明灯道古录》，其中很多谈话内容是反对专制压迫的。处在压迫下的李贽，能有这种见解是很不容易的。

后来又有友人梅国贞邀去大同。梅是大同的巡抚，与李贽交往也很深。李贽十分看重友谊，但"不喜俗客"。当年他在龙潭芝佛寺时，有个小沙弥十分聪明好学，很讨他喜欢，当他听到这个小沙弥死了以后，十分伤心地哭道：

> 年少有情亦可夸，暂时不见即天涯。
> 何当弃我先归去，化作楚云散作霞。
> 年在桑榆身大同，吾今哭子非龙钟。
> 交往生死天来大，丝竹安能写此中。

他一连写了好几首诗哀悼心爱的年轻弟子，把"友情"看得比"天来大"，其赤诚、炽烈之情，跃然纸上。

李贽七十四岁那年，刘东星把他接到济宁，七十五岁时马经伦把他接到通州。其间，袁氏兄弟还有跟踪追访之举。尽管天南地北，物转星移，但朋友们仍崇尚他，关怀他。到了七十六岁，他自觉身体越来越差，便起草遗言说："春来多病，急欲辞世，幸于此辞落于朋友之手，此最难事，此亦最幸事。"他多么想在朋友的怀抱中，了却自己的一生。但树欲静而风不止。礼部给事中张向达上疏弹奏。说他的著作"惑乱人心"，还编造谣言进行人身攻击，并将他投进监狱。这时马经伦对他说："朝廷以先生为妖人，我就是藏匿妖人的窝主，要死，我就和你一块去死，我决不能让你死而留我一个人活着。"李贽坚决拒绝好友的好心，但马经伦还是要护送他一同上路，用友谊温暖着囚徒的孤寂与痛楚。此时他已是风中残烛，哪堪恶雨狂风。高龄多病的李贽不再奢盼出狱翱翔，不久便自尽于狱中。马经伦根据他的遗愿，把他安葬于北京通州北门之外。

这位大思想家、文学家就是这样在朋友的呵护下，走完长达七十六年的生命之旅的。也正是在朋友的关心和支持下，他的著作得以行刊问世。统治者一再禁书，却屡禁不绝，还越禁越流行，甚至流传到了日本、朝鲜。人们爱听李贽讲学，几至"一境若狂"；人们爱与李贽探讨学问，几至"非李贽书不适"，达到"后学如狂"、"人挟一册"、"以为奇货"的地步。当我们今天捧读李贽著作的时候，应该从字里行间看到李贽与朋友们追求的思想和学术共鸣，它的价值是金钱所不能比拟的，也是亲情所不能代替的。

戚继光与俞大猷

明朝前期，我国堪称是世界上最强盛的国家。可是到了中期以后，由于统治阶级安于现状、不图改进、贪图享受而不惜民财，且又互相倾轧，致使国势倾危，就连万里边疆、千里海防也松弛下来了。这时，北方退出了历史舞台的元代后裔仍有骚扰，盘踞东北的后金，正在养精蓄锐，等待时机。特别是远隔重洋的日本封建诸侯，也纠集武士、浪人、海盗，不断侵扰东南沿海各地，烧杀掳掠，给沿海人民造成巨大的痛苦与灾难。正如《上海县志·艺文志》里所说：

> 江南千里暗妖氛，野哭家冢不可闻。
> 落日群狐窥野骨，荒郊万里卧黄云。

倭寇危害之惨重，已到了令人发指的地步。为了剪除倭患，保障人民的生命财产，明朝统治者投入了极大的人力和财力，经过多年的反复征剿，才得以将倭寇驱除出境。在这场艰苦卓绝的斗争中，涌现出了无数抗倭英雄。其中有一支以船队攻坚的"俞家军"和另一支以出奇制胜的"戚家军"，他们都是抗倭的中坚力量。他们的领导者、组织者俞大猷和戚继光，又是互相支持、并肩作战的好友。

俞大猷（1504—1580年），字志辅，福建泉州人。父死，袭职百户（隶属千户，下辖总旗二人、小旗十人、领军士一百二十人）。这种品位低下的官吏，是经不起享受挥霍的。贫不改志的俞大猷，从小就养成了吃苦耐劳的习惯，常常是手捧一书，"诵读不辍"。在他身上蕴藏着一股奋进不止的力量，他学骑、学剑、学射，件件皆精，从无满足之感，因而考取了武进士，被提升为千户，据守金门。

名誉、地位、权势的优越感，是官场中的癌细胞，俞大猷一生无数次被这种细胞吞噬着。还在他当"千户"据守金门时，他曾向顶头上司陈述怎样针对"海寇频发"采取预防措施。然而，监司以"小校安得上书"为由，将他抽打一顿，夺取官职了事。这种以权势压制民意的恶劣作风，真令人发指。但无理的权势折服不了俞大猷倔犟的意志。他把自己的防卫倭寇的意见，告诉陈方略（陈伯温）。陈伯温很欣赏他的见解，准备采纳并提拔他，但因其他原因作罢了。这时，北方的俺答正大举进攻，明朝大量征集武勇之士，俞大猷自荐应征，又经过陈伯温的举荐，他终于有机会会见巡按。在与巡按翟鹏的一场谈论兵事的辩论中，他的观点让翟鹏十分佩服，翟鹏说："吾不当以武人待子。"为此，他走下座位，向俞大猷致敬。但这种伪态，只是其压抑后进的幌子，俞大猷愤然回到了自己的故乡。不久，陈伯温担任汀漳守备，逐步启用他。到了嘉靖二十二年（1543年），朱纨巡视福建，他被推荐为备倭都指挥。从此，他转战江、浙、闽、粤，抗击倭寇，并与戚继光成了亲密无间的战友。

戚继光（1528—1578年），字元敬，号南塘，晚号孟诸，山东蓬莱人。他祖祖辈辈担任登州卫的指挥佥事，保卫渤海沿岸的海疆。他的父亲为人刚直，通晓边防海事，历任备倭戍边的要职。年轻时的戚继光在祖辈防海习武的事业中，饱尝了螺角呜呜、征帆出海、亲人喋血的战斗生活，形成了关心祖国命运的爱国主义思想和勇武刚毅的性格，练就了骑、射、挑、刺、行军、布阵的本领。到了1544年，他继承父业，袭职登州指挥佥事，备倭山东。嘉靖三十七年（1558年），倭寇在东南沿海的活动，达到了无比疯狂的程度。这时已担任参军的戚继光，毅然长驱万里，参与抗倭战争。于是，他便有了与俞大猷携手缚狡猊的机会。

俞大猷虽然是个武将，但他喜欢读书。他学《易经》时，表达自己的军事观点道："法之数起五，犹一人之身有五体，虽将百万，可使为一人也。"他修了一座"读易亭"，常与部属读书论文，还教武士习剑，他是善于把书本知识和战斗生活完美结合的高手。漂洋过海前来掠夺的倭寇，靠的是船。为了保证在海上不出现危险，船的体积都比较大。这样，海船在海面上航行虽然安全，但一到内河就困难了。根据这一情况，俞大猷制造了许多适合内河航运的机动灵活的小船，一旦敌船进入内河，小船便蜂拥而上，配合陆上军队作战，打了不少胜仗，人们称这支船队为"俞家军"。

戚继光来到浙江以后，组织训练了一支精悍善战的陆战队，从义乌招募百里挑一的矿工和农民，总共只有三千人，经过严格的训练和纪律教育之后，成为一支以一当十的劲旅，被称之为"戚家军"。这支部队不仅在平倭战斗中发挥了作用，就是在以后跟随戚继光南征北战时，也是一支经得起时间考验的、纪律严明的、杀敌勇敢的队伍。

"俞家军"与"戚家军"联手以后，打过许多胜仗。兴化是当时府城，竟被倭寇攻陷，这是以前没有的事。开始时城外的人，以为城防坚固安全，所以多携带财物到城里来避难，一时兴化成了最富庶的地方。倭寇探听到这消息之后，便将此城团团围住，直到掳掠一空，而且盘踞两个多月不退。在欲夺回此城时，明将刘显以兵少不敢进，俞大猷虽然比戚继光先到，也不敢贸然前进，直到戚继光从浙江率队赶到后，才开始合攻。戚继光部捷足先登，斩贼二千二百多人，追、剿、擒、斩一千七百多人，救回被俘男女三千多人，兴化又回到人民的怀抱。这一次戚继光获首功，俞大猷也获了"银币"的奖励。随后围歼马鼻、宁德、仙游、同安等地的倭寇。这是俞、戚二军在平寇史上第一次合作。

到了嘉靖四十三年（1564年），广东的大汉奸吴平勾结倭寇又侵扰闽广地带。身任广东总兵的俞大猷与身任福建总兵的戚继光又一次进行军事合作，以水战为长的俞家军与以陆战取胜的戚家军合力进攻，很快就捣平了倭寇的根据地南澳（今广东饶平县东南海中），吴平窜到潮州，接着又逃到雷州，官军穷追不舍，直追到越南境内，将其全部剿灭，彻底解除了东南沿海的倭患。不久，戚继光被调往天津培训军队，以防北方的来犯者。

戚继光过着戎马倥偬的生活，他虽然十分劳累，但感到非常充实，还常对人说："封侯非所愿，但愿海波平。"

戚、俞两人富有强烈的爱国主义思想，他们是保家卫国的功臣。然而，在"南北驱驰报主恩"的日子里，他们却遭到了排挤、冤屈，因而蹲过监狱，受过冷落。如有一次，俞大猷捕杀了叛逆范子流，并斩杀叛军一千二百多人以后，巨奸严嵩抑其功不报，只赏给他和士兵五十两银子。又如倭寇侵犯乐清、瑞安、临海等地，戚继光率兵相援，当他还没有赶到时，倭寇闻风逃窜了，给事中罗嘉宾反而弹劾戚继光"通番"。这类不公平的事，往往莫名其妙地扣到了他们的头上。好在大将自有大将的风度，早把荣辱置之度外，保家卫国才是他们的心愿，正如戚继光《盘山绝顶》诗所抒发的情怀一般：

> 霜角一声草木哀，云头对起石门开。
>
> 朔风卤酒不成醉，落叶归鸦无数来。
>
> 但使雕戈销杀气，未防白发老边才。
>
> 勒名峰上吾谁与，故李将军舞剑台。

俞大猷也不论个人得失，只是一心一意平倭卫国。他在多年的抗倭斗争中总结出这样的名言："外倭之所以能在国土上横行，必有内患为应。要剿灭倭寇，只有先服内乱。切断倭寇内应，再捣倭寇海上巢穴，才能彻底毁掉敌人的外援和滋生地。"俞大猷运用这一策略果然取得了明显的效果。俞大猷的一生充满悲剧色彩，常是寇起而用，寇去而废，被谗遭贬，封赏极少。到了明万历元年（1573年）秋，为了抵御外强，又署他为都督金事。他三次乞求辞职，都未批准，只好拼着老命，东奔西走，训练军勇，抵御倭寇。万历八年（1580年）他在忧伤的凄风苦雨中离去，这一年他七十六岁。他的挚友黄吾野写诗吊念道：

> 大星落东海，涕泣满城哀。
>
> 百战功徒在，千秋梦不回。
>
> 云销天地气，绝世古今才。
>
> 寂寞廉颇馆，空余吊客来。

不管昏君、昏官怎样看待俞、戚两位名将。人民群众的眼睛总是雪亮的。每当倭寇被剿灭之日，人们总担酒、牵羊、杀猪、宰鸡，为他们庆功，并树碑建亭，以示纪念。因此，尽管岁月无情，山川无语，但在历史的长镜头前，谁也无法抹杀这对战友在荡平倭寇斗争中的功勋！

蒲松龄与王士□

> 始妄言之妄听之，豆棚瓜架雨如丝。
>
> 只因厌作人间语，爱听秋魂鬼唱诗。

　　这是清代著名诗人王士禛在读了蒲松龄的《聊斋志异》后所抒发的赞叹之词。

　　蒲松龄（1640—1715年），字留仙，别号柳泉，山东淄川（今山东淄博）人。他的声名是随着他的著作《聊斋》而闻名中外、传之古今的。他出身于一个书香家庭，可是祖上并无功名，父亲只好弃儒经商，因而家境贫困。他虽然热衷功名，还连续得过县、府、道三个第一，但要照死板的八股格式"代圣人言"做文章，就显得不伦不类了，因而科场失意，潦倒终生。蒲松龄只适宜于搞文学创作，描摹人情世态。三年复三年的乡试，成了他终生难度的关口，总是名落孙山，最后他只好选择到缙绅人家去坐馆教书的道路，终身过着清贫的生活。

　　康熙十八年（1679年），他就教于淄川西部西铺村的毕际有家。毕际有做过山西稷山知县、江南通州知州。康熙三年，被罢官归田。此人以风雅自命，喜欢读书，广交名流，归田后，仍留心翰墨。他请蒲松龄来家设馆，一面是为了教几个孙子读书，但更主要的是赏识蒲松龄学识渊博，文章出众，可以成为他清谈的伴友，还可以做文字上的代笔或应酬的替身，以解夏日黄昏、冬日炉旁的寂寞。毕家许多贺吊往来的信札文字，多出自蒲氏之手。蒲松龄谈吐风雅，不辱门楣，常陪同主人迎送客人。深得主客双方欢喜。"坐馆"的生活使他有机会接触封建社会的种种人物，使他对上自官僚缙绅、举子名士，下至农夫村妇、婢女娼妓，以及蠹役悍仆、恶棍酒鬼、僧道术士等人的生活方式以及精神面貌和命运遭遇，无不具有细致的观察和深刻了解的机会。这种丰富的生活阅历为他的创作打下了深厚的基础，特别使他感到幸运的是，他在毕家，有机会认识王士禛。

　　王士禛（1632—1711年），字子真，号阮亭，曾游苏州太湖渔洋山，便号渔洋山人。其先世自诸城迁至山东新城（今山东桓台），为济南望族。祖父和伯祖父，都是明朝的大官僚，自幼受着封建正统教育，有条件博览群书。父亲还是顺治元年的贡拔，封国子监祭酒。兄弟四人，个个刻苦学习，善于诗文，各有成就，是驰名文坛的人物。大约在顺治十四年的秋天，他的两个哥哥曾邀集许多名士，在大明湖一个亭上，举行过一次秋柳诗会。当时数以千计的杨柳叶色微黄，轻盈地拂过湖面，文士们诗兴大作，竞相抒怀。王士禛更是诗意盎然，四首秋柳诗，如喷泉般涌出，当时步韵相和者很多。其中一首道：

　　　　秋来何处最销魂？残照西风下白门。

　　　　他日差池春燕影，只令憔悴晚烟痕。

愁生陌上黄骢曲，梦远江南乌夜村。

莫听临风三弄笛，玉关哀怨总难论。

此诗一经传扬，大江南北，甚至闺阁佳丽也有和唱者，这时他才二十四岁。顺治十五年参加殿试，居进士二甲。从此，走上了仕途。他曾做过扬州推官、刑部尚书等职，查获过许多民间冤案，是一个政绩可观的人。在繁忙的政务中，他仍然不怠诗文。他在一段自述中曾这样说："余往如皋（江苏通州），马上成《论诗绝句》四十首，纸尽，以公牒牍尾续之，淋漓皆遍。"可见他是一个多么富有才华又勤奋的诗人。即使到了晚年，他仍然那么富有才情，且勤于思考。康熙十五年（1676 年），他已经七十八岁了，这时曦县程氏想征集他的诗文汇集成册，刻板印行。他便让儿子把历年所作，编辑成册，共九十卷，名曰《带经堂集》。在枕上他还为一名女子做了一篇口授传记道："吾初官维扬时，为居烈妇雪冤一事，久欲立一传，因循未果。今烦闷郁墙中，偶于枕上得之，了此一段公事。"可见他又是一位富有正义感的人。他一生编著的诗文，凡数十种，其中自作诗占一半以上。

王士禛的家庭出身、本身的社会地位和文学地位，都是令人难以企及的。但他不同于一般高傲的文人的狭隘与浅薄，他乐于接近普通群众，从不摆架子，平生交游颇广。他不仅同海内外一些著名文人如杜睿、施润章、朱尊彝、陈维崧等交往密切，更有不少"布衣交"。如新城有个名叫徐夜、字东痴的人。曾写过一些有关临泉之趣的作品寄给他，王士禛立即表示赞赏。王做京官之后，有一次返乡探亲，还与两个哥哥去拜访他。见徐东痴家贫，除了送他一些衣物外，还交代地方官，予以周济。东痴死后，又把东痴平时寄给他的二百余首诗，编辑刊行，名曰《徐东痴诗集》，并在序中哀悼道："凤昔之交独予在，序先生之诗，思畴昔友朋游处倡酬之乐，为之泫然而流涕也。"他十分同情这个出身清贫不甘命运摆布而发出的不懈奋争心声的人。他还曾把许多无名诗人的作品记录下来，其中遍及木工、衣匠、担者、锄者、僧人、闺秀，甚至还有乞丐，只要有一言可采，都予以宣扬，使得许多无名诗人的作品，得以保留下来。也正是由于他具有这种热情，他得以汲取并扩大了自己诗文的境界。其中特别值得一提的是，他与蒲松龄建立的"文友"之谊，不仅改变蒲松龄于穷途末路、遭人指责的命运，更重要的是鼓起蒲松龄坚持写好《聊斋》这部旷世奇书的信心。

蒲松龄早在执教于毕家时，就听说过王士禛的大名。王士禛也听说过毕家有位能诗善文的老秀才。后来，王士禛的父亲病故，回家奔丧，曾到过毕家。毕氏夫人是王家的姑母，王士禛来毕家探望时，蒲松龄就有了代主人迎送客人的机会。两人见面，自然少不了谈诗论文。这时，《聊斋志异》还只写了一部分，他就顺便呈献给王士禛，请求指点。王士禛是一个很有文学眼光的人，又喜欢奖掖后进，着实称赞了一番。在科举路上进取无望，《聊斋志异》创作又受到人们非议，就连自己心中也无多大把握的情况下，现在受到大名士的称赞，蒲松龄是何等的兴奋啊！他激动万分地写道：

　　　　潦倒年年愧不才，春风披拂冻云开。

　　　　穷途已尽行焉往？青眼忽逢涕欲来。

　　　　一字褒疑华衮赐，千秋后业付人猜。

　　　　此生所恨无知己，纵不成名未足哀。

　　长时间凝聚于蒲松龄心头的苦恼被驱散了，该是何等的喜悦。虽然这是他俩唯一的一次见面，却从此缔结了文字之交。以后，王士禛陆续索读《聊斋》，阅读之后，又加评点，还写了上述那首诗以抒发阅读之余的感慨。大名士与穷秀才，地位虽然悬殊，但文字书信的交往，却拆除了这道篱笆。以后，王士禛有书刻成，必寄给蒲松龄。《聊斋》的续卷，也源源不断地飞到王士禛的案头，友谊的种子在彼此的心中发芽、生根、开花、结果。

　　岁月的流沙虽然磨蚀了蒲松龄的青春，但沉淀下来的是如黄金般珍贵的真知灼见。坎坷的经历也使他品味够了人生的辛辣，铸就了如大海般的胸怀。他笔下的《聊斋》反映了广阔的现实生活，提出了许多社会问题，揭露了封建统治的黑暗，抨击了科举制度的腐朽，反对封建礼教的束缚，具有深刻的内涵。它虽然是借助狐鬼来表达的，但件件事情都能从现实生活中找到它的注脚。他是一个与人民有着血肉联系的知识分子，是一个经常思索国家命运的知识分子，是一个强烈不满黑暗社会的知识分子，是一个具有强烈正义感的知识分子，也是对社会满怀迷惑的知识分子。《清稗类钞·明智类》中载有一个名叫"白棉线"的妓女，特别爱听《聊斋》的故事。每听到忠孝节义的故事时，她总是泪流满面。有人问她，你喜欢狐狸吗？喜欢鬼吗？她总是这样回答："煌煌宇宙，哪来狐鬼？这是蒲留仙愤世之语，劝世之文。蒲因君子道消，托言比兴，何得以稗官野史而忽之耶？"一介青楼女子，尚有如此深的见地，难怪王士禛对蒲松龄赞不绝口了。

　　王士禛对蒲松龄和《聊斋》的称赞、评点、题诗，使蒲氏有了绝路逢生之感，鼓起继续创作的念头。同时，这也使蒲松龄的名字及《聊斋》，飞出淄州，广为社会所知了。"桃李无言，下自成蹊"，蒲氏的《聊斋》在尚未搁笔之前，就能芳名远扬，吸引许多有识之士的关注，一睹为快，自然就不能忘却鉴赏者王士禛的伟大了。因而蒲松龄在《聊斋诗集》卷四中表示自己的谢意道："调羹济苍生，想望亘四表。胡乃羡文人，结契海鸥鸟！"王士禛一生官运亨通，势居高位，蒲松龄科场失意，家境贫寒，始终不过是一个塾师，但王氏尊重蒲氏的道德、学问，蒲氏也很赞赏王氏的胸怀和诗文造诣。这种友谊是扬弃了虚伪与浮尘的，是朴素无瑕的君子之交。因而，王士禛死后，蒲松龄悲戚地悼唁：

> 昨宵犹自梦渔洋，谁料乘云入帝乡。
>
> 海岳含愁云惨淡，星河无色月凄凉。
>
> 儒林道丧典型尽，大雅心哀文献亡。
>
> 《薤露》一声关塞黑，斗南名士俱沾裳。

以此表达了对朋友永远的怀念。

曹雪芹、敦敏与敦诚

人们熟悉《红楼梦》，也熟悉曹雪芹。人们喜欢《红楼梦》，也喜欢曹雪芹。早在前清时期，封建士大夫们中间就曾盛传这样的谚语："开谈不论《红楼梦》，读尽诗文也枉然。"可见这部优秀作品，流传之广，影响之大，已见于当世。这部鸿篇巨制，是我国文学宝库中的瑰宝，它吹响了反对封建制度和反对封建没落思想统治的号角，敲响了追求美好幸福生活的鼓点。它的思想性和艺术魅力及美学价值是永恒的。它不仅是中国人民的宝贵精神财富。也是世界人民的宝贵精神财富。曹雪芹的名字，不仅属于他生活的那个时代，也属于今天和明天。

曹雪芹，名霑，字梦阮，号芹溪，生于康熙五十四年（1715 年），卒于乾隆二十八或二十九年（1763 或 1764 年）。作家短暂的一生，跨越了康、雍、乾三朝，时逢"盛世"。而他的家庭，却在雍正统治时期败落下来，整个清朝中叶的政局给他的生活和创作以直接影响，他的作品真实地反映了那个时代。可以相信，《红楼梦》绝不是曹雪芹无所用心的写作。他是怀着创痛回忆往昔生活，抒发对人生和社会的感喟和理解来写作的。《红楼梦》第一回，便是打开全书创作意图的钥匙。

曹氏的家世究竟如何呢？

曹雪芹的生父曹颙是主管江宁织造的。他的祖父、曾祖父以上几代都是清朝的包衣，他的远祖曹锡远原为汉人，曾担任明朝沈阳的地方官，后来被努尔哈赤所俘，沦为奴隶。其子曹振彦编入旗籍，当了一名"教官"，后来随摄政王多尔衮出征大同，并任山西平阳府吉州知州、大同府知府及浙江盐法参议使等职。论民族，他的上世是汉人，但很早就加入了旗籍；论出身，曹家"从龙入关，护驾有功"，属于直接为皇帝服务的内务府正白旗包衣。更准确地说，曹家属内务府汉军旗人。这在清初，是一种特殊的身份，只有经过长期的考验，最忠诚的奴仆才能享此殊荣。

"织造"是清代的一种特殊官职，是由皇帝亲自派出，具体督理宁、苏、杭一带的纺织事务，向宫廷提供绸缎、衣饰、果品，直接对皇帝负责的官员。同时，负有政治使命，凡属吏治、民情、风俗、习惯、丰歉等一切社会动态，都必须向最高统治者秘密奏报。他既可以使皇帝及时了解吏治、民情，也给奸佞构害无辜亮起红灯。曹雪芹的祖父曹颙更加密切了与最高统治者的不平常关系。他由肱股大臣，进一步成为耳目亲信，无论朝野不得不对他刮目相看。康熙五次南巡之后，授曹颙以"通政使"，达正三品官衔，待遇是"诰授通议大夫，妻封淑人，封赠三代，诰命三轴，俸银一百三十两"。他有个女儿还被选为王妃。由是，曹氏家族越来越显赫。然而，世界上的事情往往具有两面性。最显赫的时候，也是走下坡路的开始。曹颙和最高统治者的特殊关系，既给他的家族带来了"烈火油烹，鲜花着锦之盛"，也为后来的败落种下了祸根。曹颙死时，亏下二十六万两债银，为雍正整治曹家留下了口实。曹雪芹就生活在这个末世家庭。雍正借口曹氏父子屡忤"圣意"，将曹雪芹的父亲革职抄家，遣回北京。十三岁以前的曹雪芹，曾在南京度过了一段"锦衣纨绔"、"饮甘餍肥"的生活。十三岁以后，来到北京，开始在宗学里做事。这时他已长大，对现实社会不满，每日吟诗作画，饮酒听曲，甚至杂处优伶中，以串戏为乐，生活是很放浪的。在宗学里，他结识了敦敏和敦诚，成为默契好友。正是凭着敦氏的有关诗文，我们才可以了解到曹雪芹在北京的一些生活状况，知道他是在何种情况下创作出《红楼梦》这部不朽著作的。

敦敏和敦诚是努尔哈赤第十二子英亲王阿济格的第五世孙。阿济格在顺治初年被抄家、赐死，他们也是皇室贵胄的飘零子弟，与曹雪芹遭遇相同。于是，他们便有了共同的思想基础，因此常相来往，共同和唱。

敦诚的《四松堂集》里有一篇论及朋友郊游之乐的文章：

居闲之乐，无逾于友；友集之乐，是在于谈；谈言之乐，各有别也。奇谐雄辩，逸趣横生。

经史书文，供我挥霍，是谓之上乘。衔杯话旧，击钵分笺，兴致亦高，言出雅间，是谓之中乘。论议时政，臧否人物，是谓之下乘。如此不如无谈，且不如无集，并不如无友之为愈也。

可见他俩每每相遇，高谈阔论，其内容和风格都是曲高和寡的。从敦氏的诗文中，还可以得知曹雪芹的性格是爽朗而诙谐的，而且傲骨嶙峋、雄辩健谈。其诗云：

> 当时虎门数星辰，西窗煎烛风雨昏。
>
> 接䍦倒箸容君傲，高谈雄辩虱手扪。

此诗活灵活现地描绘了曹雪芹在交谈时的神情和狂傲的性格。

敦敏的诗里也曾多次提到曹雪芹的健谈和傲骨，如题《芹圃画石》："傲骨如君世已奇，嶙峋更见此支离。"还有一次，敦敏好久没有见到曹雪芹了，偶然从养石轩经过，隔院就听到了曹雪芹高谈阔论的声音，于是，就"急就相访，惊喜意外"，并写下了感情淋漓的诗：

> 可知野鹤在鸡群，隔院惊呼意倍殷。
>
> 雅识我惭褚太傅，高谈君识孟参军。

充满了对曹雪芹热烈赞誉之情。他们的话题既广泛，也十分辛辣。他们的牢骚、不平和愤懑，都是随时可以表现出来的，只不过不敢直说罢了。而曹雪芹的狂饮，正是他发泄胸中抑塞的一种表现。敦诚的《佩刀质酒歌》前面有段小序，记载他在槐园遇到曹雪芹时，正赶上"风云淋涔，朝寒袭袂"，此时"雪芹饮酒如狂"。因此，他便解下佩刀去换酒喝，使得"雪芹甚欢"，并写了一首长诗给他。可惜这首诗已经看不到了，只有敦诚的答诗和小序留了下来。他又说："曹子大笑称快哉，击石作歌声朗朗。"曹雪芹爱石，把自己比成顽石，其自题画石诗道：

> 爱此一拳石，玲珑出自然。
>
> 溯源应太古，堕世又何年？
>
> 有志归完璞，无才去补天。
>
> 不求邀众赏，潇洒做顽仙。

更清晰地表现了曹雪芹虽贫困而不甘屈服的叛逆性格。他的诗和画都凝聚着他伟大的人格。敦敏称赞他画的石头嶙峋，就像他的傲骨一样："醉余纷扫如椽笔，写出胸中块垒时。"至于曹雪芹的诗，就更见功力了。敦诚称赞他的诗、画道："爱君诗笔有奇气，直追昌谷破篱樊。"另一次他又称赞说："知君诗胆昔如铁，堪与刀颖交寒光。"这对一个诗人来说，是一种相当高的称誉。唐代诗人李贺在文学史上有"鬼才"之称，主要是指其立意奇拔，不同流俗。而曹雪芹的诗，风格直追李贺，又不为李贺所囿，自然更有胜处。

诗格即人格，张宜泉的《题芹溪居士》诗，对曹氏的思想和人格描写得更为具体：

> 爱将笔墨送风流。庐结西郊别样幽。

> 门外山川供绘画，堂前花鸟入吟呕。
>
> 羹调未羡青莲宠，苑召难忘立本羞。
>
> 借问古来谁得似，野心应被白云留。

透露出曹氏的人格是非常超拔的。他宁愿过着贫穷的生活，也不愿为封建统治者服务。他愿寄情山川白云，也不愿自己渴求的自由受到束缚。对于曹氏的宁折不屈的性格，作为朋友的敦诚、敦敏也是十分赏识的。

到了乾隆二十八年（1763年），曹氏原配夫人所生的幼子病死了。曹雪芹因悲伤过度，不幸辞世，这时他才四十多岁。敦诚写了一首挽诗道：

> 四十年华付杳冥，哀旌一片阿谁铭。
>
> 孤儿渺漠魂应逐，新妇飘零目岂暝。
>
> 牛鬼遗文悲李贺，鹿车荷锸葬刘伶。
>
> 故人唯有青山泪，絮酒生全上旧垧。

这是朋友和同时代人对他的怀念，它穿越时代的风雨，碾碎了世俗的偏见，更加重了情感的深沉和凝重，是心灵的撞击，是相同命运的悲歌。

黄仲则与洪亮吉

朋友之间的感情是世间最可贵的东西。这不是富贵对贫穷的怜悯，也不是文明对愚昧的同情，而是个人及家庭之间真情延伸之后产生的感情。清人黄仲则和洪亮吉之间生死相依的一段真情，经过了漫长时间和各种艰辛的考验，是极有分量和价值的。

《清史稿·赵翼传》里，曾提到"昆陵七子"，指的是洪亮吉、孙星衍、赵怀玉、黄景仁、杨伦、吕星恒、徐书受七人。其中洪亮吉与黄景仁两人关系特别亲密，是生死与共的知己。

黄仲则，即黄景仁，又字汉镛，自号鹿菲子，武进（今江苏丹徒）人，是北宋大文学家黄庭坚的后代，出生于乾隆十四年正月初四。他刚满四岁，父亲就去世了。他家境贫寒，是在母亲屠夫人的教导和督促下开始读书识字的。七岁那年，他认识了洪亮吉。洪氏字雅仁，号北江，阳湖（今江苏武进）人。也是少年丧父，家境贫寒，随着寡母住在舅父家里。他是在母亲一面织布一面深夜教导下，成长起来的一位学问高深、信义卓著的人。两人身世相同，而且是隔溪而望的邻居。在童年的岁月里，他俩曾涉过小溪，在柔和的阳光下、如茵的草地上，打滚嬉戏，他们或采摘野菜，或追雀捕蝶，或放纸鸢，或和着布谷鸟掠空而过的鸣叫，唱着"割麦插禾"的老调。烈日当空，骄阳似火的时候，小伙伴又相约在河港溪坝中泼水游泳，摸鱼逮虾。有时在月朗星稀的夜晚，他们来到草丛中抓捕萤火虫做灯笼，或仰望长空，探索宇宙的奥秘，共同编织着未来的梦……儿时的遭遇和处境是何等的相似，儿时的兴趣是何等的接近，儿时的感情是何等的亲切。他俩像一对亲生兄弟，伴着岁月、伴着艰辛、伴着欢乐、伴着向往一起长大成人，但更多的时候，是在各自的母亲严格督促下刻苦学习的。黄仲则在《题洪稚存机声灯影图》中这样写道：

> 君言弱岁遭孤露，却伴孀亲外家居。
> 尘封蛛网三间楼，阿母凄凉课儿处。
> 读勤母颜喜，读倦母长悲。
> 不惜寒机杼千币，易得夜灯膏一区。
> 灯火尚可挑，机断不可续。
> 楼风乱灯灯一粟，书声机声互相逐。

人生最美的诗篇是在一次次磨炼之后写成的。这段浸透泪水的描绘，无疑是叙述相依为命的母子图。也是对好友洪亮吉挑灯夜读的一曲赞歌，同时也诉说着自己在母亲的爱抚下学步的经历和感叹："始知阿母胜严师。"

赤诚相见的纯洁友谊，是没有伪善和嫉妒的。只有追求进取的强烈欲望，支撑起共同远航的风帆。稍长，他俩就相约就读于邵齐焘先生门下。邵齐焘，字叔宝，昭文（今江苏常熟）人，曾主讲于常州龙城书院，著有《玉芝堂诗集》。当时老师称他俩人为"二俊"，这对命运相同的年轻人，在学习上是相互切磋、携手共进的"比翼鸟"。这时，黄仲则比洪亮吉身体差得多，虽然还只有十九岁，却已早生华发，头白如雪。老师为了勉励他，一再叮嘱他安心养病。在《和汉镛对镜行》中，有"爱君本是金玉质，苦口愿陈药石词"之句。黄仲则十分感谢老师的关怀，他说："我生受恩处，虞山首屈指。我愧视犹父，视我实犹子。"

在共同学习的日子里，他们经常争论不休，甚至争得面红耳赤，互不相让。这是年轻人好胜斗强的一种表现，但彼此并不存芥蒂，事后又和好如初。分别了，想起那些争执不休的问题，反而觉得有百般滋味在心头，彼此眷恋。黄仲则在《金陵待稚存不至适容甫招饮》中写道："偶时持论有龃龉，事后回首皆相思。"学习中的往事，成为相思相忆的佳话，这正是朋友之间互谅互解、弥可珍贵的话题和共有的生活内涵。

乾隆三十五年（1770年）夏天，两人相约到江宁应乡试，结果都未被录取，自然情绪低落。他们留下了"自分无才合蹉跌，深秋料理钓鱼竿"，"不知明月几时有，但见江上数峰青"、"怀人有恨苍葭白，照客无眠夜火青"。这些饱含苍凉的诗句，写出了两人仕途失意的共同心曲。

虽然这次没有考好，但两人的学习兴趣仍然很浓厚，特别喜爱《汉魏乐府》。洪亮吉不管走到哪里，都喜欢带着母亲教授的《汉魏乐府》一书，并加批其上，有时还仿做文章。黄仲则见后，十分喜欢这本书，便相约每天读上几篇，共同玩味。两人文思敏捷，顷刻可书数百言。据说，有一次，宾客来了不少，便相约游于采石矶之太白楼，大家都吟诗作赋，以抒游兴。年轻的黄仲则穿着白色的袍褂，站在太阳下抒展才情，顷刻得数百言，令在座的宾客们都辍笔惊望。他俩学习、工作都十分勤奋，每每白天阅卷，夜晚作诗。每得一篇，便叫醒对方，共同鉴赏。如此一夜数起，是常有的事。

乾隆三十九年十月，两人又结伴前往常熟凭吊邵齐焘先生墓，在恩师的墓前共同追忆往事，共通情愫，甚是凄切。这时黄仲则虽然还只有二十六岁，但因肺病纠缠，医治无望，坐在老师的墓旁，拉着洪亮吉的手，深情地说："最了解我的人是老师，现在他却死了。如果我不幸先死，请你把我的文稿编辑成像《玉芝堂》一样的集子，好吗？"洪亮吉认为他说的话不吉利，不愿意答应他的要求。可是，黄仲则非要洪亮吉回答不可，不然就不肯走。洪亮吉知道这是好友不堪命运摆布的渴求，只得含含糊糊地答应下来。

后来，黄仲则曾带病赴京应考，而这次洪亮吉因家中有事，没有同行，便写了几首诗为他壮行。其中有"鼠雀几时仍共穴，牛马谁信不同风"之句，流露出两心相印的感情。

乾隆四十一年（1776年），适逢清廷平定大小金川，清高宗从木兰回来，途经天津，各省举子应试进士，黄仲则列入第二等，才得以"校录"之职供于四库馆，任英武殿书签官。之后，他又托洪亮吉抵押掉房屋田产，筹措旅费，将母亲和妻儿送来北京定居。

这一年，洪亮吉也来到了北京，起先就住在黄家，后来迁到打磨厂。在这段时间内，他们经常以诗酒畅叙友情，彼此都感到极大的安慰。之后，黄仲则养病于法源寺，洪亮吉更是经常去探望他。两人同游观光，以诗相慰。洪亮吉将赴西安任职之前，又一次去探望并告别病友。深情地留下了《将出都门、留别黄二》，其中有"才人命薄如君少，贫过中年病却春"和"期君未死重相见，与向空山证世情"之句，无限牵挂之情流露于字里行间。

洪亮吉在西安任职，黄仲则也曾到西安去看望他。肺病的加重，谋职的困难，经济上的窘迫，迫使黄仲则常辗转于旅途。当他来到运城之后，病情恶化，便滞留于河南盐运史沈业富的官邸中。这时，他奄奄一息了。临终前，他挣扎着给母亲写了一封信。当疲惫的双眼合上以后，他还觉得有未了的心愿，便再次苦苦挣扎，写信给在西安的好友洪亮吉。

洪亮吉得信之后，立即策马东驰，一天走了四个驿站。可是，"鬼们催人兮倏不及待，一书缠绵兮尚附棺盖"，黄仲则等不到披星戴月、策马飞驰而来的故人了。黄仲则的灵柩置于一座古庙中，所有的衣物均典卖作了药费，剩下的只有狼藉几案的零星废纸和一顶破帽。萧然的晚景，睹之催人泪下，但他的诗文却十分丰富。黄仲则生命的流程，虽然是那般短促，但释放出来的能量却是无比巨大的。一部《两当轩集》，保留了他一千余首苦吟之诗。

洪亮吉哭奠亡友之后，又扶枢送归，将他安葬于黄氏先人之墓侧。他伤心地哭道："呜呼，主人与君交二十年，不见者又两年，竟不获执手之诀，亦命也。"他为黄仲则写了一副挽联：

> 罢耗到三更，老母寡妻唯我托。
>
> 炎天走千里，素车白马送君归。

洪亮吉在运城与盐运史沈富业交谈时说："纵亡留母在，白头朝夕感深恩。"表示自己会像范式对待亡友张劭一样对待黄仲则的老母和妻子，尽到朋友道义上的职责。为了了却黄仲则生前的心愿，他多方奔走，筹措经费，把亡友的遗著刊印出来，用无限的真情实践了庄严的承诺。尽管洪亮吉为亡友做了许多事，但还叨念道："临终驰素札，瞻岭愿归骨。置兹达士怀，慰彼遥念切。吾徒重然诺，未可异存殁"，又有"病已支床还出塞，家从典屋半居舟"，"交空四海唯余我，魂到重泉更付书"之句，记述着他俩生前、死后的深情。心灵是行为的根，只有心灵纯洁，才有纯洁的语言和纯洁的诗情。洪亮吉吊念亡友的诗，无不饱含真情与追思的伤痛，他们的友谊是经得起时间和生死考验的。

沈近思与隆科多

鸡蛋碰石头的结局是很悲惨的，但世上总是有人敢以鸡蛋去碰石头。勋位权势是可怕的，它在普通人面前立起的是一道铜墙铁壁，使人望而生畏。但世间也总有人挑战权势与勋位，他们靠的是什么？靠的是正义！是真理！追求真理手握正义之剑的人，是不怕硬的，也是不畏权势的。在清代有一个职小位卑的沈近思曾无所顾忌地向权势显赫的隆科多发起进攻，结果皮没破，蛋没流，还演绎出一段友谊故事来。

"八旗制度"是满族的一种社会组织形式。"八旗制度"建立初期，兼有军事、行政、生产三方面的职能，是与当时满族社会经济基础相适应的，对推动满族社会经济的发展起了积极的作用。但入关以后，满族统治阶级利用"八旗军"和"八旗制度"加强对人民的控制，其生产意义日趋缩小。作为一个军事组织，"八旗军队"和"绿营兵"共同构成清代统治者统治的工具。作为行政机构，八旗各级衙门与州县系统并存。凡八旗成员统称"旗人"，与州县所属的"民人"在生活、政治、经济等各个方面都有很大的差别。作为旗人，尤其是"八旗"的首领和官员们，无论在何种情况下，都享有特权。隆科多就出身于镶黄旗一个大官僚家庭中。

隆科多，清满洲镶黄旗佟佳氏人。他的父亲佟国维，康熙间授领侍卫内大臣，封一等公。康熙两次出征噶尔丹，他都是随驾出征人员。姐姐是孝懿仁皇后。佟国维对大清王朝可称得上是"勋臣"。吴三桂造反后，他的儿子吴应熊准备做吴三桂的内应。佟国维发觉后，带领侍卫三十人去捉拿，一共抓了十余人，直接送到刑部诛处，因此被提为侍卫内大臣、议政大臣，立一等功。佟死后，谥"端纯"，清世宗还亲书"仁孝勤恪"以资嘉勉。

隆科多在父亲勋业的基础上，于康熙二十七年（1688 年）被选为一等侍卫，兼任正蓝旗蒙古副统，以后，又袭一等公爵，还担负着吏部尚书。集皇亲国戚勋爵于一身的他，在一顶顶桂冠的炫耀下，昏昏然觉得自己除了皇帝老子外，比谁都要高一头，不论公事、私事，自己说了都得算。这种独断专行的作风，常使属下们遇事不敢提出自己的意见，他们总是在胆战心惊中打发日子，甚至连头也不敢抬起来看他一眼。自然，他并没有意识到这种处事态度的负面作用是什么，他更没有想到汉族官员中竟有敢于以鸡蛋碰他这块硬石头的人，而且逼得自命不凡的他公开认错服输，直称之为"诤友"。这位放炮的人，便是敢于直言不讳、宁愿折戟沉沙而不愿轻易放弃己见的沈近思。

沈近思，字位山，号暗斋，仁和人，康熙时进士。开始做过河南临颍的知县，时间虽然不长，却能造福一方。他任职期间，建社仓，设义冢，办义学，使丰收的粮食有了储藏的地方，使死了的人有安葬的地方，更重要的是让学童有读书学习的地方。因而，他的政绩闻名远近。不久，沈便以功绩卓著被调往广西任同知，后因病回故里，经浙江省巡抚推荐，破格擢用至都御史。

沈近思起于地方官，洞悉民间疾苦，对创新改革等事情，总要经过反复考证、权衡利弊之后，才决定是否实行，因此，常操胜券。隆科多担任尚书时，每次议事，僚属们都因害怕他而噤若寒蝉，总是看他的眼色行事。唯有沈近思敢于发表议论，常常侃侃而谈，尽抒己见。许多时候，连隆科多认为可以画押签发的事，沈近思却说不行。隆科多一时火起，拍桌子，吹胡子，非要签押不可。沈近思认为自己坚持的是正确的，坚决不同意。一时间，唇枪舌剑，剑拔弩张，吓得在座的人不知怎么办才好。隆科多碰上了对手，嘘着牛气。但过了一会，慢慢地平静下来了，他忽然改口说道："沈近思，诤友也。"于是，主动提出放弃自己的意见，同意暂不签发，以后再议。在这一次较量中，这个刚愎自用的"隆大人"似乎意识到了遇事要充分权衡得失，不能独断专行才对。所以，在以后的日子里，他常常对大家说："作为同僚，就应该像沈近思那样。"

隆科多虽然有很强的优越感，但他并不忌恨沈近思。事后又把此事向皇帝反映，把这场争论的原委报告了雍正皇帝。雍正皇帝听后，也觉得沈近思这种敢于坚持原则的态度很好，便加升他为太仆卿，仍然兼任文选司工作。从此，隆科多真把沈近思当成"诤友"，不管议事、议政、私文，都比较亲密。同僚们对这位敢于直言的沈近思也另眼相看了。可惜围绕在隆科多身边的"腻友"太多了，他们在"权钱交易"和"权权交易"中掉进了"害友"的陷阱中而留下了一串串罪名、骂名。隆科多如果多几位像沈近思这样的"诤友"，结局自然就大不一样了。

沈近思死后，被谥为"端恪"公。生前，雍正皇帝赠他两句诗道："操比寒潭洁，心同皓月明。"这个评语可以说是"至高无上"的了。一个普通仕子、七品芝麻官，由巡抚推荐而进为京官，直至吏部左侍郎，这种破格征用的例子不多。据史料记载，他与皇帝也发生过两次直接的较量。

"耗羡"，是清朝以损耗为名征收的附加税。如征粮时，以鼠、雀损耗为由，增收耗米。如果征银，又要增加银两溶化时的附加耗银。即使没有损耗也照收不误。所收的粮、银，一部分归州县吏所有，一部分上缴。这是经过皇帝和大臣们"庭议"决定的。沈近思反对这种"中饱私囊"的做法，指出正税之外，再加耗羡的做法一旦流行开来，将不可收拾，只会助长地方官吏的贪污腐化。乾隆不想改变自己的主意，便刁难道："你做县令时，也私耗羡吗？"沈近思回答："非私也，非是且无以养妻子。"乾隆又问："汝学道人，乃私妻子乎？"沈近思回答："臣不敢私妻子。若废之，则人伦绝矣。"驳得乾隆无话可答，只好笑一笑回答道："朕今日为沈近思所难矣。"

还有一次，乾隆问起他在灵隐寺的情况："汝在精门，必多精诣，试言之。"沈近思回答得十分得体、恳切："我年轻时，生活潦倒，举目无亲，只好投靠到那里。现在得到了国家的提拔和重用，我已经留心经世之学，以图报效国家，不再念及以往的事。我希望陛下像尧舜一样做个好皇帝，而不要像释迦牟尼那样成为一个高不可及的偶像。我即使记得佛经上的只言片语，也不应该在陛下面前胡说八道……”这一委婉的批评既体现出一个臣子的忠心，又包含着一种善意的劝告。

尹继善与陈弘谋

说声再见，意味着还有相聚的机会。然而，没有潇洒的告别，是沉郁的；没有旷达的告别，是无奈的；没有豪放的告别，是苦涩的。因为这样的告别，往往意味着是不再握手的永诀。这对年老体衰或病入膏肓的人来说是何等沉重悲凉。

清乾隆三十六年（1771 年）的一天，在京城满族大员尹继善的官邸里，就上演了一场令人感到凄冷的告别。一个满头堆霜的汉族官员陈弘谋，来官邸与尹继善告别。这对年逾古稀的老人，一见面两双干瘪的手便紧握着，久久不愿松开，彼此为即将画上句号的生命而感叹欷歔。

陈弘谋要告老还乡了，而这时尹继善躺在床上动弹不得。为了答谢多年好友，年迈的陈弘谋不顾体力不支来到尹府告别。尹继善一见，更是激动不已，便于榻席之间，抱病吟诗赠别道：

> 闻公预告出都门，白发还乡锦满身。
> 早岁霓裳分咏句，卅年玉节共班春。
> 到家绿酒斟应满，回首黄粱梦岂真。
> 我老颓唐难出饯，将诗和泪送行人。

这是一首蕴藏深厚情意的诗，也是生离死别的诗，是饱含混浊眼泪、和着无限惆怅写成的诗。

尹继善（1695—1771 年），字长元，号望山，清满洲镶黄旗人，雍正进士。尹继善走上仕途之后，步履坚实，留下了赫赫功绩，受过不少嘉奖，官至大学士，授太保，死后谥“文端”。他有过一月之内兼摄将军、提督、巡抚等九印在手的勋迹。这种大权在握的日子虽然不长，但足以证明皇帝对他的高度信任。不过。他既保持了高度的警惕性，也保持了高度的热情：既无骄矜之意，也无怠惰之情。他还挤出时间与僚属论文作诗，一灯一卷，从不间断，就像准备应考的童生一样。每写完一篇文章或一首诗，总喜欢讲给周围的人听，抑扬顿挫，神情专注，斟字酌句，反复修改，直至满意为止。

尹继善还是一个虚心听取意见的人。他有一句名言：“万驳而后行”，即经过反复讨论后才执行。他常对人说：“我意如是，有不可，诸君必驳我。我若能说，则再驳。切不可以总督语迁就才对。"有了这种民主作风，就能集思广益。所以，他每到一处，每任一职，每办一事，都能收到很好的效果，他任两江总督期间，严禁"漕弊"一事，深受老百姓拥戴。以前官吏收漕粮，以脚费为名，大都一斗只抵六七升。他初抚江南，即奏明朝廷不准官吏以任何名目加征漕粮。这一釜底抽薪的做法，为后来陈弘谋再抚江南奠定了良好的基础。有一次，某县令在征收漕运时，每石擅加一升五合，被处绞刑。这个杀一儆百的措施，肃清了漕政的痼疾。数十年后，江南的老百姓，仍深情地怀念他。

在河政工作中，尹继善有独到的见解与功绩。有一次，皇帝要开天然坝，他认为不可。刚好浙江总督李卫在场，他认为黄河水小，是可以开坝的。尹继善坚持自己的意见，认为李卫不问河的深浅，只看水的大小，是根本不懂水利建设为何物的人。尹继善在治河治湖的过程中，常采取"曲处取直"、"开引河"导疏的办法来减少水患，又采取"取水刷沙"、"加高河堤"的办法来巩固堤防，还采取"寓赈于工"的办法来征集劳动力和资金，深受朝廷和老百姓的信赖。

尹继善乐与人交往，如江南才子袁枚常是他的座上宾，彼此亲如一家。有一次，袁枚造访，正值他忙于公务。等到公务处理完毕，已是正午时分。他左等右等，不见袁枚驾到，只得回内衙去。谁料放荡不羁的袁枚，早已入席与内眷们用起餐来。他便赠言给袁枚道："随遇而安忙亦乐，逢场作戏老弥痴。"

尹继善善于取人之长、去人之短。雍正皇帝十分赏识李卫、鄂尔泰、田文镜等官员，勉励他向这些人学习。他坦然地回答："陛下提到的几位大臣，确有许多优点值得我学习。不过，我的学习是有选择的。比如李卫，臣学其勇，不学其粗；田文镜，臣学其勤，不学其刻；鄂尔泰值得学习的地方很多，但我不能学其愎。"可见他对皇上赏识的人，也不是一味吹捧盲从的。他对人的评价是全面的、冷静的，包括择友、交友，也是十分慎重的。他曾发出这样的心声："虚心何虑同心少，敬事弥知处事难。"

陈弘谋（1696—1771年），字汝姿，号榕门，广西桂林人，雍正进士，初任翰林。累官至东阁大学士兼工部尚书。青年时代的陈弘谋胸怀大志，关心时事。虽蹒跚于科举之途，目光却并不死盯在四书五经上。每有邸报到，必借阅细读。他的座右铭是："必要作世人不可少之人，为世人不能作之事。"进入仕途之后，他常东奔西走，忙忙碌碌。一生中，他曾担任过十二个省的官员，历任二十一个职务。他最大的特点是，干一行，钻一行，爱一行，负责一行。虽然"莅官无久暂",但总有有目共睹的政绩,因此,常受到上级的赞扬、人民群众的拥护。

陈弘谋在担任云南布政使时,目睹了老百姓跋山涉水交纳公粮的繁重事务,认为行政机构既然一致,便可用"短途递运"、"按程核数"的方法来代替长途运输,以减轻劳役。他在云贵高原发展矿业,改变了进口"洋铜"的局面。又在少数民族聚居的地方开办了七百余所义学,鼓励他们把子弟送到学校接受教育。经过几年的努力,边民不仅有了学习的机会,还提高了整个西南地区少数民族的素质,出现了少数民族子弟也和汉族子弟一起参加科举考试的局面,一些优秀的人才,也得以脱颖而出。他曾把江南的养蚕技术引到渭河平原,使老百姓收到了可观的效益。在西北高原上,他带领老百姓凿井两千八百多口,并鼓励大家多植树,多栽草,以控制水土流失。他所到州府,都要实地考察村庄、河道,并绘制成图悬挂在墙壁上,反复审视,将兴革措施逐项逐条列出来,直到"纤屑必周,久远必计"、"了如指掌"为止。

陈弘谋也是一个胸怀大局的人。他听说某地遇到灾害,立即拨出二十万担粮食以赈天灾;听到军需短缺,立即拨出二十万白银以济军需。这种"为常人所不敢为的事",正体现他大公无私"视国事如家事"的胸怀。他说:"是非审之于己,毁誉听之于人,得失安之于数。"他凭着这条准则,为社会撑起一片片绿阴。

晚年的尹继善和陈弘谋相继被调回京城,成了大学士。在清朝政权的核心部门任职,他俩一唱一和,配合得更得体。有人这样评价:"乾隆间论疆吏之贤者,尹继善与陈弘谋最也。尹继善宽和敏达,临事恒若有余;陈弘谋劳心焦思,不遑夙夜,而民感则同","古所谓大儒之效也"。在论及公事时,彼此都能尊重、谦让。尹继善卧病床上,年老体衰的陈弘谋,仍不止一次去看望他。有一次,尹继善对陈弘谋说:"我俩都老了,不知谁先作古?"陈弘谋立即拱手,一句习惯性的话冲口而出:"还让中堂!"尹继善听了默然不语。此时的陈弘谋根本没有意识到"死"是不能"礼让"的。

陈弘谋启程南归,牵动着病床上的尹继善的心,他为自己抱病不能送行感到遗憾。他对儿孙们说:"我好冷啊!路好长啊!你们为我抚一曲《鸣泉》曲吧!"在悠悠的琴声中,老人溘然长逝了。这时陈弘谋的车马刚到天津。噩耗传来,他悲伤难抑,一定要返回北京去祭奠亡友。最后是他的儿子和护送的人员百般劝阻,才打消这个念头。但尹继善的死,折磨着他,为了追赶逝去的友人,他害起病来了。车队刚刚进入山东境内,他就病死于旅途了。自然,他没有按照尹继善的嘱托"到家"、"斟满绿酒",这是乾隆三十六年的事。这对政坛上政绩昭然的双子星陨落了，而他俩的政绩与友谊，却仍然那么辉煌，成为后人追思的典范。

袁枚与女弟子

长于绘画的朋友，是否有兴趣根据《清稗类钞·师友类》中的一段话，复制一幅饶有趣味的"仕女图"呢？其文如下：

> 乾隆壬子三月，袁子才寓西湖宝石山庄，一时浙江女子各以诗来受业。因属尤某、江某写图布景。其在柳下姊妹者，湖楼主人孙令宜（使）之二女孙云凤、孙云鹤也；正坐抚琴者，己卯经魁孙原湘之妻席佩兰也；侧坐其旁者，大学士徐（文穆）公本之女孙孙裕馨也；手折兰香，安徽巡抚汪又清之女缵祖也；执笔提芭蕉者，汪秋御明之女妌也；稚女倚其肩而立者，吴江本宁人（皋使）之外孙女严蕊珠也；凭几拈毫若有所思者，松江廖古檀明府之女云锦也；把卷对坐者，太仓孝子金湖之室张玉珍也；隔坐于几者，蒋戟门少司农之女孙孙金宝也；执团扇者，即金纤纤，吴下陈竹士秀才之妻也；持钓竿而遮其身者，京江鲍雅堂（郎中）之妹，名之惠，字芷香，张可斋诗人之室也。十三人外，侍随园老人侧，而携其儿者，子才之侄妇戴兰英也，儿名恩官。

画面上的人物，神态各异，可以推知，他们的打扮不俗、气质淡雅、视野宽阔、襟怀舒畅，这是袁枚和他的女弟子们一次欢快的会见。《随园诗话补遗》卷一，也记载了同样的事情。这一年，袁枚回杭州扫墓，由孙碧梧出面邀请了十三人"大会于湖楼"。每个人都拿出自己最满意的诗、画，作为奉献给老师的礼物。为了答谢弟子们的厚意，袁枚也在湖楼"设二席以待之"。这完全是一次以女性为主体的游湖宴会，体现了袁枚与女弟子们声气相同、意气相投。从"男子专权"和"男女授受不亲"、"女子无才便是德"的封建道德观来看，人们的指责和非议，可能会如暴风雨般的倾泻，但对一贯具有叛逆精神的袁枚来说，这不啻是几只苍蝇乱扑、几只秋蝉哀鸣而已，而他要弹奏的是妇女解放、开掘妇女智慧的高歌。能在二百多年前，站在如此高度看重女性的人，实在是太少了。

袁枚（1716—1779 年），字子才，号简斋，浙江钱塘人。乾隆四年进士，做过溧水、沭阳、江宁等地的知县。他是一个才华横溢、性格豪爽、淡名轻利的人。早年，父亲在外谋食，母亲常以做针线活所得收入补贴家庭生活费用。祖母和母亲都十分疼爱他。特别是他的姑母，对他的思想影响更深。他曾这样写道："寒则衣，痒则搔，朝面而夕浴，皆为姑求之。"袁枚喜欢听姑母讲故事，姑母把《史记》和小说中能为儿童所理解的内容收集起来，娓娓不倦地讲给他听。因而，他刚七岁，就知道汉、晋、唐、宋的国号和那些朝代的许多人物。姑母思想活跃，敢于对传统的一些腐朽观念提出不同看法。例如，二十四孝中有《郭巨埋儿》，姑母就坚决反对，并作诗反抗道：

> 孝子虚传郭巨名，承欢不辨重和轻。
>
> 无端枉杀娇儿命，有食徒伤老母情。
>
> 伯道沈宗因缚树，乐羊罢相为尝羹。
>
> 忍心自古遭谴责，天赐黄金事不平。

袁枚十四岁所作的《郭巨埋儿论》便阐发了姑母的这种思想。他后来宣传"人情"，反对"不近人情"的思想行为，对传统观念敢于怀疑，与他幼年时所受的教育是分不开的。

袁枚二十三岁时，就名满天下。他出仕任职之前，向乾隆时的名臣尹文端辞行请训。老师问他："年纪轻轻就出任县令，有些什么准备？"他很风趣地回答："什么都没有准备，只准备了一百顶高帽子。"老师不高兴地批评道："年轻人怎么搞这套？"袁枚忙说："社会上人人都喜欢戴，有几个像老师这样不要戴高帽子的人呢？"尹文端听了，也觉得他说的是实情，就不再批评他了。袁枚出来以后，同学们问他与老师谈得如何？他说已经送出了一顶帽子。"巽与之言，能不乐乎"？正是因骨子里有一种傲视一切的气质，所以，刚三十三岁，他就辞官家居，以诗书为乐，过起了野鹤闲云的生活：

> 偷得闲身是此宵，白门何处不琼瑶。
>
> 芒鞋醉踏三更月，犹似霜华共早朝。

这便是袁枚真实思想生活的写照。后来，他买下一所庄园作为永久居处。这座庄园在小仓山上，位于江苏江宁县，依山傍水，景色宜人。据袁枚自己考证为康熙时一名织造商的宅第，他将"隋"字改为"随"，取"随之时义大矣哉"之意。

袁枚以诗文闻名于当时，他爱诗、写诗，交游甚广，诗友众多，且不分男女，为诗坛领袖达五十年之久。他毫不掩饰地对人说："吾好诗如好色，得人佳句，心不能忘"，"每下苏杭，必采诗归，以壮行色，性之所惮，老而愈笃"。袁枚尊重女性，看重女才，反对种种束缚女性的禁律。他大胆接纳女弟子前后达二三十人之多。他曾辛辣地批判那些陈旧的束缚妇女手脚的思想和说教："俗称女子不宜为诗，陋哉言乎！圣人以《关雎》、《葛覃》、《卷耳》冠三百篇之首，皆女子之诗，第恐针黹之余，不暇弄笔墨，而又无人表彰唱和之，则淹没不宣者多矣。"又说："从来闺阁及方外诗之佳者，最易流传，余编《随园诗话》，闺秀多而方外少，心颇缺然。"不错，一部上下两册洋洋洒洒百万言的诗，收录数以百计的女性诗词，这是袁枚对女性文学的一大贡献。没有这种博大的胸怀，尽管才女多如牛毛，又怎能获得和唱流传于社会呢？不仅当时被录入诗话的作者感谢他，就是今天的女性们也感谢他为后人留下了一份丰厚的文化遗产。

袁枚不仅对女性诗词不怀成见，也不拒绝与女性诗人交往。他特别推崇那些素质很高、才情奇特的女性。如王贞仪是清代一位著名的女科学家，也会写诗，袁牧除了在《诗话》中选录了她的《过潼关》、《辰元道中》等诗外，还把别人夸赞她的诗也录进去了。其诗曰：

> 修到詹何定几生，吟红闺里有双声。
>
> 六朝山色分眉翠，九折黄河心骨清。
>
> 海徼宏篇饶健气，莺花小制亦多情。
>
> 自愧同居乌衣巷，不识西邻道韫名。

他赞许作者的意见，还说王贞仪具有"奇杰之气，不类女流"。

有一次，严蕊珠卖掉自己的首饰做学费，来到他家学习，这时她才十八岁。袁枚见她这么年轻，便问道："你读过《仓山诗话》吗？"

"不读，怎么会来这里求学呢？别人的诗或有句无篇，或有篇无句，唯先生的诗，二者兼有。我特别爱读先生的骈体文章。"接着，严蕊珠在他的面前十分流畅地背完了长达千余言的《于忠肃墓碑》。袁枚在惊叹严蕊珠的记忆力和朗诵能力的同时，又问："这篇文章中典故很多，你能说出其中一二吗？"

"能说出十之四五。"随即，严蕊珠引据某书某篇"历历如指掌"。令袁枚为之惊骇。严蕊珠还进一步阐发道："先生之诗。专注灵性，故运化成语，驱使百家，人习而不察，如盐在水中，食者但知盐味，而不见盐也。然非读破万卷书，且细心者，不能指出其出处。"袁枚听罢，心悦诚服。

席佩兰，吴县人，也是袁枚的女弟子，嫁给了常熟孙原湘，夫妻都工于诗，传为一时佳偶。《诗话》中曾多次录取她的诗稿，其中《惜春》一首，写得极为细腻，是观察入微之作。其诗曰：

> 十树花开九树空，一番疏雨一番风。
>
> 蜘蛛也解留春住，宛转抽丝网落红。

金纤纤也是袁枚女弟子之一，有人曾问她道："当今诗人推两大家，即袁、蒋，为什么袁诗远至海外，近至闺门，都喜欢读，而蒋诗能读的却很少?"金纤纤回答道:"诗有八音,金、石、丝、竹、夸、土、革、木都是正声。然而,人们都喜欢金、石、丝、竹,而不喜欢夸、土、革、木,你如果分析这一情况,不是明摆着吗?"人们认为金纤纤的话,说得很有道理。金纤纤的丈夫也说:"圣人曰:'诗三百,一言以蔽之曰,诗无邪。'我读袁老师的诗,以《左传》中三个字可以概括,'必以情'。古人说'情长寿亦长',所以,我们的老师肯定是高寿!"这些话传到袁枚的耳里,他十分高兴,认为金纤纤是真正理解自己诗的意境的人。于是,逢人便说:"得一知己,死可无憾。余女弟子虽二十余人,如严蕊珠之博雅,金纤纤之领解,席佩兰之推崇本朝第一,皆闺阁中之三大知己也。"

袁枚走远了,但读着"随园"老人留下的丰富文化遗产,再看看他与女弟子们的交往,平等、友爱之情,就留在了字里行间。

袁枚是十分珍视友谊的人,《随园诗话补遗》卷四就曾多次谈到"求其友声"的愿望,还说"文字之交,比骨肉妻子尤为真挚,非雪泥所能判,关山所能隔者"。吴敬梓的朋友程晋芳曾向袁枚借过一笔数目可观的钱,后来因家贫一直没有能力偿还,而且病死了。袁枚不仅没有向他索债,还当着程晋芳儿子的面把债券焚烧了。又有一个朋友死在西安,无钱归葬首丘,他就花很多时间绘画,把换来的钱交给其家属,终于使这位亡友实现了归葬祖坟的愿望。张向陶年轻未发迹时,拿着自己的诗向他请教。他看了大加赞赏道:"我之所以老而不死,原来是在等着读你的好诗啊!"这种奖励后进的情怀,真是令人敬仰。

王贞仪与钱与龄

王贞仪是生活于清代乾隆时期的一位在科学、文学领域里成就巨大、颇具影响的女性。长长的《清代七百名人传》中,对她的生平简历、科学成就作过介绍,《巾帼繁星》也曾对她不平凡的一生,抒发过敬意。

王贞仪是中国女性生活史上一朵智慧之花。她以仅三十岁的年华散发出来的芬芳,溢满人间,遗泽后世。有人说,她是汉代班昭之后唯一取得巨大成就的女性。诚然,班昭是一位博学多知、品德高尚的人。她的最大功绩是完成了父兄未竟的伟业——《汉书》。父兄去世以后,《汉书》的定稿、成书及《八表》都是班昭亲手编撰的。她把西汉二百年间人事的演变情况,用表格形式排列出来,使之眉目清晰,时间准确,世系连贯,线索分明,既便于检索使用,又对全书的叙事起到了很好的配合作用,为后代从事史学研究者提供了翔实的史料和极大的方便。这些都证明班昭头脑清晰、研究态度严谨、文化素质很高。她的赋、颂、诗、书、疏等，也很有成就。当然，她的《七诫》对女性思想的束缚，也是不可低估的。而王贞仪的学识、品德、才能有超过班昭的许多地方。王贞仪思想活跃，长于观察，善于思考，勤于实践，敢于攀登，广泛涉足于数学、天文、医学、气象等艰涩的、男性们独领风骚的领域，是中国古代历史上难以寻觅的女性，她的诗、画也很有特色。从整体上来看，王贞仪的性格、兴趣、成就为班昭所不及。她的一生对于妇女解放，发挥妇女的才能和智慧，更具有启发作用，更贴近现代女性生活，只是这朵智慧之花凋谢得太早了。

我们今天能了解到一些关于王贞仪的情况，还得感谢她的朋友钱与龄这位具有见识而又热心的人。

"信赖"、"友谊"，是人生中最值得记取的东西。王贞仪在生命垂危的时候，唯一的心愿是把自己用心血浇灌的科学成果刊印出来。临终前，她抱着所有的文稿对丈夫詹枚说："你家太穷了，我一生撰写的文稿，无法交托给你。我历尽艰辛，不想让它变成一堆废纸。更不想为鼠啮虫蛀，只能托付给蒯夫人（钱与龄）。蒯夫人是我的知己，她不会让我的遗愿落空的。"王贞仪把实现遗愿的希望托付给钱与龄，她是何等的明智，对朋友又是何等的信赖。

钱与龄，字九英，是嘉兴钱文端的孙女。钱与龄也是闺阁中的好女儿，她的丈夫是广西太平府同知蒯嘉珍。她从小接受了良好的家庭教育，知书达理，工诗善画，人品极好。她讲信用，重友谊，轻财薄利，乐于助人。有一段时间，钱、王两人同住金陵。她的这些优良品德，深深地赢得了王贞仪尊敬，把她视为知己。钱与龄喜欢王贞仪开朗活泼的性格，丰富的知识，积极的生活态度和执著的进取精神。有时，王贞仪会主动拉着钱与龄的手为她探脉，剖析健康状况；宁静的夜晚，她们并肩坐在庭苑中，指点星空，预测气候的变化；有时她俩又在花园的亭子里，推演日食、月食的形成原理，钱与龄喜欢站在王贞仪的身边看她拨弄数理的图形；有时她们又相邀荡舟湖上，浏览风光，吟诗酬答。这一切，让平时深居闺阁的钱与龄感到震惊。她惊叹王贞仪的博学多闻和自己的孤陋寡闻。在频繁的交往中，她们互羡互慕，筛落了世俗与虚伪，充满了欢乐与愉快。这对年轻的女子，从相识到相交，产生了质的飞跃，她们陶醉在没有束缚和羁绊的友情之中。

钱与龄得到王贞仪去世的消息后，十分悲痛，她捧着由詹枚转送来的书稿，只觉得责任重大。如何使好友的愿望得以实现，成了她一件时刻难忘的心事。钱与龄知道生命只是灵魂的载体，王贞仪的生命虽然结束了，而闪光

的灵魂却深藏在著述里。能使王贞仪的著述问世，远远胜过亲昵和悲悯她的
笑靥，远远胜过抚摸她冷却的躯体。于是，钱与龄赶忙制作了一个精美的锦
囊，把这份书稿珍藏起来，时刻筹划着下一步的计划。

　　王贞仪的遗愿得以实现，还得力于钱与龄的侄儿钱吉仪，这是在偶然中
获得的必然效应。

　　钱吉仪，字蔼人，号衔石，又号心壶，嘉庆进士，官至户科给事中，治
经讲究古训，读史长于地理，工文章。罢官后，主讲于广东学海棠、河南大
梁书院，凡数十年。他是一位既有才学且目光敏锐的人。王贞仪去世后的第
六年，他来拜访姑母，钱与龄抓住这个机会请他帮忙。他认真地翻阅了王贞
仪的遗稿，认为这是一位了不起的女性。作者大胆追求的个性，不拘泥于封
建闺阁礼教的气质，不畏艰难、敢于涉足自然科学领域，并能取得巨大的科
学成果的精神，使他感到震惊。于是，钱吉仪决定帮姑母完成亡友的遗愿。
经过一番认真的挑选与整理，王贞仪的《星象图解》、《筹算易知》、《术算简
存》等科学论著终于面世。钱吉仪还在序中写道："贞仪有真才实学，不可埋
没。自汉代班昭之后，巾帼学者可称道，唯此一人而已。"正是由于钱吉仪的
帮助，生命短促的王贞仪才能在历史的画廊中留下身影。

　　人生在世，除了生存、生活、求知、奋进等所需的一切外，还需要友谊。
不管是博大精深的学者，或是目不识丁的山民，都离不开朋友。它是含在嘴
里供人咀嚼的槟榔，它是一杯浓郁的感情琼浆。王贞仪与钱与龄之间的友谊，
有着深刻的内涵，它包括了信赖、理解、支持等诸多元素。如果王贞仪不是
信赖钱与龄的真诚、热情与能力，又怎敢以后事相托呢？钱与龄理解王贞仪
孜孜以求的信念，同情英年早逝的朋友，也支持她最终遗愿的实现，所以把
拯救朋友的遗著作为首要任务来完成。生命谱成的歌最甜最响，心血浇灌的
花最红最香。钱与龄拯救了亡友的遗著，把王贞仪生命的终点和起点联系了
起来，她在友谊的王国里赢得了人们的尊重。

顾二娘与十砚老人

　　《清稗类钞·鉴赏类》记载杭州何春巢（承燕）曾经在金陵购得一方精美
的砚台，砚台的背面镌刻着一首七言绝句：

　　　　　　一寸干将切紫泥，专诸门巷日初西。

　　　　　　如何轧轧鸣机手，割遍端州十里溪。

　　并有跋云："吴门顾二娘为制斯砚，赠之以诗。"

顾二娘何许人也？这首清淡飘逸的诗，又出自谁家之手？从《清稗类钞》"鉴赏"与"制作"篇中，可以得到较为清晰的线索。而且可以肯定，这方砚石，是一代名匠和酷爱收藏砚石者的友谊见证。

顾二娘，本姓邹。自从嫁给了苏州专诸巷里的顾砚匠之后，便随公婆家姓了顾。她的公公顾德麟，是当时的制砚名师，手艺高超，刀法缕缕精细。其作品自然古雅，名盛一时。在古老的技艺界里，有一条不成文的维持自己专利的"家法"，即"传男不传女"。即使是自己的亲生女儿，也别想从父、兄那里学到真正的绝招。历史上的手工业者们，就是靠这个办法延续和保护自己专利的。顾二娘的丈夫死得很早，这项传家密技便由顾二娘继承了。顾二娘没有辜负公公的厚望，她不仅把顾家的制砚坊撑起来了，而且还光耀门楣，把制砚技艺推到了一个新的高度。

一个好的砚台必须具备两个方面的条件：一是石料好，二是制作工艺精。就石料产地来说，我国许多地方的石料都可制砚，但佳砚要算安徽的歙砚、山东的鲁砚、四川的蜀砚、广东肇庆的端砚等，其中最好的要数端砚。欧阳修在他的《砚谱》中介绍过端砚的特点："色里莹润"，"储水不耗"，"子石为止"。用这种石料制作的砚台多为贡品，因而有人以"端州砚工巧如神，踏天磨刀割紫云"之句来称赞端州砚石之妙。至于琢磨工艺，更是讲究。《文苑英华》中有所谓"皎如之色，比藏冰之玉壶；焕然之文，状吐菱之石镜"的描写。优质的砚台，拂拭它，会发出敲馨一样好听的声音；审视它，又好像一面明亮的镜子。精明的工匠，会根据不同状态的石料，琢磨成外形如饼、椭圆如卵、方正如一块豆腐，或多边有棱的主体，然后在四周缀以飞禽走兽、苍松翠柏或奇花异草、名篇诗词，使得这些精品有如一只乌龟背负着一个精美的图画在爬行，或如含石的喜鹊将腾空而飞去……自然，这种精品就成了无价之宝。在今故宫博物院里，就不乏发墨不燥、用笔不损、雕琢俱佳的砚台，其中就有出自顾二娘之手的作品。

顾二娘制砚在选材和雕琢方面，有她独特的悟性和视角。在长期的实践中，她积累了一套辨识石料的经验。据说，她只要用脚点拨几下，就可以判断出石料的优劣来。所以，有人又送给她一个"顾小脚"的绰号。她琢磨砚台时，更有独特的艺术观。她常对人说："砚为一石琢成，必圆活而肥润，方见镌琢之妙。若呆板瘦硬，乃石之本来面目，琢磨何为？"从这一点看，她已经完全超脱于一般以牟利为目的的工匠之外，进入到了艺术家的殿堂。由于她心灵手巧，肯于钻研，很快掌握了制砚的整套技艺。而且达到了青出于蓝而胜于蓝的境界，从而使顾氏砚坊比起先辈顾德麟活着的时候，更红火，更有声誉。以"老娘亲砚"命名的顾氏砚台，成了时人的抢手货。然而，她并不轻易动手，也不粗制滥造。她一生所亲自琢磨的砚台，据说不超过一百个。自然，想拥有她的制品，并非易事。

"士为知己者死，女为悦己者容，马为策己者驰，神为通己者明。"顾二娘制砚不以献媚权贵为手段，不以牟利为目的，却能"通情达理"愿为"知己"者出力，具有令人折服的思想境界。最精美的艺术品需要具有高超的鉴赏水平的人认可。明珠坠入污泥，需要人不避其险去拯救它，使之再现熠熠光辉。正当"老娘亲砚"名扬遐迩的时候，有个姓黄的老人，从遥远的永福（今广西桂林）来找顾二娘。

从有关史料中可以推知这位老人叫黄莘田。他做过几任县令，是一个能除暴安良、爱民勤政的地方官。他勤俭廉明，不贪不占，罢官归里，空囊蠹蠹，仅有几块砚石。他淡名薄利，但酷爱收藏工艺品，尤其对工艺精美、石料讲究的砚台，情有独钟。他不惜将自己多年积蓄的二百多两银子，增置了十方砚台，并盖起一间房子，将砚台珍藏起来，取名《十砚轩》，自号"十砚老人"。平时除了供自己玩赏外，常邀好友来轩共赏。据说，他在端州做县令时，购到一块好石料，因为找不到好技师，一直收藏了十几年。当他听到顾二娘的大名之后，便不顾年老体衰、道路遥远，怀揣着这块沉甸甸的端州石，来到专诸巷拜访顾二娘。顾二娘为黄老先生这种执著追求艺术精品的精神所感动，又见石料的确不错，便接受了老人的请求，全身心地投入，为老人制作好这方砚台。老人有感于顾二娘的殷勤厚意，便写了上面那首诗。顾二娘读了那首诗后，也非常动情，便把这首诗刻在砚台的背面上。于是，这方弥可珍贵的砚台，便成了爱好砚台者和精于制作砚台者共同拥有的友谊见证。

为了帮助黄老先生实现"十砚斋"的愿望，顾二娘还为他制作了另一方仿明青花砚。《随园诗话》卷七和卷十四中，也分别录辑了黄莘田老人的诗句："秃尖成冢还成阵，未抵灵犀一点通。"（无题），"老似婴儿防饮食，贫如禁体做文章。"或笑指其砚曰："我乃有此，犹愧王僧孺矣。"其于砚，深情如此。

人的生命是有限的，但艺术的生命是无限的。一对素昧平生的年长男女，借一具小小的砚台表达着理解，凝聚着对艺术的追求，有着弥可珍贵的意义。

顾炎武与庄归

"天下兴亡，匹夫有责"，这发人深省、促人奋进的豪言壮语，出自谁人之口呢？他为什么会发出如此高昂的论调呢？

"痛、痛、痛，痛的是十七载天子横尸长安道！"这又是谁的悲怆呼号呢？这横尸长安的天子又是谁呢？

在明末清初的那段时间里，有两个人被称之为"庄奇顾怪"。这又是为什么？下面就让我们从当时的历史背景来认识这两个人物吧。

明朝进入阉党把持朝政以后，一代明君朱元璋建立的大明王朝迅速土崩瓦解，堕入穷途末路。自熹宗（朱由校）之后，举国上下被弄得乌烟瘴气。昏庸的皇帝沉醉在糜烂的宫廷生活中不问朝政，不思改革，以致大权旁落，奸臣当道。以魏忠贤为核心的奸佞小人，附膻逐腥，纷纷挤上了窃权弄柄的政治舞台。他们妒贤嫉能，玩法营私，罗织罪名，把一批批贤能名士、忠臣名将排挤下去，以致有的被罢官，有的被处死。于是忠言阻塞，良计难谋，中央集权的重心，偏离了正确的航道。就在这内耗日益加剧的情况下，努尔哈赤迅速崛起，搅得关东地区天翻地覆、其威力直接威胁到关内的安宁。全国各地老百姓在连年的灾荒和各级地方官吏的残酷压迫勒索下，也纷纷揭竿而起，农民起义的烽火熊熊燃烧起来。以李自成、张献忠为代表的起义军，更是所向披靡，把整个明王朝置于火山口上。目睹国将不国的朝政，江南名士振臂而呼，于是，就有了与阉党抗衡的"东林党"的诞生。他们反对矿监、盐监的掠夺，主张广开言路，实行改良，却遭到了权贵们的仇视。东林党人杨涟、左光斗因弹劾魏忠贤而被捕，与黄宗素、周顺昌等一起遭到杀害。以后，阉党又以"梃击、红丸、移宫"三案为借口，打击东林党，更唆使其党羽作"东林党点将录"等文件，想把东林党人一网打尽。直到天启七年（1627年）思宗（崇祯）继位，逮捕魏忠贤，将大批阉党定为逆案，分别治罪，东林党人所遭受的迫害才告终止。但等到阉党伏法之时，整个社会已处于风雨飘摇之中了。崇祯虽然使出了浑身的解数，想重振国威，但由于积重难返，已无济于事了。继东林党之后，以抵抗清军大举进攻为中心内容的"复社"成立了。他们主张改革政治，以挽救明王朝统治。就在这时局维艰的时候，志士"归奇"——归庄与"顾怪"——顾炎武，融进了"复社"的抗清救国运动中。他俩以满腔的热情，积极地参与斗争。斗争尽管失败，但他俩以一对朋友、一代文豪的伟绩在明末清初的历史上留下了辉煌的一页。

顾炎武，江苏昆山人，明万历四十一年（1613年）生，初名绛，字忠清。清顺治二年（1645年）清兵南下，为敬仰南宋民族英雄文天祥的门生王炎午的忠贞品格，更名炎武，字宁人。顺治七年，为避害曾化名蒋山傭。因家乡有亭林湖，故人称亭林先生。

　　昆山顾氏，为"江东望族"，官宦世家，至炎武父辈，家道中落。顾炎武很小时就过继给嗣祖顾绍芾，由嗣母王氏抚育。王氏受过良好的教育，非常勤奋，"昼则纺绩，夜则观书至二更乃息……尤好《史记》、《资治通鉴》及本朝政纪诸书"，并经常给顾炎武讲刘基、方孝孺、于谦等人的事迹，这对年幼的顾炎武的思想产生了深刻的影响。他从小天资敏锐，七岁到私塾上学，能过目不忘。他对前朝的忠臣名将如文天祥、方孝孺、于谦等人的伟大人格，更是仰慕不已。从十岁起，他就开始读《资治通鉴》、《孙子》、《史记》，还涉及天文、地理、兵农等有用的"实学"，这为他后来成为一名学识渊博的学者打下了坚实的基础。

　　归庄，一名祚明，字尔礼，又字玄恭，号恒轩，昆山人，与顾炎武是同乡。散文家归有光是他的曾祖父，归氏一门家学深远，归庄自幼受到了良好的家庭教育，从小就博览群书，下笔成文。其文章有一种"波澜老成，傲然不拔之概"。因而，人们称其"文辞书画，奄有众长"。

　　顾炎武与归庄既是肝胆相照的朋友，又是恩德相结的同乡。明朝覆灭之后，清人的肆虐暴行激起了广大人民的反抗，也使这两位朋友的手拉得更紧了。到了顺治二年五月，清军渡过长江，占领南京。接着，又围攻江阴，所到之处，烧杀掳掠，无恶不作，并强迫人民雉发易服，改变民族习俗。清兵的野蛮行径，严重地破坏了生产力的发展，激起了人民的愤怒，各地纷纷掀起反清的怒潮。面对这种形势，顾炎武发出了"天下兴亡，匹夫有责"的呼声。于是，这对朋友和许许多多的有志青年，都自觉地站到了斗争的前列。他们先在苏州发起战斗。六月，起义军杀掉了清朝派来的新知县，烧掉了清朝的官衙，迎回原来的县令杨永言，封闭城门，抗击清军。这场自发组织的昆山保卫战，最后虽然以"缺少支援，寡不敌众"而告失败，但在重重包围的血雨腥风中，他们不屈的气节，成为这支抗清队伍共同斗争的动力，顾、归二人冒死抗争的风范，成为全城效法的榜样。昆山之战的悲剧，也使这对朋友的灵魂得到净化和升华。在复明无望的情况下，他俩又走向潜心学习的道路，并且发誓不做清朝的官吏。

　　在抗清斗争中，顾炎武的家庭惨遭横祸，两个弟弟死在清兵的屠刀下，生母也被折断了左臂，嗣母绝食而亡，以身殉国，临死前还告诫他"无为异国臣子，无负世世国恩"。这一切，激发着他的抗清斗志。以后十余年中，他常往返于大江南北，联络抗清志士，进行着隐蔽的抗清活动。这期间，他屡遭迫害，还被关进了监狱，几乎送命。面对清政府的高压政策，面对险恶的社会环境，顾炎武感到无法在江南活动下去，便作出了"浩然山东行"的决定。一面继续抗清，一面开始了他后半生的北方治学生涯，对宋明以来的唯心主义理学，举起了批判的大旗，从而在我国古代哲学思想史上赢得了应有的地位。

昆山之战失败后的归庄，同样走上了多舛的生活道路。年轻力壮的哥哥，战死在史可法坚守的阵地上，年老的父亲悲愤而死。昆山被攻破时，清军屠城四万，他的亲人多死于屠刀之下。他和顾炎武虽侥幸逃脱，却只能东躲西藏，归庄还是被指名追捕的对象。因此，归庄不得不乔装僧人，流浪江湖之间。他或着缁衣僧帽，或破衣过膝，鬓发齐腮，以一壶清酒为伴。他南渡钱江，北涉江淮，或寓于佛寺，或投靠友人，放荡形骸，以诗酒酬唱，凭古吊今。有时他纵情嚎哭，人以为怪。其实，此时此刻归庄心里仍然装着的是国破家亡的现实。经过多年躲避流浪，归庄回到了昆山，但这时的"归府"已破烂不堪。茅庐柴门破不能掩，椅子破损得不能坐。除夕之夜，家家户户的大门上贴了春联，祈祷吉祥如意，而他贴的对联是"一枪戳出穷鬼去，双沟搭进富神来"，以此自嘲。他以《离骚》、《天问》那种特殊手法抒发着心中的悲愤。他对自古以来的所谓圣贤明君，无不痛加抨击，认为都是"骗呆人弄猢狲的圈套"。面对历代兴亡、沧海变迁，他痛哭流涕，尤其对明王朝的沦亡，更是"痛、痛、痛，痛的是十七载圣明天子横尸长安道"，斥责那些乌纱罩首、金带围腰的达官贵人"狗苟蝇营，还怀着几句劝进表"、"便万斩也难饶"。这首悲愤的遗民曲，在群众中广泛流传，甚至传进了清宫，顺治皇帝吃饭的时候，居然也让乐工演奏佐食。

这对并肩战过的战友，还有过一段动人的友情。那是顾炎武深陷囹圄的时候，归庄和一批朋友四处奔波，设法营救，当时钱谦益已经投降清军，为了拯救顾炎武，几个人合谋去找钱谦益帮忙。钱谦益十分赏识顾炎武的学识，便提出只要顾炎武承认是自己的学生，便立即出面为他说话。朋友们了解顾炎武是十分鄙视钱谦益的变节行为的，但在无可奈何的情况下，只得瞒着顾炎武送了一张以"学生"为名的片子，让钱谦益高兴了一阵。顾炎武出狱后，了解到这一情况，狠狠地批评了归庄一顿，并写了一张公告，贴在通衢大道旁，声明绝无此事，反叫钱谦益感到万般难堪。归庄对好友的遇难，感同身受，才出此下策，也是不得已而为之的事。所以，顾炎武批评他，他并无怨言。在复明无望的情况下，顾炎武便把视野和精力投向经史的研究上去，把"国家治乱之源，生民根本之计"作为终生探讨的课题而笃志于著述。而归庄则在贫病中过早地离开了人世。

当归庄病死的消息传来时，顾炎武感到十分痛苦，回首往昔并肩战斗的情景，更是悲痛难抑。于是，便在旅途中为亡友设祭，并写下了《哭归高士》四首。其中有云：

> 峻节冠吾侪，危言警世俗。
>
> 常为扣角歌，不作穷途哭。
>
> 生耽一壶酒，殁无半间屋。
>
> 唯存孤竹心，庶比黔娄躅。

此诗高度概括了归庄的生平以及思想精神面貌。

"归奇顾怪"，是当时人们对顾炎武与归庄既有共性又有个性的总称。奇在哪里？怪在哪里？大概是指他俩不屈的战斗意志和爱国热忱以及至死不与清人合作而放眼于未来、凝视于书卷、倾情于著述吧！归庄的《恒轩文集》、《玄恭六钞》、《归高士遗集》，以及顾炎武的《亭林遗书》、《亭林诗集》、《日知录》等浩瀚的论著、诗文，无不体现出两位哲人的共同心态。他俩在人生的旅途上写好了自己的历史，留下了闪光的脚印。

左宗棠与曾国藩

帷幕低垂，白幡幢幢，哀乐呜咽。在铺天盖地的挽联挽幛中，置放着一副高大坚实的棺椁，里面安睡的便是英武殿大学士、两江总督、督办湘军的总团练曾国藩。这个曾为恢复、巩固大清王朝封建统治尽力、卖过命的人死了，丧事自然不比寻常。前来凭吊的人更是络绎不绝。但人们最瞩目的是东阁大学士、闽浙总督左宗棠亲手书写的挽联，其词曰：

谋国之忠，知人之明，自愧不如元辅；

同心若金，攻错若石，相期无负平生。

这副看似平淡，却深藏内涵的挽联，引起许多知情者的感叹欷歔。

人们知道，左宗棠与曾国藩虽是同乡、同僚，也是亲戚、朋友，还是同治年间的"中兴名臣"，但从生活的道路来看，两人虽有过水乳交融的美好岁月，也有过剑拔弩张的变幻风云。彼此之间常以"兄弟"相称，却从无自谦自抑之意。开始时，他们尚能通力合作、相互协调，双双成为声望显赫、誉满中外的人物。后来竟互相攻讦，毅然绝交，各行其道。那么，是什么原因使得这两位大人物大动肝火、失去理智的呢？

回眸已往，那还是曾国藩丁母丧在湖南守孝的时候，当时太平天国起义军在广西桂平县金田村，树起了反抗清朝封建统治的大旗。经过数年的鏖战，太平军自广西入湖南，顺长江而下，经江西、安徽、江苏，于咸丰三年，攻下江宁府城，随即定位国都，改名天京。此时清朝的八旗军已腐败不堪，绿营兵也无济于事，只好寻求地方武装力量，以解燃眉之急，便要曾国藩以在籍侍郎的身份协办本省团练。于是曾国藩便积极组织湘军，并亲自加强训练。他利用封建宗法的关系，作为维系湘军的纽带，使全军上下归他一人调度指挥，湘军成了曾国藩的私人武装。它的骨干多是以各种关系纠集在一起的中下层封建知识分子，因此，战斗力很强。这时正值左宗棠以谋士的身份相继出入于张亮基、江忠谋、骆秉章等人的府第，他所显示出来的才干，深为统治阶级所赏识，认为"国家不可一日无湖南，湖南不可一日无左宗棠"而被加"四品京堂"，与曾国藩一起治军。

左宗棠年轻气盛，自命不凡，原来极想从科举登上仕途，但屡遭失败，便"绝辞章为有用之学"，精力完全集中到经世致用方面来了。他悉心钻研地学，认真阅读了西北、西域的许多史地著作，同时也加深了对社稷安危的关切和西北边防重要性的认识，形成了比较远大的政治眼光。英国侵略军侵犯浙江，临定海，进逼天津的消息传到湖南，更激起了他的爱国热情。当林则徐引疾还闽，经过长沙时，他俩相见于舟中，"宴谈达曙，无所不及"。林则徐称他是"不凡之才"。他在支持曾国藩镇压太平天国的血腥战斗中，也是不遗余力的。他所组织训练出来的"楚军"，曾为曾国藩多次解围，并为配合攻陷"天京"立下了汗马功劳。

清军攻下南京之后，大举捕杀太平天国官兵，曾国藩没有作调查研究，急于报功请赏，便轻易地听信了下属们的谎报，说洪秀全的儿子洪福瑱已死于乱军之中。但左宗棠得到的报告与此相反，说洪福瑱并没有死，而是随乱军逃到了湖州（今江西）。这时，刚好曾国藩的军队正在围攻湖州。曾国藩认为洪福瑱早就死了，这是左宗棠在制造混乱，或者是有意贬低自己的战功。于是，曾便上书毁左宗棠。左宗棠秉性刚烈强硬，有理不让人。于是，他也洋洋洒洒，攻击曾国藩一通。而事实是，洪福瑱确实随乱军逃到了江西，后来为沈幼丹查明正身。

左宗棠认为矛盾是曾国藩挑起的，他不该在没有核实情况之前，就把自己告到皇帝那里去，这是无端寻衅。而曾国藩认为这是公事，在兵荒马乱之中，难免出现差误。不值得向左氏赔理认错，还多次愤愤地对他人说："左宗棠说我以假话骗人，是邀功请赏，真使我意气难平。"有了这个芥蒂，以后两人无论碰到什么事，总是互不相让，彼此刁难。

其实曾国藩对左宗棠的性格、才能，是十分了解的，不过有时好挑逗而已。有一次，两人正在闲聊，谈得十分融洽，曾国藩忽然撰一语道："季子

（指左氏）自命才高，与吾意计时相左。"左宗棠对这不怀好意的挑衅回敬道：
"藩候一心为国，问伊经济又如何曾？"又有一次，左宗棠发出一封公函，诋
毁曾氏用人不当，且用词严厉。曾国藩很不服气，便以左氏使用人才欠妥作
为回敬。还有一次，左宗棠推荐一个人到曾国藩所治的军中去做事。曾国藩
不肯接受，还在信上批示道："曾见其人，夙知其贤，惟系左宗棠所保之人，
故不能信。"从几桩小事上看，曾国藩好像是在故意引起左宗棠生气似的。左
氏看后，自然要瞪眼睛、吹胡子了。朝廷了解他俩之间的矛盾，也进行过调
解，但始终解不开这个疙瘩。在封赏时，西太后认为左宗棠为曾国藩所荐用，
只封给他一等恪靖伯二等侯爵，以示稍逊于曾氏。这事更令左氏耿耿于怀，
两人关系一直紧绷不懈。

到了同治年间，西北又面临着西捻军和回民的起义，富有卓越军事才能
的左宗棠被调任陕甘总督。当他带兵西进的时候，忧心忡忡。他不担心平剿
难捷，而是担心军需不继，受到曾国藩的制约。实际上，曾国藩并没有这么
做。他在为西征军队筹集军粮、军饷时，总是不遗余力，而且选派了最精练
的部队参与战斗。如所派出的柳松山一支队伍，始终是左宗棠所倚重的一支
生力军。对西北的军情，他也十分关注。每每见到从前线归来的人，曾国藩
总要详细询问军情。有个从柳松山军门处回来的人，谈起左帅处事精详，律
身艰苦的一些情况时，曾国藩拍案叫好道："西陲重任，除左宗棠之外，更无
他人。我是决不能和他相比的。就是起死回生的胡林翼，恐怕也不能和他相
比。他是当今唯一能担此重任的人啊。"从这段声神具备的话来看，曾国藩对
左宗棠可谓佩服得五体投地了。

左宗棠虽然常骂曾国藩，有时甚至不择时间、地点、对象，一任暴风骤
雨般地倾泻，但事后又烟消云散，毫不介意了。在西陲战事的岁月里，自己
没有军需后顾之忧，他心里十分明白，曾国藩在重大问题事上并不糊涂，他
是在不声不响地支持自己的工作。于是往日推心置腹、推诚布公、并肩战斗
的情景，又浮现在他的眼前。曾国藩的大将风范，使他感到自愧不如。当他
听到曾国藩病逝于两江总督衙门的时候，心中十分悲戚，于是，便写下了本
文初的那副挽联。

这副挽联意味着什么呢？人们不禁要问：曾、左二人在生活的道路上，
发生过那么多龃龉，他们还能算是朋友吗？回答是肯定的。在生活的万花筒
里，真正的朋友，是有千差万别的。平居可以共道德的人，是朋友；缓急可
以共患难的，是朋友；声气相同，两相关切的，是朋友；貌虽离而神合的，
也是朋友。从"自愧不如元辅"一句中，我们再也看不见左宗棠自傲自负的

气息。他对亡友"谋国之忠，知人之明"，袒露出了毫不掩饰的尊敬与佩服，哪里还有往日争吵不休的芥蒂呢？从"相期无负平生"一句中，更可能推知他们平日的"攻错若石"都是为了一个共同的目标在争吵，自然是"同心若金"的人。人们常说："诸葛一生唯谨慎，吕端大事不糊涂。"从曾国藩与左宗棠的生活历程来看，他们两人难道不都是大事不糊涂的人吗？经过几番风雨磨炼后的友情，自然是更坚贞的。曾国藩泉下有知，这对貌离神合的朋友，又该握手言欢了。

林则徐与邓廷桢

翻开中国近代史，一顶耻辱的"东亚病夫"的帽子，曾扣在我们的头上。制造这顶帽子的厂商，是英国。制造这顶帽子的原料，是鸦片。就是这些鸦片和鸦片战争，把一个主权独立、领土完整的中国拖进到了殖民与半殖民的境地。为了摆脱这一困境，无数仁人志士奔走呼号，艰苦奋斗，不知作出过多少壮烈的牺牲。今天，当我们回首历史时，首先进入我们视野的便是禁烟大臣林则徐和他的好友邓廷桢。

道光年间（18 世纪三四十年代），正是西方资本主义迅速发展的时期。在资本主义各国中，英国走在最前头，它为了打开中国的大门，不惜以毒品鸦片为敲门砖。英国的鸦片商在其政府的支持和纵容下，用走私等卑劣手段把鸦片源源不断地运送到中国内地，致使中国白银大量外流，吸食鸦片者，健康水平也大大降低，竟成了"东亚病夫"。于是，有识之士发出了"若犹泄泄视之，是使数十年后中原几无可以御敌之兵，抑无可以充饷之银"这似洪钟般的呼声，震撼着正在"弛禁"、"严禁"十字路口徘徊的道光皇帝。在银荒兵弱的现实威胁下，鉴于烟毒泛滥将根本动摇其统治基础，道光皇帝终于下定决心采纳了严禁鸦片的主张。林则徐便是擎起这杆禁烟大旗的人。

林则徐（1785—1850 年），字元抚，又字少穆、石麟。晚号竢村老人，七十二峰退叟等。他于乾隆五十年出生于福州市一个封建知识分子家庭。父亲林宾日，以教书为生。林则徐为什么有这么多名字，这与他理想中的匡时济世和政治生涯中的起伏、风波有关，其间自然饱含着个人的许多辛酸苦辣。

林则徐四岁发蒙，童年就以擅长文史知名。嘉庆九年，为私塾教师，后应聘海防部书记，又被福建巡抚张师诚招入幕中，司笔四年。到嘉庆十六年考上进士以后，他才逐步从国史协修一步步走上政治舞台，并展现其才华。特别在反对帝国主义的强权侵略中，他发挥了积极作用，是近代史上杰出的民族英雄。他从官四十年，先后历官职十三个，是清代卓有建树的政治家、地主阶级改革派人物。

邓廷桢（1776—1846年），字维周，号解筠，今江苏南京人，祖上三代都是未获功名的知识分子。嘉庆六年（1801年）中进士后，才走上仕途。由于他办事老成，在平反冤狱的过程中，一面整治吏治，一面赈济救民，在制止民间械斗、修复水利等方面，取得了突出的成绩，获得了上司们的好评，于道光十五年（1835年）调任两广总督。而这时从广州走私进口的鸦片发展到了一个新高峰。烟毒泛滥，白银外流，朝野忧虑。清朝政府企图以国内生产的鸦片与英国竞争，达到遏止白银外流的目的，还规定英商进口鸦片，只能以物易物，不准用白银去购买。但这种办法根本解决不了问题，实际是"坏政体而伤治化"、"见小利而伤大体"的权益之计。因为负责缉私的人，阳奉阴违，与外商勾结，明禁暗放。所得贿赂的大部分白银、烟土都流进自己的腰包。缉私者的下属们，又以禁烟令作为敲诈的工具，于是，出现了"省中兵役，栽赃肆害，旦夕敲诈，络绎于途"和"外县武弁尤籍以居奇"的现象，而那些真正经营鸦片的巨商，却一个也没有抓获。因而，提倡禁止吸食鸦片的呼声便更高了，被欺压的人民群众对官府的贪赃枉法行为的不满和反对。邓廷桢陷入无限的苦闷之中，深感头上乌纱帽无法再戴下去了。

就在邓廷桢束手无策的时候，传来了林则徐出任钦差大臣前来广州禁烟的消息。这振奋人心的喜讯，对邓廷桢来说，不啻是久旱之甘霖。他决心放弃"弛烟"的主张，改弦更张，配合林则徐实施"严禁"。他要在这项大规模的攻坚战中，与林则徐并肩作战。

林则徐执政严谨、执法如山、不徇私情的工作作风，邓廷桢是十分了解的，就连许许多多老百姓和洋商们也都有所耳闻。在"道高一尺，魔高一丈"的情况下，烟商、烟贩、烟民得到钦差大臣要来广州禁烟的消息时，便忙碌地行动起来了。有的转移，有的隐藏，有的伪装……什么鬼把戏都用上了。正在这沸沸扬扬之际，邓廷桢接到林则徐从江西发来的密函，他立即配合行动，一举破获了141个鸦片店，捉拿到345人，收缴烟具1000多具，使广州附近的鸦片几乎绝迹，连外商烟贩也承认这是禁烟最严厉的时期。邓廷桢还积极整顿防务，扩建虎门炮台，增设拦江木栅铁链，向林则徐表示共振时艰，同心协力，共除中国大患的决心。"严禁"点燃了共同的希望之火，两位时代英雄的手握在了一起，为禁烟高潮的到来创造了有利条件。

林则徐和邓廷桢分析了禁烟的难度和阻力，为了拯救民族于危亡之际，他们早把个人的生死安危置之度外了。禁烟运动一开始，他们便共同传讯了十三家洋商，限期交出鸦片，接着又执行了撤销买办、围商馆等一系列措施，连连挫败了英商监督义律和鸦片贩子的狡赖，收缴了英国船上的全部鸦片，并在虎门海滩的销烟池里，销毁了全部战利品。这一壮举，震撼了全世界的贩毒分子，反映出中华民族反对外国资本主义侵略的决心和意志。

林则徐和邓廷桢都是具有远见卓识的政治家，他们深知马蜂被戳了以后，没巢安歇的蜂子是会乱扑、乱飞、乱蜇人的。于是，他们一面运用已掌握的国家法律手段维护国家利益，驱逐窜往澳门的英商烟贩以及代办义律，一面加强防卫，亲驻虎门，调集兵船，筹划战守。他俩共同制定了"以逸待劳，以守为战，坚垒固军，静以待之"的战略方针，组织军民联合抗英的钢铁长城，严惩了英国侵略军的多次挑衅。当他俩获悉英军将窜往沿海各省滋扰的消息后，多次上报清廷提高警惕，又飞报沿海各埠加强防务，准备应战……这一切凝聚了林、邓二人的智慧、胆略和友谊，彼此之间，筛落了浮泛与虚伪，筛落了胆怯、观望与等待，并肩站在了禁烟抗侮的指挥车上。

遗憾的事终于发生了，嚣张的英国侵略军终于打破了麻痹大意的沿海防线。道光皇帝在外国资本主义的坚船利炮下，被吓得晕头转向，也就改变了"严禁"的方针而举手投降了。更无耻的是，当权者推诿责任，以重惩林、邓二人，赔偿烟价来换取英国的退军，还责备林则徐"外而断绝通商，并未断绝；内而查拿犯法者，亦不能净，无非空言搪塞。不但终无实际，反而生出许多波澜"，将他"从重致罪"。即使在这种艰难的情况下，林则徐和邓廷桢仍然自筹经费，组织乡勇防守。他俩奔走于内河要隘，观测地形，继续筹议拒守。他们那痴情如铸的爱国热情，震撼着全国上下，因而出现了广州"三元里抗英"和北方的冯婉贞怒杀英军等许多地方军民自发抗英的爱国行动。

林则徐作为第一个放眼看世界的人，他致力于了解"夷情"，"尽得夷人之长技，为中国之长技"，以抵抗外来侵略。他已经不同于一般闭目塞听、抱残守缺的封建官僚，而是一名具有清醒头脑、远大目光的政治家和思想家了。林则徐与邓廷桢在虎门销烟的壮举，气吞山河，产生了极其深远的影响。不仅当时"沿海居民观者如堵"，连外国商人和传教士也准时前来观看。虎门销烟的壮举，也凝聚了全国各族人民对禁烟运动的企盼，唤醒了四万万同胞富国强兵、抗击外侮的决心。

王鼎与林则徐

生活在鸦片战争时期的王鼎与林则徐，以忧国忧民、并肩作战、至死无悔的情怀诠释着人生的价值。他俩相知、相交的经历，虽然悲怆，却可歌可泣。

虎门销烟以后，受到挫折的烟商、烟贩，乞求英帝国主义的炮舰政策来维护他们在中国所获得的利益，于是发动了以掠夺为目的的鸦片战争。由于清政府的腐败软弱和沿海防务的无力，形势急转直下，道光皇帝和投降派们，在坚船利炮威胁下，都变成了狗熊，便不惜以重惩禁烟大臣林则徐并与英国签订丧权辱国的《南京条约》为代价，换取英国暂时撤军。这一饮鸩止渴、丧权辱国的做法，激起了朝野上下的反对。具有远见卓识的人，纷纷指出鸦片之害，胜于洪水猛兽，英帝国主义的无理要求，绝对不能答应；要求对软弱无能为虎作伥的投降派，必须严惩不贷。他们的意见，代表了全国人民的心声。其中内阁大学士王鼎的呼声最高，而且他以自己宝贵的生命，向清政府作出了沉痛的劝谏。

王鼎（1768—1842年），字定九，号省厓，陕西浦城人。父为太学生，但没有功名。王鼎少时家贫，性耿直，崇尚气节。乾隆五十七年（1792年）中进士，选庶吉士，参加乾隆实录的编纂，不久又授编修。到了嘉庆十八年，"凡十迁至内阁士"。嘉庆十年，历任工、户、礼、刑部侍郎。道光二年（1822年）署河南巡抚，擢左都御史。道光五年，任军机大臣。道光十五年授协办大学士，十八年拜东阁大学士。从职务的不断升迁，可以推知他是一位工作能力很强，又认真负责的好官员。尤其在主持河务和盐政方面，其成绩更为突出。他是一名出色的宰相，主持户部工作十年，"综核出入"，人不敢侮。他在刑部时，清理重案三十余起，还大刀阔斧弹劾过不少贪赃枉法的官吏。总理两淮盐务时，他很快使得盐务工作有了好转。年轻时，他赴京参加礼部考试，当时的东阁大学士、军机大臣王杰是他的同乡、同族，是赫赫有名的大人物，权势很大，也十分赏识他的才华，很想笼络他，委以重任。但他尽量回避，对所许封赠，坚持不受，他不愿走攀高结贵的道路。王杰也是一个深明大义的人，他不仅不责怪王鼎的执拗，反而觉得他的品质和气概难能可贵，还在人前人后说王鼎将来的名位"必继吾后"。

黄河是我国第二大河流，中游穿过黄土高原，含沙量大，水色浑黄，流入华北平原之后，水流缓慢，泥沙淤积，两岸筑有大堤，成为高出地面许多的"地上河"，汛期一到，河水暴涨，在历史上曾发生过二十六次大改道，对两岸人民为患很深，也是政府年年治理，年年难治的问题。王鼎是一个勇于挑重担的人，自愿请缨，担此重任。道光二十一年（1841年），黄河在开封决口，他临危受命，亲自赴开封指挥治河工程。这时林则徐也因鸦片事被革职，王鼎竭力保举对水利建设有丰富经验的林则徐帮助他治理黄患。于是，一对战友，在治理黄河的岁月里，加强了联系，沟通了思想，增进了感情。

开封堤溃之后，滔滔的黄水，肆意横流，吞食着人民的生命财产。两位哲人，心急如焚，全力以赴，研究对策。他们一面组织人力物力，抢修险堤险段，进行堵截；一面调集力量，观测地形，进行疏导，引流入河；一面转移灾民，安抚赈济。经过半年的努力，他们终于修复了开封段的黄河大堤。这段高质量的大堤，所用时间短、质量好、花钱少，是两位哲人友谊和智慧的结晶，王鼎深知。没有林则徐的运筹帷幄和全力相助，要修成如此高质量的工程，是完全不可能的。他多么想林则徐留下来帮助自己继续治理黄河，也免得林则徐万里奔走，去新疆戍边。何况在这些抵足相处的日子里，他完全了解到林则徐禁烟无罪，应是有功之臣。在与林则徐的交谈中，他懂得了鸦片是非禁不可的毒品。林则徐采取的一切禁烟措施是完善的、稳妥的。林则徐反对英军的炮舰政策是坚定的、积极的。整个战争的失败，是清廷的麻痹大意，疏于防范，加上上下官僚患了"害洋病"，不敢振军作战，甘愿受人宰割造成的。王鼎对于琦善到达广州后撤除珠江口附近的防御工事，解散壮丁、水勇等讨好英军的倒行逆施做法，义愤填膺；对派往前线议和的耆英，嗤之以鼻；对把持朝政，权倾一时，"力言宜和"的穆彰阿，更是深恶痛绝。因此，当河务进入尾声时，王鼎就风尘仆仆赶回北京，他要向皇上面呈己见，力挽狂澜。这时，他完全站到了禁烟运动的前列，与林则徐声息相通了。

回京面见圣上，他侃侃而谈。大讲特讲禁烟的利弊，指出丧权辱国、勾结洋商、出卖国家民族利益的人，应该严惩不贷，指出丧权辱国的"和约"决不可签。可是，这时被洋枪洋炮吓得坐立不安的道光皇帝根本听不进这些逆耳忠言，竟拂衣而退，表现出不屑一听的态度。忠心不泯的王鼎，见皇上如此胆小，跑上去拖住道光皇帝的龙袍，仍进谏不止。然而，这一切对于心如死灰的道光皇帝已不起任何作用了。

王鼎回到家中，思绪如潮，在这国将不国的时候，他认定自己不能坐视不管，于是选择了"尸谏"。他希望通过自己的"死"来扭转"天听"，撑起欲倾的大厦。他在自己的遗奏中阐述了许多尖锐的问题，反复地说明鸦片不严禁的危害性，反对与英国议和，请求"罪大帅，责枢臣"；对那些力主和谈，而又谈判不力的无能之辈，坚决惩处，以平民愤。对林则徐则大加赞赏，认为"革职戍边"是极不公平的惩处。他还说林则徐德才兼备，是可以倚重的有用人才，决不可弃而不用。更具体地说到"皇上不杀琦善，无以对天下，老臣知而不言，无以对皇上……"王鼎怀着无限的深情和义愤写完遗奏以后，就悬梁自尽以身殉国了。

　　不料，在收敛他尸体的时候，这封遗奏落到了军机处领班陈学恩和穆彰阿等人手里。他们随即以别的一份遗奏呈上了事，并妄称王鼎是暴病身亡，甚至威胁王鼎的儿子，不得泄漏此事。知情人曾这样感叹道："朋奸害正，摧握屏藩，沧海鲸波，滔滔靡底，圣君贤臣之灵，亦当在天籁恨矣。"诚然，王鼎之死，并没有达到他的预期目的，《南京条约》还是签订了。从此，中国的门户洞开，帝国主义的兽蹄践踏着祖国的河山，战前的一个封建独立国家，其领土和主权都遭到了破坏，政治上也丧失了独立，开始沦为殖民地半殖民地。王鼎九泉下有知，自然痛心疾首。

　　王鼎之死，并没有把立了功的林则徐留下来。背信弃义的道光皇帝，在河堤竣工之后，仍然逼着林则徐走上了西部戍边的道路。

　　林则徐就是怀着这种慷慨悲愤的心情走上戍途的。一路上他写下了大量的诗文，抒发自己爱国忧时的情怀。他深切地关注抗英战争的进展情况，各地战况牵动着他的心。这时，又从京城传来王鼎悬梁自尽的消息，他十分悲伤，为国家失去栋梁之材和自己失去一位知己痛惜不止。于是，他写下了《哭故相王文恪》："伤心知己千行泪，洒向平沙大漠风。廿载枢机赞画深，独悲时事涕难禁。"对王鼎大力支持自己的行为表示深切的感谢，对王鼎的功绩及对国事艰危所持的严肃态度，表达了无限崇敬与怀念。